LOB FÜR TAMMY L. GRACE

Lob für Tammy L. Grace

»Ich hatte geplant, früh zu Bett zu gehen, aber ich konnte dieses Buch nicht aus der Hand legen, bis ich es gegen 3 Uhr morgens beendet hatte. Wie ihre anderen Bücher zeichnet sich auch dieses durch faszinierende Charaktere und eine Handlung aus, die das wahre Leben auf die beste Weise nachahmt. Meine Empfehlung: Es ist an der Zeit, alle Bücher von Tammy L. Grace zu lesen.«

– Carolyn, Rezension von Beach Haven

»Dieses Buch ist eine saubere, einfache Romanze mit einer Hintergrundgeschichte, die den Werken von Debbie Macomber sehr ähnlich ist. Wenn Sie Macombers Bücher mögen, werden Sie auch dieses mögen. Eine Urlaubsgeschichte voller Hunde, Urlaubsspaß und der Freude am Schenken wird Ihr Herz erwärmen.«

– *Avid Mystery Reader, Rezension von A Season for Hope: A Christmas Novella*

»Dieses Buch war genauso bezaubernd wie die anderen. Harte Zeiten mit der Liebe einer besonderen Gruppe von Freunden. Ich empfehle die Serie als Pflichtlektüre. Ich habe jeden spannenden Moment geliebt. Eine neue Autorin für mich. Sie ist fabelhaft.«

– *Maggie! Rezension von Pieces of Home: Ein Hometown-Harbor-Roman (Buch 4)*

»Tammy ist eine erstaunliche Autorin, sie erinnert mich an Debbie Macomber … Entzückend, herzerwärmend … einfach bodenständig.«

– *Plee, Rezension von A Promise of Home: Ein Hometown-Harbor-Roman (Buch 3)*

»Dies war ein unterhaltsamer und entspannender Roman. Tammy Grace hat eine einfache, aber fesselnde Art, den Leser in das Leben ihrer Figuren zu ziehen. Es war ein Vergnügen, eine Geschichte zu lesen, die nicht auf theatralische Tricks, unrealistische Ereignisse oder heiße Sexszenen angewiesen war, um die Seiten zu füllen. Ihre Charaktere und die Handlung waren stark genug, um das Interesse des Lesers zu halten.«

– *MrsQ125, Rezension zu Finding Home: Ein Hometown-Harbor-Roman (Buch 1)*

»Dies ist eine wunderschön geschriebene Geschichte über Verlust, Trauer, Vergebung und Heilung. Ich glaube, jeder kann sich mit den hier geschilderten Situationen und Gefühlen identifizieren. Es ist eine Lektüre, die einen noch lange nach dem Ende des Buches begleiten wird.«

– Cassidy Hop, Rezension von Finally Home: Ein Hometown-Harbor-Roman (Buch 5)

»*Mörderische Musik* ist ein kluger und gut durchdachter Krimi. Die lebendigen und farbenfrohen Charaktere glänzen, während die Autorin nach und nach ihre verborgenen Geheimnisse enthüllt – eine fesselnde Lektüre, die einem das Wasser im Munde zusammenlaufen lässt.«

– Jason Deas, Bestsellerautor von Pushed und Birdsongs

»Ich konnte dieses Buch nicht aus der Hand legen! Es war so gut geschrieben und eine spannende Lektüre! Dies ist definitiv eine 5-Sterne-Geschichte! Ich hoffe, dass es eine Fortsetzung geben wird!«

– Colleen, Rezension von Mörderische Musik

»Dies ist das bisher beste Buch dieser Autorin. Die Handlung war gut durchdacht mit einem unerwarteten Ende. Ich versuche gerne, vorauszuspringen und zu sehen, ob ich das Ergebnis richtig erraten kann. Ich war in der Lage, einen Teil der Handlung vorherzusagen, aber nicht die tatsächlichen Details, was das Lesen der letzten Kapitel sehr fesselnd machte.«

-0001PW, Rezension von Tödliche Verbindung

TÖDLICHER FEHLER: DIE HOCH GELOBTE DETEKTIVSERIE MIT UNMENGEN AN TWISTS

TÖDLICHER FEHLER: DIE HOCH GELOBTE DETEKTIVSERIE MIT UNMENGEN AN TWISTS

DETECTIVE COOPER HARRINGTON BUCH 3

TAMMY L. GRACE

LONE MOUNTAIN PRESS

Tödlicher Fehler
Ein Roman von
Tammy L. Grace

Tödlicher Fehler ist ein Werk der Fiktion. Namen, Personen, Orte und Begebenheiten sind entweder Produkte der Fantasie des Autors oder werden fiktiv verwendet. Jegliche Ähnlichkeit mit tatsächlichen Ereignissen, Orten, Einrichtungen oder Personen, ob lebend oder tot, ist rein zufällig.

www.tammylgrace.com

Facebook: https://www.facebook.com/tammylgrace.books

Twitter: @TammyLGrace

Veröffentlicht in den Vereinigten Staaten von Lone Mountain Press, P.O. Box 5384, Fallon, NV, 89407

ISBN 9781945591495 (eBook) 9781945591549 (paperback)

Umschlaggestaltung von Elizabeth Mackey

Gedruckt in den Vereinigten Staaten von Amerika

Übersetzt von Literary Queens – Ariane Lambert

WEITERE BÜCHER VON TAMMY L. GRACE

Deutsche Fassung:

Cooper-Harrington-Detektivgeschichten

Mörderische Musik

Tödliche Verbindung

Tödlicher Fehler

Kalter Mörder

Englische Romane:

Hometown-Harbor-Reihe

Hometown Harbor: The Beginning

Finding Home

A Promise of Home

Pieces of Home

Finally Home

Forever Home

Follow Me Home

Weihnachtsgeschichten

A Season for Hope: Christmas in Silver Falls Book 1

The Magic of the Season: Christmas in Silver Falls Book 2

Christmas in Snow Valley: A Hometown Christmas Novella

One Forgettable Christmas: A Hometown Christmas Novella

Christmas Sisters: Soul Sisters at Cedar Mountain Lodge

Christmas Wishes: Soul Sisters at Cedar Mountain Lodge

Christmas Surprises: Soul Sisters at Cedar Mountain Lodge

Christmas Shelter: Soul Sisters at Cedar Mountain Lodge

Glass-Beaches-Cottage-Reihe

Beach Haven

Moonlight Beach

Beach Dreams

The-Wishing-Tree-Reihe

The Wishing Tree

Wish Again

Overdue Wishes

Sisters-of-the-Heart-Reihe

Greetings from Lavender Valley

Pathway to Lavender Valley

Bücher von Casey Wilson:

A Dog's Hope

A Dog's Chance

Für Zoe, die Inspiration für Gus und meine treue Begleiterin beim Schreiben

Myrtle schob Coop einen großen Teller mit einer Auswahl des Frühstückangebotes vor die Nase und stellte einen anderen mit einem kleinen Stapel Pekannusspfannkuchen auf Bens Seite des Tisches. »Schön aufessen, Jungs! Draußen ist es kalt.« Sie füllte die Kaffeetassen auf und verschwand, um sich um weitere Bestellungen zu kümmern.

Es war das erste Freitagsfrühstück im neuen Jahr. Coop und Ben saßen an ihrem Lieblingstisch bei *Peg's Pancakes*, an dem sie sich schon seit zwei Jahrzehnten trafen. Die beiden hatten sich vor Jahren auf dem College kennengelernt und waren sich näher als Brüder.

Coop zog seine Jacke über sein T-Shirt mit der Aufschrift *Fitness-Schutzprogramm ... Ich schütze mich vor dem Training* und fröstelte. »Normalerweise ist mir nie kalt, aber nach diesem Tropenurlaub fühlt es sich heute mehr als kühl an.« Er schüttete ausgiebig Sirup auf seinen Stapel fluffiger Pfannkuchen.

»Du arbeitest ab Montag wieder, richtig?«, fragte Ben.

Coop nickte, während er sich einen Bissen in den Mund schob. »Jep, der Urlaub ist vorbei.«

Er nahm einen Schluck von seinem Lieblingsgetränk. »Gus wird froh sein, wieder zur Normalität zurückzukehren. Er war nicht sehr glücklich, dass wir ihn für zwei Wochen verlassen haben.«

»Ich bin mir sicher, dass er es in vollen Zügen genossen hat«, sagte Ben mit einem Lächeln. »Dieser Hund hat uns alle in der Hand.«

Coops Lippen verzogen sich zu einem zaghaften Lächeln. »Du kennst ihn gut.« Er schaute aus dem Fenster und sah, wie Gus ihn vom Beifahrersitz des Jeeps aus anstarrte. »AB und ich werden heute Morgen ein paar Stunden arbeiten, um bis Montag einen Anschein von Ordnung im Büro zu schaffen.«

Coop schob einen Beutel über den Tisch. »Fast vergessen. Ich habe dir eine Kleinigkeit von den Bahamas mitgebracht.«

Ben öffnete die Tasche und holte eine Baseballmütze mit einem bunten Blumenrand heraus. Ben trug immer Baseballmützen, wenn er nicht arbeitete. Man vermutete, dass er damit seinen kahlen Kopf verdecken wollte. Coop grinste und sagte: »Ich dachte, du könntest noch eine zu deiner Sammlung hinzufügen.«

»Hübsch. Obwohl ich bei diesem Wetter eher eine Strickmütze brauche.«

»Ich habe versucht, eine zu finden. Die sind in den Tropen schwer zu bekommen.«

»Hast du Nachrichten geschaut oder die Zeitung gelesen, seit du wieder hier bist?«

Coop schüttelte den Kopf. »Nein, das muss ich heute und morgen machen. Ich habe mit Gus gespielt und Wäsche gewaschen. Gestern habe ich ein paar Nickerchen gemacht, nachdem wir den ganzen Weihnachtsschmuck weggeräumt hatten. Tante Camille merkt nie, wie viel sie davon hat, bis es Zeit ist, es einzulagern.«

»Wie ich sie kenne, kauft sie wahrscheinlich jedes Jahr noch mehr.« Ben nahm einen langen Schluck aus seiner Tasse. »Du und AB kommt doch morgen vorbei, oder? Jen kocht schon wie eine Wilde.«

»Natürlich. Das wird ein Spaß. Wir sind froh, dass Jen beschlossen hat, die Party bis zu unserer Rückkehr zu verschieben. Wir wissen, wie gerne sie die Silvesterparty schmeißt.«

»Sie hat mir eine schicke Feuerstelle für den Garten aufgeschwatzt und hofft, dass das Wetter trocken bleibt, damit wir sie morgen Abend nutzen können. Die Kinder haben Dutzende von Tüten mit Marshmallows zum Rösten. Hoffentlich werde ich nicht im Revier gebraucht, wie es leider oft an Silvester der Fall ist. Ich wünsche mir einen ruhigen Abend.«

»Beschwöre es nicht!« Coop grinste und fuhr fort, sich durch das Frühstück zu arbeiten. »Und, ist irgendetwas Aufregendes passiert?«

»Nun, es ist immer etwas. Wir hatten einen Einbruch in ein Haus, bei dem die Eindringlinge vom Hausbesitzer getötet wurden, und unsere üblichen Weihnachtsverbrechen. Die Ganoven scheinen sich in der besinnlichen Zeit zu vermehren.«

»Ein Hoch auf den Hausbesitzer. Ich mag es, wenn die guten Jungs gewinnen. Klingt, als hätte dich das auf Trab gehalten.«

Ben nickte. »Oh, erinnerst du dich an Chandler Hollund von der Vanderbilt?«

Coop runzelte die Stirn. »Ja, er wollte Arzt oder Forscher oder so etwas werden, nicht wahr?«

»Das ist er sogar. Er ist Teilhaber eines großen

Pharmaunternehmens, das vor ein paar Jahren in den neuen Technologiecampus an der West End Avenue gezogen ist. Es heißt *Borlund Sciences*.«

Coop nickte. »Ja, ich erinnere mich, darüber gelesen zu haben. Klingt, als hätte er sich gut gemacht. Er war schon immer ein Intelligenztyp. Viel zu schlau, um Jura zu studieren.« Coop lachte und nahm einen weiteren Schluck Kaffee, als er Myrtle mit einer frischen Kanne kommen sah.

»Sein Partner Neil Borden starb Ende letzter Woche. Er brach in seinem privaten Esszimmer in der Hauptzentrale zusammen.«

»Chandler war in unserem Alter. Ziemlich jung, um zu sterben.«

Ben nickte zustimmend. »Borden war ein paar Jahre älter, aber nicht viel. Der Arzt sagte, es war eine massive Hirnblutung. Borden war der Wirtschaftsguru ihrer Firma. Kein medizinischer Hintergrund.«

Coop betrachtete seinen Teller, während er mit einem Stück Pfannkuchen darüber strich, um die letzten Reste von Ei und Speck zu entfernen. Er setzte seine Gabel ab. »Ich sollte aufhören, so viel Fett und Cholesterin zu essen. Ich denke immer, dass ich es mir abgewöhnen werde, wenn ich älter bin, aber wenn ich das höre, muss ich es mir noch einmal überlegen.«

»Der Typ sah gesund aus. Einer von diesen Fanatikern, die laufen und trainieren. Er achtete darauf, was er aß. Wahrscheinlich trug er immer noch die gleiche Hosengröße wie auf dem College.«

Coop schnitt eine Grimasse. »Da fühle ich mich nicht besser.«

Myrtle unterbrach sie, als sie eine Schale auf den Tisch stellte und die Rechnung darauf legte. »Grüße AB von mir! Ich wünsche euch allen ein schönes Wochenende.« Sie drehte sich um und fügte noch hinzu: »Ich bin froh, dass ihr alle wieder zu Hause seid.«

Coop kramte in seiner Tasche nach seinem Geldbeutel. »Wir hatten Spaß, sind aber auch froh, wieder in Nashville zu sein. Gus hat uns vermisst.« Er legte die Scheine auf die Rechnung und sagte: »Bis nächste Woche.«

Sie schälten sich aus der Sitzecke. Coop, groß und schlaksig, mit dickem dunklen Haar, das gerade anfing zu ergrauen, war ein krasser Gegensatz zu Ben. Der Chief Detective von Nashville war klein und stämmig und hielt an seinem schütteren aschblonden Haar fest, aber er verlor den Kampf. Ben folgte Coop nach draußen und belohnte Gus mit einem Nackenkraulen. »Behalte Coop heute im Auge! Pass auf, dass er nicht schlapp macht!«

Gus zeigte Ben seine Zähne, und die Spitze seiner Zunge fiel aus dem Mund, um zu zeigen, dass er das Kraulen mochte. Coop winkte Ben zu und machte sich auf den Weg in sein Büro. Gus war wieder in seinem gewohnten Trott, hüpfte die hintere Treppe hinauf und wartete darauf, dass Coop die Tür öffnete.

Der Hund sprang durch die Küche und in den vorderen Teil des Hauses, das als Büro von *Harrington and Associates* diente. Coop roch den vertrauten Duft seines koffeinfreien Lieblingskaffees, der gerade durch die Kaffeemaschine lief. AB war damit beschäftigt, die Post zu öffnen und sie in Stapeln zu sortieren.

Coop fügte dem Durcheinander auf ihrem Schreibtisch die Box vom Myrtle hinzu. »Das Frühstück ist serviert.«

»Oh, danke. Riecht köstlich. Ich habe dir einen Haufen neuer Nachrichten auf deinen Schreibtisch gelegt. Klingt, als wären ein paar neue Jobs im Spiel.« Sie öffnete die Schachtel und starrte auf ihr Rührei und die Pfannkuchen. Gus verkroch sich unter ihren Schreibtisch, platzierte seine Schnauze auf ihrem Oberschenkel und wartete.

Sie nahm ein paar Bissen und steckte ihm einen zu, während sie die auf ihrem Schreibtisch verstreuten Papiere sortierte. Coop ließ sie essen und machte ein Feuer im Kamin, bevor er seine Post und Nachrichten durchging.

Gegen Mittag war ABs Schreibtisch fast leer, und Coop hatte bis auf ein paar wenige Anrufe alle beantwortet. Das Haus war warm und geschäftig, so wie es immer gewesen war, als Coop und AB für Onkel John gearbeitet hatten, während sie auf der Vanderbilt studiert hatten. Sie hatten viele glückliche Stunden in diesem Büro verbracht und viel an der Seite von Coops talentiertem Onkel gelernt.

Coop fand es toll, dass Tante Camille ihm nach dem Tod seines Onkels das Geschäft anvertraut hatte. Er wärmte sich die Hände vor dem Kamin und strich mit der Handfläche über den hölzernen Schreibtisch, der seinem Onkel gehört hatte. Er fühlte sich hier zu Hause, aber der Anblick von Onkel Johns leerem Stuhl zerrte an seinem Herzen.

AB kam durch die Tür und strich sich das Haar zurück. Coop bemerkte, dass ihr blondes Haar durch die Sonne heller geworden war. Er vermutete, dass sie es regelmäßig färbte, da es manchmal blonder und manchmal rötlich blond erschien. Er war klug genug, sich nie nach ihrer natürlichen Haarfarbe zu erkundigen. Sie rückte ihren Mantel zurecht und sagte: »Ich gehe dann mal los. Ich muss noch zum Laden und ein paar Sachen für die Party morgen besorgen.«

»Klingt gut. Gus und ich holen dich gegen drei Uhr ab. Es wäre unsinnig, mit zwei Autos zu fahren.«

»Ich treffe dich hier. Das spart Zeit. Hat Camille beschlossen, mitzukommen?«

»Nein, sie geht mit ein paar Freunden zu einem Filmabend.«

»Das hört sich lustig an und ist eher ihr Ding.«

Coop lachte zustimmend und sagte: »Ich werde ein paar Stunden arbeiten, bevor ich dich treffe. Ich möchte alles«, er gestikulierte zu seinem Schreibtisch, »organisieren und für Montag vorbereiten.«

»Ich gebe dir höchstens zwei Wochen, bevor es hier wieder aussieht, als hätte eine Bombe eingeschlagen. Deine Entschlossenheit, den Schreibtisch sauber zu halten, lässt normalerweise noch vor Ende Januar nach.« Ihre blaugrünen Augen schimmerten vor Belustigung. Sie zwinkerte ihm zu und winkte zum Abschied.

Gus starrte Coop von seinem Sitzplatz auf dem Ledersessel aus an. »Ja, ich weiß, dass sie recht hat, aber was wäre der Beginn eines neuen Jahres ohne einen Vorsatz?«

Coop genoss das Geplänkel und die Gespräche um die neue Feuerstelle. Bens Kinder und ein paar ihrer Freunde verteilten Stöcke für die Marshmallows. Gus war damit beschäftigt, die Kinder herumzutreiben und ihnen ein paar Marshmallows aus ihren klebrigen Fingern zu klauen.

Anstelle eines ausgefallenen Menüs hatte Jen eine große Auswahl an Vorspeisen, Chili und Suppen vorbereitet. Ein paar Beamte erzählten der Gruppe eine Geschichte von einer ihrer ausgefallenen Verhaftungen während der Feiertage, während Jen den Gästen Teller mit Desserts reichte.

Coop spürte, wie sein Handy in seiner Tasche vibrierte, und nahm es heraus und starrte auf das Display. Es war ein Anruf, der nach Feierabend vom Büro aus weitergeleitet wurde. Er entfernte sich von der Gruppe und Gus blieb bei AB. Die Luft war kühl, aber er wollte dem Geschnatter im

Hintergrund aus dem Weg gehen und trat an den Rand des Gartens.

»Harrington and Associates«, sagte er mit seiner professionellsten Stimme.

»Cooper, bist du das?«

»Ja, hier ist Cooper Harrington, wer ist da?«

»Ich heiße Chandler Hollund. Von der Vanderbilt. Ich weiß nicht, ob du dich an mich erinnerst.«

»Ah, ja, ich erinnere mich. Es ist schon eine Weile her. Was kann ich für dich tun?«

»Es tut mir leid, dass ich so spät und am Wochenende anrufe. Ich wollte eigentlich bis Montag warten, um dich zu kontaktieren. Ich habe dir heute Nachmittag eine Voicemail hinterlassen, dann aber noch einmal darüber nachgedacht und beschlossen, deine Notrufnummer zu benutzen.«

»Schon okay, was kann ich für dich tun?«

»Ich bin in Schwierigkeiten. In großen Schwierigkeiten. Ich muss dich so schnell wie möglich sehen.«

Coop erinnerte sich, dass Ben ihm von Chandlers Geschäftspartner erzählt hatte. »Nun, ich kann dich morgen treffen …«

Chandler unterbrach ihn »Können wir heute Abend reden? Ich mache mir Sorgen, dass ich bald verhaftet werde.«

»Äh, okay. Ich kann in etwa dreißig Minuten in meinem Büro sein.« Er ging zurück zur Gruppe und beendete den Anruf.

Er drängte sich in den Kreis der Gäste neben AB und flüsterte: »Notfall bei einem Kunden. Wir müssen für eine schnelle Beratung zurück ins Büro. Es sei denn, du willst bleiben, dann komme ich dich später abholen.«

»Nein, ich komme mit. Ich wollte dich sowieso gerade fragen, ob wir gehen können.« Sie wünschten allen einen schönen Abend, bedankten sich bei Ben und Jen und nahmen eine Tüte mit Resten, die sie eingepackt hatte.

»Es war alles köstlich. Danke dafür«, sagte Coop, hielt die Tüte hoch und umarmte Jen. »Frohes neues Jahr!«

Sie stiegen in den Jeep und fuhren zum Büro. Coop drehte die Heizung auf und knipste eine Lampe im Empfangsbereich an. Gus folgte AB in die Küche, wo sie die Vorräte von Jen im Kühlschrank aufbewahrte und dann eine Kanne Tee aufbrühte.

Coop hatte ein weiteres Holzscheit auf das Feuer gelegt, als er eine Bewegung im Empfangsbereich hörte, gefolgt vom Klicken der Krallen auf dem Holz, als Gus zur Tür huschte. Er hörte AB sagen: »Kommen Sie herein! Coop ist in seinem Büro.«

Coop machte sich auf den Weg zur Eingangstür. Als er dort ankam, hörte er den Mann, der vor AB stand, sagen: »Ich kann Ihnen gar nicht sagen, wie sehr ich es schätze, dass er mich heute Abend empfängt. Es tut mir leid, dass ich so spät komme. Sind Sie die Frau von Cooper?«

Sie grinste und sagte: »Äh, nein. Ich bin seine Assistentin.«

»Hey, Chandler«, sagte Coop. »Ben hat mir gerade vom Tod deines Partners gestern erzählt.« Er öffnete die Tür weiter. »Willkommen in meinem Büro. Du erinnerst dich an Annabelle? Sie leitet den Laden.«

Chandler sah AB an und schürzte seine Lippen. »Sie kommen mir bekannt vor, aber ich könnte nicht mit Sicherheit sagen, dass ich mich an Sie erinnere. Es tut mir leid und es tut mir leid, dass ich angenommen habe, dass Sie seine Frau sind. Ich hatte nicht erwartet, dass noch jemand hier ist.«

Sie schüttelte seine ausgestreckte Hand. »Keine Sorge, Chandler. Ich glaube, wir hatten nur ein paar Kurse zusammen, und das ist schon lange her. Sie können mich AB nennen, das tut jeder. Wie wäre es mit einer Tasse Kaffee oder Tee?«

»Tee klingt gut, AB«, sagte er mit einem nervösen Grinsen.

»AB und ich waren heute Abend bei einem Treffen mit Freunden, als du angerufen hast.« Coop führte ihn in sein Büro und drängte Gus aus dem Weg. Der hüpfte auf den Ledersessel, den er vor Jahren als seinen beschlagnahmt hatte. »Nimm Platz, Chandler! Was können wir für dich tun?«

Er fuhr sich mit den Fingern durch sein schütteres Haar. »Wo soll ich mit diesem Albtraum anfangen?« Seine Hände zitterten, als er sich auf dem Stuhl vor Coops Schreibtisch abstützte. »Du hast erwähnt, dass Ben dir von Neils Tod erzählt hat. Zwei Detectives haben mich heute Morgen besucht. Sie stellten mir eine Reihe von Fragen über meinen Aufenthaltsort und unsere Partnerschaft. Sie sagten, sein Tod sei jetzt eine Morduntersuchung. Das macht mich unruhig. Ich habe einen Firmenanwalt, und der hat mich an einen Strafverteidiger verwiesen. Ich glaube, sie werden mich wegen Mordes an Neil verhaften.«

Er griff nach seiner Teetasse und starrte Coop über den Tisch hinweg an. »Ich erinnerte mich an dich, als mein Anwalt einen Ermittler vorschlug, und ich wusste, dass ich mit dir sprechen muss. Du hast einen ausgezeichneten Ruf bei der Lösung schwieriger Fälle, und du warst der erste Detektiv, den mein Anwalt empfohlen hat. Ich brauche deine Hilfe. Ich muss herausfinden, wer Neil getötet hat. Denn ich war es nicht.«

»Okay, Chandler, lass uns einen Moment innehalten und eins nach dem anderen durchgehen. Hast du die Namen der Detectives, die heute Morgen bei dir waren?«

Chandler stellte seine Tasse ab und griff in sein Jackett. Er holte zwei Visitenkarten heraus und legte sie auf den Schreibtisch. Er fügte eine dritte Karte hinzu und sagte: »Das ist der Anwalt, den ich beauftragt habe.«

Coop nickte, als er die Karte des Anwalts las, und nahm dann die beiden anderen Karten mit dem offiziellen Logo von Bens Abteilung in die Hand. »Diese beiden arbeiten für Ben Mason. Hast du mit Ben gesprochen?«

Chandler schüttelte den Kopf. »Nein, nur mit den beiden Detectives. Ich habe mit den Beamten gesprochen, die an diesem Tag da waren, und mit den Sanitätern, aber jetzt liegen die Dinge anders. Wir alle dachten, Neil hätte einen Herzinfarkt oder einen Schlaganfall. Tragisch, aber kein Mord. Die Ergebnisse der toxikologischen Untersuchung deuten darauf hin, dass er eine übermäßige Menge eines Medikaments in seinem Körper hatte.« Er schüttelte den Kopf. »Ich habe ihnen sogar geholfen, das Medikament zu identifizieren. Es ist von unserer Firma, CX-232.«

»Mein bester Rat ist, deinen Strafverteidiger für dich sprechen zu lassen. Triff dich nicht ohne deinen Anwalt mit den Ermittlern und stelle ihm alle Fragen.« Coop fuhr mit den Fingern über die Visitenkarte. »Cal ist erstklassig. Er wird die Sache wie ein Profi angehen.«

Chandler schluckte schwer und nahm einen Schluck Tee. »Ich verstehe, dass du ihm das ganze Reden überlassen willst. Cal hat das Gleiche gesagt. Er sagte, ich solle mir keine Sorgen machen.« Er schüttelte den Kopf.

»Ich weiß, dass das schwierig ist, aber konzentrieren wir uns darauf, das herauszufinden, was wichtig ist.« Coop zeichnete eine dicke Linie auf seinen Notizblock. »Also, was ist CX-232?«

Chandlers Verhalten änderte sich, als er in die Rolle eines Wissenschaftlers schlüpfte, der das von ihm entwickelte

Medikament CX-232 beschrieb. Er erklärte, dass es zur Behandlung von Alzheimer entwickelt wurde. Er wurde lebhafter, als er einen Stift nahm und auf einen von Coops Blöcken zeichnete, um ihm zu zeigen, wie das Medikament die klebrigen Proteine, die Plaque im Gehirn bilden, auflöst. Coop verstand die ganze wissenschaftliche Sprache nicht mehr, aber er erkannte, wie leidenschaftlich Chandler an seiner Forschung arbeitete, und bewunderte, wie sehr er bemüht war, eine Behandlung gegen eine schreckliche Krankheit zu entwickeln.

Chandler ratterte alle möglichen Daten herunter und tat sein Bestes, um zu erklären, wie das Medikament die Fähigkeit bestimmter Proteine, zu verklumpen und zusammenzukleben, unterbricht. Seine Augen funkelten vor Begeisterung, als er die mit der Krankheit verbundenen Verknotungen, Proteine und Peptide erläuterte. Als er fertig war, lehnte sich Chandler auf seinem Stuhl zurück und nahm einen langen Schluck aus seinem Becher.

»Das klingt nach einer spannenden Arbeit. Du scheinst überzeugt zu sein, dass es funktioniert. Wie viele Leute arbeiten mit dir daran?«

»Ich habe ein kleines Team. Wir sind nur zu sechst plus Neil. Wir sind gerade dabei, alles für den ersten Versuch mit Menschen zusammenzustellen.«

Coop machte sich eine Notiz und sagte: »Fangen wir ganz am Anfang an. Erzähle mir, was passiert ist, als Neil starb und in den Tagen vor seinem Tod.«

Coop verbrachte die nächsten drei Stunden damit, Chandler zuzuhören, Fragen zu stellen und sich Notizen auf seinem Block zu machen. Gus schlief irgendwann. Coop ertappte sich dabei, wie ihm wegen der Wärme des Feuers und Chandlers ruhigem, manchmal monotonem Vortrag die Augen zuzufallen drohten.

Er beendete das Gespräch und ließ Chandler den Vertrag unterschreiben, den AB für ihn vorbereitet hatte, nachdem Chandler von seinem Gespräch mit den Detektiven erzählt hatte. Chandler zog einen Umschlag aus seiner Jackentasche und reichte ihn Coop. »Ich hoffe, das ist genug für den Anfang. Wenn nicht, sag mir Bescheid, und ich schicke einen Boten mit einem anderen Umschlag.«

Coop öffnete ihn und warf einen Blick hinein. »Das ist mehr als genug. Mal sehen, was alles zu tun ist, und wir schicken dir Ende des Monats eine Abrechnung.«

»Ich kann dir gar nicht sagen, wie sehr ich das zu schätzen weiß, Coop.« Chandler stand auf und ging mit seinem alten Klassenkameraden zur Tür.

»Ich werde sehen, was ich von den mit dem Fall befassten Ermittlern herausbekommen kann, und dann sehen wir weiter. Ich hoffe, du hast deren Absichten falsch interpretiert, aber ich werde mich am Montag bei denen melden und sehen, was wir herausfinden können.« Coop drückte Chandler die Schulter und schloss die Tür hinter sich.

Er drehte sich um und sah einen Klebezettel in der Ecke von ABs ansonsten makellosem Schreibtisch. Sie war nach Hause gegangen, wollte aber wissen, was los war, und schlug vor, dass sie sich am Sonntag im Büro treffen würden.

Coop weckte Gus. »Komm schon, Kumpel, es ist schon morgen.«

KAPITEL ZWEI

Tante Camille schlief nach ihrem nächtlichen Filmmarathon noch. Coop, der sie ausruhen lassen wollte, ließ das Frühstück ausfallen und ging mit Gus zum Jeep. Er hielt am *Donut Hole* an, um sich einen Snack mitzunehmen, und ließ AB eine Kanne Kaffee aufbrühen. Ben scherzte immer mit Coop und meinte, er wäre mit seiner Vorliebe für Donuts und Kaffee ein hervorragender Polizist geworden.

Im Kamin waren noch ein paar Glutnester vorhanden. Mit ihnen entzündete er einige Zeitungen, und schon bald leckten Flammen an einem trockenen Holzscheit. Er setzte sich an seinen Schreibtisch, überflog die Seiten, legte einen Stapel für die Ablage an, schredderte ein paar Blätter und ließ andere für weitere Maßnahmen liegen.

Kurz vor Mittag schickte AB eine SMS, um Coop mitzuteilen, dass sie sich verspätete und später käme. Nachdem er seinen Schreibtisch bis auf einen kleinen Stapel Arbeitsakten aufgeräumt hatte, öffnete er die Schubladen seiner Kommode.

Er schüttelte den Kopf. »Wow, das ist ein gigantisches Durcheinander.« Er wühlte sich durch die Berge von Papierkram, die in jede verfügbare Ecke gestopft worden waren. Er stapelte Werbepost, Kataloge und abgelaufene Angebote, die er wegwarf, und machte sich daran, die restliche Korrespondenz zu ordnen.

Gus flitzte aus seinem Büro, und Coop hörte einige Minuten später, wie die Hintertür geöffnet wurde. AB steckte ihren Kopf in sein Büro und sagte: »Wow, du warst ja ein fleißiges Bienchen. Tut mir leid, ich bin spät dran. Ich fange jetzt mit dem Staubwischen und Staubsaugen an.«

Gus war kein Fan des Staubsaugers. Er flüchtete zu seinem Sessel, und Coop schloss die Tür, während das Surren der Maschine durch das alte Haus dröhnte. Als Coop den Müll in einen Sack stopfte, bemerkte er den Schein der Weihnachtsbeleuchtung. Er hatte Taylor, einen jungen Mann, den er durch einen seiner Fälle kennengelernt hatte, die Lichter vor den Feiertagen installieren lassen und sie dann vergessen.

Er stöhnte bei dem Gedanken, sie abnehmen zu müssen. Er hörte, wie das Summen des Staubsaugers verstummte und Gus seinen Sessel verließ. Coop öffnete die Tür, und Gus huschte hinaus, um sich an den anderen Kamin zu legen. Das war ein langjähriges Ritual. Wenn der Hund bemerkte, dass AB und die furchteinflößende Saugmaschine in Coops Büro kam, wollte er woanders sein.

»Ich liebe die Weihnachtsbeleuchtung«, sagte AB und zog den Stecker aus der Wand. »Ich bin dafür, dass wir sie noch ein paar Wochen hängen lassen, damit wir sie noch genießen können. Da wir weg waren, haben wir den ganzen Spaß verpasst.«

»In Ordnung. Mir graute schon vor dem Gedanken, hinaufzuklettern und sie abzunehmen.«

»Ich rufe Taylor an und frage ihn, ob er am Ende des Monats kommen kann.«

»Ja, sag ihm, wir haben keine Eile. Er soll auf einen trockenen und wärmeren Tag warten.« Er schleppte den Müllsack hinaus, und als er zurückkam, wickelte AB das Kabel des Staubsaugers auf.

Nachdem sie die Hausarbeit erledigt und das Büro für die kommende Woche wieder auf Vordermann gebracht hatten, war es Zeit, zu Tante Camille zu fahren. Mrs. Henderson hatte ein besonderes Essen vorbereitet, um ihre Rückkehr zu feiern. Camille hatte AB eingeladen, sich ihnen anzuschließen. Da er wusste, dass Tante Camille sich für ihren neuen Fall interessieren würde, und Coop nicht die ganze Geschichte wiederholen wollte, schlug AB vor, mit den Einzelheiten von Chandlers Situation zu warten, bis sie alle zusammen waren.

Camilles Haushälterin bereitete immer die Mahlzeiten zu, außer sonntags. Tante Camille kochte sonntags immer das Abendessen, solange Coop sich erinnern konnte, und sie genoss dieses Ritual. Nur heute Abend kochte Mrs. Henderson ein üppiges Mahl, um die beiden von ihrer Urlaubsreise zu Hause willkommen zu heißen und Camille eine Pause vom Kochen zu gönnen. Tante Camille konnte nicht widerstehen und sagte Mrs. Henderson, sie könne sich selbst um die letzten Details kümmern.

Als Coop und AB eintrafen, fischte Tante Camille gerade heiße Kekse von einem Backblech in einen Korb. »Autsch, das ist heiß.« Sie blickte auf und sah Coop. »Oh, gut. Ich habe mir schon Sorgen um euch gemacht. Das Essen ist fertig, und ich will nicht, dass es kalt wird.«

Gus rieb sich an Camille und drückte seinen Kopf an ihr Bein. »Leg dich auf dein Bett, Gus! Geh aus dem Weg!«, sagte

Coop, schnappte sich ein Handtuch und hielt ihr das Backblech hin.

Er schaffte es, alle Kekse einzusammeln, und AB half, das Geschirr zum Tisch zu tragen. Sie setzten sich, und bei der herzhaften Mahlzeit mit Hackbraten und Kartoffelpüree erzählte Coop von Chandlers Gespräch. »Das ist vertraulich, Tante Camille, also erzähl niemandem davon. Wir fangen gerade erst mit diesem neuen Fall an.«

Ihre Augen funkelten, als sie den Kopf schüttelte und die Strähnen ihres weißen Haares auf und ab wippten. »Ich weiß. Ich werde es für mich behalten.« Sie drängte ihn, indem sie versuchte, die Augenbrauen anzuheben, die sie an diesem Morgen auf ihre Stirn gemalt hatte.

»Ein Mann, mit dem wir an der Vanderbilt studiert haben, Chandler Hollund, hat uns angeheuert. Er will, dass wir herausfinden, wer seinen Partner Neil Borden getötet hat.«

Camille winkte mit der Hand und nahm einen Schluck Wasser. »Ach ja, ich habe in der Zeitung gelesen, dass er in seinem Büro gestorben ist. Es klang nach einem Herzinfarkt, aber er wurde ermordet?«

»Das ist es, was Chandler denkt. Neil starb an einer massiven Hirnblutung. Die Detectives haben ihn gestern Morgen besucht und ihm gesagt, dass Borden unter Drogen gesetzt wurde. Chandler ist überzeugt, dass sie ihn verhaften werden.«

»Was macht ihn so sicher?«, fragte AB.

»Sie sagten ihm, er sei ein Verdächtiger und dürfe das Land nicht verlassen. Sie baten ihn um seinen Reisepass, den er freiwillig herausgab. Sie sagten ihm, dass die Testergebnisse von Borden abnormal seien und weitere Tests zeigten, dass er eine große Menge eines einzigartigen Präparats eingenommen hatte, das derzeit bei Borlund entwickelt wird. Es heißt CX-232 und ist ein Medikament gegen Alzheimer. Es ist noch nicht auf dem Markt. Es befindet sich gerade in der frühen Phase der ersten Studie am Menschen. Er hat ihnen sogar geholfen, das Medikament als seins zu identifizieren.«

»Uff, das klingt nicht gut für Chandler«, sagte AB.

Coop nickte zustimmend. »Sie sagten ihm auch, sie hätten Informationen, dass er und Neil sich wegen des Unternehmens gestritten hätten und ihre Beziehung in den letzten Monaten angespannt gewesen sei. Neil wollte die Firma verkaufen, Chandler nicht. Sie hatten sich darüber und über die Ausrichtung des Unternehmens gestritten. Chandler ist ein echter Forscher, der sich nicht um die geschäftliche Seite kümmert und sich auf die Wissenschaft und den Nutzen der von ihm entwickelten Medikamente konzentriert. Neil Borden ging es mehr ums Geld.«

»Oh, Mann. Das klingt nach einem echten Schlamassel«, sagte Camille.

»Ganz zu schweigen davon, dass Chandler der Begünstigte einer großen Lebensversicherung von Neil ist. Sie hatten beide eine Versicherung für den jeweils anderen abgeschlossen.«

»Wie hoch?«, fragte AB.

»Hundert Millionen.«

AB verschluckte sich an ihrem Getränk. »Wow, das ist ein Motiv mit einem Neonpfeil, der direkt auf ihn zeigt.«

Camille schob die Schüssel mit den Kartoffeln näher an AB heran. »Er scheint ein anständiger junger Mann zu sein. Er arbeitet an der Behandlung von Alzheimer und so weiter. Das ist eine furchtbare Krankheit. Kennt ihr meine Freundin Dottie Mae?« Sie wartete nicht auf eine Antwort. »Ihr Mann hat es. Sie ist völlig erschöpft, weil sie sich um ihn kümmern muss. Ich habe versucht, sie zu überreden, sich helfen zu lassen.« Sie wandte ihre Aufmerksamkeit wieder Coop zu. »Glaubst du deinem Kommilitonen?«

Coop runzelte die Stirn und sagte: »Ja, ich weiß. Er ist ein ehrlicher Mensch und schien nicht zu lügen. Ich glaube nicht, dass er etwas getan hat, aber er ist so nervös wie eine langschwänzige Katze in einer Schaukelstuhlfabrik.«

»Hat er eine Vermutung, wer Borden hätte töten wollen?«, fragte AB.

Coop schüttelte den Kopf. »Keine Ahnung. Er sagte, er wisse nichts von persönlichen Problemen, gab aber zu, dass sie sich nicht *so* gut kennen. Chandler ist ein Nerd. Er war schon immer so. Er ist ein Einzelgänger und sehr auf seine Arbeit konzentriert. Ein bisschen unbeholfen in sozialer Umgebung.«

»Hat er ein Alibi?«, fragte Camille.

Coop schnappte nach Luft. »Im Gegenteil, fürchte ich. Er und Neil haben in ihrem privaten Esszimmer zu Mittag gegessen. Neil wollte mit ihm über den Verkauf reden, um zu sehen, ob sie eine Einigung erzielen könnten. Chandler hat seine Suppe gegessen, wurde dann wütend und ging. Er war gerade auf dem Weg zurück in sein Büro auf der anderen Seite des Gebäudes, als man ihn anrief und ihm mitteilte, dass Neil zusammengebrochen sei.«

Coop nahm ein paar Bissen und fuhr fort. »Die Gerichtsmedizinerin sagt, dass das Medikament höchstwahrscheinlich mit seinem Essen vermischt worden war, da sie eine erhebliche Konzentration davon und von der Suppe im Mageninhalt fand. CX-232 ist eine Injektionslösung, und nach dem Vorfall hat das Team eine Bestandsaufnahme gemacht. Es fehlen keine Fläschchen, aber bei einigen fehlen winzige Mengen.«

»Der Mörder benutzte also eine Spritze und saugte winzige Teile aus mehreren Fläschchen ab, um genug zusammenzubekommen, um jemanden zu töten?«

Coop nickte. »Keine Fingerabdrücke auf den Fläschchen, da sie sowieso alle Handschuhe tragen, wenn sie sie anfassen. Das heißt, die sieben Mitglieder des Teams und die Polizei haben den Rest geklärt.«

»Kein Wunder, dass er verdächtig ist. Er hat das Motiv, die Mittel und die Gelegenheit. Wer sollte es sonst sein?«, fragte AB.

Camille grinste. »Coop wird es herausfinden. Wenn er Chandler glaubt, muss er nur den wahren Mörder finden.« Sie begann, die leeren Teller zu stapeln. »Wie wäre es mit frischem Pekannusskuchen und Eiscreme?«

Als Coop in seinem Büro zu Hause auf den Computer starrte, während er eigentlich schlafen sollte, dachte er daran, dass er auf den Bahamas viel besser geschlafen hatte als anderswo. Er öffnete ein neues Fenster auf dem Bildschirm und sah sich die Auswahl an Meeresgeräuschen an, die er herunterladen konnte, in der Hoffnung, dass eines davon ihm eine erholsame Nachtruhe bescheren würde. Seit zwanzig Jahren hatte er mit Schlaflosigkeit zu kämpfen. Es begann im College, als seine Mutter seinem Vater mitgeteilt hatte, dass sie ihn nicht mehr liebte und ihn verlassen würde. Sie war von einem Mann zum anderen gewechselt und führte seitdem ein Vagabundenleben.

Er weigerte sich, Medikamente zu nehmen, die ihm viele Ärzte anboten. Er hatte es mit Klangmaschinen und weißem Rauschen, Aromatherapie, ätherischen Ölen, Massagen, Akupunktur, speziellen Kissen und Matratzen, Augenbinden, Ohrstöpseln und Verdunkelungsrollos versucht. Nichts hatte die Lösung gebracht. Außer den

Bahamas. Ihr Ferienhaus lag direkt am Wasser, und Coop hatte gedacht, dass es das sanfte Rauschen der Wellen am Strand gewesen sein musste, das ihm die ersehnte Ruhe verschaffte. AB hatte darauf hingewiesen, dass es auch die tropischen Cocktails gewesen sein könnten, die die Gruppe jeden Abend genossen hatte.

Er klickte ein paar Audiodateien an, während er darüber nachdachte, was er bei seinen Nachforschungen über das Leben von Chandlers Partner erfahren hatte. Borden war geschieden und hatte keine Kinder gehabt. Seine Ex-Frau hatte vor langer Zeit wieder geheiratet und lebte in der Nähe von Seattle. Er stammte aus Kalifornien und war nach Nashville gezogen, als sie das Geschäft gegründet hatten. Er notierte sich auf seinem Notizblock, dass er Chandler fragen sollte, wie sie sich kennengelernt hatten.

Er notierte das Wort *Geld* auf seinem Notizblock und markierte es. Er musste einen Blick auf die finanzielle Situation von *Borlund Sciences* werfen und nach einem Motiv suchen, das mit Geld zu tun hatte. Er kritzelte noch ein paar Punkte auf seine Liste und wandte sich dann seinem Handy zu. Er suchte die Audiodatei, die ihm am besten gefiel, und ging zurück in sein Schlafzimmer, wo Gus fest schlief.

Coop legte das Telefon auf den Nachttisch, schloss die Augen und lauschte dem Rauschen des Meeres, das an den Strand schlug. Schon bald verflüchtigten sich die Gedanken an Neil Borden und der dringend benötigte Schlaf trat ein.

Coop schrieb Ben nach einem anstrengenden Training im Fitnessstudio am Montagmorgen eine SMS. Er holte sich noch ein schnelles Frühstück im *Donut Hole* und entfachte ein Feuer, um die Kälte im Büro zu vertreiben. Ben traf kurz darauf ein und sie schmiegten sich an die Wärme, während Coop erklärte, dass Chandler seine Dienste in Anspruch genommen hatte.

»Ich glaube nicht, dass er es getan hat, Ben. Du etwa?«

»Zum jetzigen Zeitpunkt gibt es nur Indizien, aber es sieht nicht gut für ihn aus.«

»Ich glaube nicht, dass er es in sich hat. Er ist ein Bücherwurm und ein sanfter Typ. Ich kann mir nicht vorstellen, dass er so wütend wird, dass er jemanden umbringt. Er wirkt auf mich wie ein passiver Mensch. Ganz so, wie ich ihn vom College in Erinnerung habe. Sein einziger Fokus im Leben ist die Wissenschaft.«

Ben steckte sich ein weiteres gezuckertes Stück Kuchen in den Mund. »Das mag sein, aber die Leute verändern sich. Aus dem Bericht geht hervor, dass die beiden sich seit Monaten stritten und zankten.«

»Warum sollte ein schlaues Kerlchen wie Chandler seinen Partner mit einem Medikament töten, die mit ihm in Verbindung gebracht werden kann? Wenn er ausrastet, würde er ihn dann nicht einfach aus dem Fenster stoßen oder ihn überfahren oder Ähnliches? Das hier klingt nach einer geplanten Vergiftung.«

»Hundert Millionen Dollar sind ein ziemlich gutes Motiv.«

Coop rümpfte die Nase. »Oberflächlich betrachtet, vielleicht. Es war eine Police, die jeden von ihnen schützen sollte, damit das Geschäft weitergeführt werden kann und sie keine Änderungen vornehmen müssten. Sie schlossen die Policen ab, als sie das Geschäft gründeten, und erhöhten sie, als das Geschäft wuchs.«

»Du scheinst entschlossen zu sein, einen alternativen Mörder zu finden.«

Coop nickte. »Ja, da stimmt etwas nicht. Ich muss mir das genauer ansehen, aber ich glaube, er ist unschuldig.«

»Ich gebe zu, wir haben keinen eindeutigen Beweis, aber er ist einer der wenigen, die Zugang zu diesem Medikament hatten. Die Detectives haben den Rest von ihnen entlastet.«

»Was glaubst du, wie viel Zeit wir noch haben, bis der Staatsanwalt Anklage erhebt?«

»Wir haben noch nicht alles aufgeklärt. Ich würde sagen, ein paar Wochen.«

»Ich würde dich nie bitten, deine Ermittlungen zu verzögern, aber ich glaube einfach nicht, dass er es getan hat.«

»Ich werde mich nicht einmischen, aber ich werde dir gern mitteilen, was wir wissen. Ich schicke dir die Fallakte. Wenn wir etwas übersehen haben, bin ich ganz Ohr. Ich will den Richtigen erwischen, nicht nur den, der am günstigsten ist. Zum jetzigen Zeitpunkt habe ich keine weiteren Anhaltspunkte. Es ist Sache des Staatsanwalts, ob er einen Indizienprozess führen will.« Ben stand auf und nahm sich ein weiteres Gebäckstück. »Ich muss jetzt los.«

»Danke, Ben. Ich weiß deine Zusammenarbeit zu schätzen. Ich werde dich auf dem Laufenden halten.«

Als AB kam, war es im Büro warm und roch einladend nach Kaffee und einem Hauch von frittiertem Teig. Gus begrüßte AB und folgte ihr zu ihrem Schreibtisch. Nachdem sie sich niedergelassen und sich eine Tasse eingeschenkt hatte, kam sie in Coops Büro.

Er stand am Whiteboard und kritzelte Namen und Notizen darauf. »Ben hat mir die Akte geschickt, also mache ich eine Liste mit den Leuten, die bei *Borlund* gearbeitet haben und Zugang zu diesem CX-232 hatten.«

Sie beobachtete, wie er den Namen Miller zu seiner Liste mit Hollund, Borden, McCutcheon, Harris, Swenson und Devi hinzufügte. »Diese sieben Personen sind also die einzigen, die Zugang zu dem Bereich haben, in dem das Medikament hergestellt oder gelagert wird?«

Coop nickte. »Bens Detektive haben mit allen von ihnen gesprochen und die meisten als Täter ausgeschlossen, aber ich werde sie noch einmal befragen. Fünf von ihnen sind die Wissenschaftler, die mit Chandler und Neil im CX-232-Team arbeiten. Das war's. Eine kleine Gruppe unter den Tausenden von Mitarbeitern.«

»Wird alles mit einer Schlüsselkarte bedient?«

»Ja. Ich habe Kopien der Akte über alle Aktivitäten im Labor. Jedes Medikament ist auf ein einziges Labor beschränkt. Es gibt keine Überschneidungen zwischen den wissenschaftlichen Teams. Die einzigen, die ihre Karte für dieses Labor benutzt haben, sind diese sieben Personen.«

»Keine   Hausmeister,   Reparateure,   Gäste, Sicherheitsleute?«

»Alle diese Personen werden in den Laborprotokollen erfasst, aber sie haben keine eigenen Karten. Eines der Teammitglieder muss anwesend sein, wenn ein Gast im Labor ist. Ich werde sie damit beauftragen, die Gästeprotokolle zu prüfen und Befragungen zu arrangieren. Ich werde heute Morgen zu *Borlund* fahren, Chandler besuchen und die Gruppe befragen.« Er deutete auf die Namen an der Tafel.

»Ich möchte, dass du damit beginnst, Borden und Chandler sowie die fünf Wissenschaftler seines Teams zu überprüfen. Wir müssen sehen, ob es etwas gibt, das übersehen wurde.«

»Was ist mit dem Sicherheitsdienst? Die haben doch immer Schlüssel zu allem.«

»Sie haben zwar einen Generalschlüssel, mit dem sie alle Türen öffnen können, aber in die Labors dürfen sie nur im Notfall. Es gibt seit Monaten keine Aufzeichnungen darüber, dass sie dort waren.«

»Wer könnte sonst noch an dieses Medikament gekommen sein?«

»Ich wollte Chandler fragen, ob jemand von der FDA, der Behörde zur Zulassung von Medikamenten, oder einer anderen Überwachungsgruppe eine Probe oder etwas Ähnliches erhalten hat. Ich kann es anders nicht herausfinden.«

AB nahm Coop die Akte ab und hob die Augenbrauen angesichts der Wahl seines heutigen T-Shirts. *Sarkasmus – die natürliche Verteidigung des Körpers gegen Dummheit* stand auf Coops Oberkörper geschrieben. AB rollte mit den Augen und deutete auf seine Brust. »Vergiss nicht, dein Hemd zu wechseln!«

KAPITEL DREI

Coop zog eines seiner Poloshirts von *Harrington and Associates* an und vergewisserte sich, den Kragen offen zu behalten, bevor er Gus den Kopf tätschelte und AB einen Abschiedsgruß zuwarf. *Borlund Sciences* war nur ein paar Kilometer von seinem Büro entfernt. Er beschloss, nicht vorher anzurufen. Er würde Chandler beobachten und einen Blick auf den Betrieb und sein Büro werfen, ohne ihm Zeit zur Vorbereitung zu geben.

Die Lobby war einer dieser minimalistischen, modernen Räume mit stilvollem, aber ungemütlichem Mobiliar. Er näherte sich dem geschwungenen Empfangsbereich und wurde von einem Sicherheitsbeamten begrüßt. Coop erklärte, er arbeite für Chandler Hollund und wolle ihn sprechen.

Der Wachmann gab ihm innerhalb weniger Minuten einen Besucherausweis und begleitete ihn zu einer Reihe von Aufzügen. Er holte seine Karte heraus, zog sie an der Schalttafel im Aufzug durch und drückte den Knopf für den fünften Stock. Die Fahrt mit dem Aufzug ging schnell, und die Tür öffnete sich zu einer weiteren kleinen Lobby.

Der Wachmann winkte zur offenen Tür. Coop trat heraus und nickte der Frau hinter dem futuristischen, geschwungenen weißen Arbeitsbereich zu. »Sie müssen Mr. Harrington sein«, sagte die Frau. »Mr. Hollund wartet in seinem Büro.«

Sie stand auf und kam um den Schreibtisch herum, um Coop zu begrüßen. »Ich bin Amanda, Mr. Hollunds Assistentin. Bitte folgen Sie mir!«

Sie führte Coop zu einem großzügigen Eckbüro, in dem Chandler wartete. Sie bot Getränke an, und Coop entschied sich für Wasser. Chandler bot Coop einen Stuhl an einem gläsernen Konferenztisch mit Blick auf das oberste Stockwerk des Gebäudes an und hieß ihn willkommen.

Coop verschwendete keine Zeit mit Small Talk. »Ich habe mit Ben gesprochen und die Polizeiakte bekommen. Ich muss dein Team und alle anderen befragen, die Zugang zu dem Labor hatten, in dem das Medikament entwickelt und gelagert wird. Ich hätte auch gerne ihre Personalakten, damit wir sie alle überprüfen können.«

Chandler nickte kurz. »Sicher, das können wir einrichten. Ich werde Amanda bitten, einen Termin im Konferenzraum auf dieser Etage zu vereinbaren. Ich glaube nicht, dass einer von ihnen Neil etwas antun würde, aber Amanda kann dir Kopien aus ihren Akten zur Verfügung stellen.«

»Ich verstehe. Ich bin nur gründlich. Ich möchte auch einen Blick in das Esszimmer und die Küche werfen. Ich möchte sozusagen den Weg des Essens nachvollziehen.«

»Ausgezeichnet. Ich lasse Amanda einen Sicherheitsbeamten holen, der dich begleitet und überall im Gebäude hinbringt, wohin du willst. Wenn du Zugang zu einem der Labore benötigst, musst du dich nur in das Laborprotokoll eintragen.«

»Soweit ich weiß, wurde CX-232 nur in einem einzigen Labor hergestellt und gelagert, richtig?«

»Ja, wir stellen sicher, dass jedes Medikament in der Produktion oder Entwicklung sein eigenes Labor hat. Dadurch werden alle Möglichkeiten einer Kreuzkontamination ausgeschaltet und das Team trägt jeweils die Sicherheit und Verantwortung. Sie wissen, dass ihre Arbeitsdateien und Notizen sicher sind und nur von autorisierten Teammitgliedern eingesehen werden können.«

»Gibt es eine Möglichkeit, das Sicherheitszugangssystem außer Kraft zu setzen? Hast du jemanden, der es verwaltet und kontrolliert?«

»Die Sicherheitsabteilung verwaltet sie per Computer, aber was Reparaturen oder Probleme angeht, haben wir einen Vertrag mit dem Hersteller. Der Sicherheitsdienst kann dir sagen, wann er das letzte Mal wegen eines Reparaturproblems hier war, und dir alle Unterlagen vorlegen, die du benötigst. Jede Überbrückung oder Umgehung des Kartenlesegerätes wird im System protokolliert. Normalerweise handelt es sich dabei um jemanden, der seine Karte vergessen hat oder Ähnliches. Wir haben strenge Protokolle zur Überprüfung der Identität, und jeder Zugang ohne Karte wird dokumentiert und überprüft. Es passiert selten.«

»Der Detective hat dein Team entlastet, also hast du das einzige Motiv. Ich versuche herauszufinden, ob wir jemanden übersehen haben, der Zugang zu dem Medikament gehabt hätte.«

Chandler nahm einen Schluck aus seiner Kaffeetasse. »Ich verstehe. Ich habe selbst versucht, es zusammenzusetzen. Ich kann mir keinen Weg vorstellen.«

»Denke weiter nach! Wir übersehen etwas.« Coop stand auf und machte sich auf den Weg zur Tür. »Ich komme auf dem Weg nach draußen noch einmal vorbei.«

Amanda sorgte dafür, dass sich die Wissenschaftler aus Chandlers Team mit Coop in einem gut ausgestatteten Konferenzraum treffen konnten, und kümmerte sich darum, dass dieser mit Snacks bestückt war und sogar ein Mittagessen geliefert wurde. Coop rückte den Stuhl zurecht, nahm einen Notizblock und einen Stift heraus und wartete auf seinen ersten Gesprächspartner.

Die Tür öffnete sich, und eine attraktive Frau mit dunklem Haar und karamellfarbener Haut stellte sich vor. »Ich bin Kanti Devi«, sagte sie und reichte ihm die Hand.

Coop zog ihr einen Stuhl zurecht und bedankte sich für ihr Kommen. »Ich untersuche den Tod von Neil Borden, und ich weiß, dass Sie bereits mit der Polizei gesprochen haben. Ich gehe alles durch und arbeite für Mr. Hollund, um den Mörder von Mr. Borden zu finden.«

»Ich verstehe. Ich kann nicht glauben, dass jemand glaubt, Dr. Hollund könnte Mr. Borden getötet haben. Er ist ein freundlicher und sanfter Mensch. Sehr intelligent und sehr engagiert in seiner Arbeit und in der Firma. Es ist alles so erschütternd. Wie kann ich helfen?«

Coop ging eine Litanei von Fragen durch, die er im Büro zusammengestellt hatte. Er wollte alle Informationen sammeln, die das Team über die einzelnen Partner, CX-232, die Sicherheit des Labors und ihre Gedanken darüber, wer Mr. Borden hätte töten wollen, hatte.

Er bat auch die Teammitglieder, ihm von ihrer Ausbildung und ihrer Arbeit im Team zu erzählen. Sie alle besaßen Abschlüsse, die ihnen den Titel eines Doktors einbrachten. »Dr. Devi, gibt es außer den Teammitgliedern noch jemanden, der Zugang zu CX-232 hat?«

Sie schüttelte den Kopf. »Nein. Im Labor ist alles sicher. Wir waren gerade dabei, ein Patientenzimmer einzurichten, um mit den Versuchen zu beginnen.«

»Es sind also noch keine Medikamente ausgegeben worden?«

»Nein, wir hatten die Tierversuche abgeschlossen und die Genehmigung erhalten, mit der nächsten Phase fortzufahren.« Dr. Devi erklärte, dass ihre primäre Rolle in der Entwicklung von CX-232 lag und sie nun dazu überging, bei der Überwachung und Verfolgung der Studienergebnisse zu helfen, in der Hoffnung auf Ergebnisse, die eine Zulassung der zuständigen Behörde, der FDA, ermöglichen würden.

Coop erkundigte sich bei den einzelnen Wissenschaftlern und erfuhr von Dr. Miller, dem für die Tierversuche verantwortlichen Teammitglied, dass die Tiere in einem gesicherten Labor untergebracht waren und das CX-232 das Labor während der gesamten Versuchsdauer nicht verlassen hatte. Das Medikament wurde einer Reihe von Nagetieren verabreicht, die während des gesamten Versuchszeitraums beobachtet wurden.

Die Nächste, die Coop traf, war Dr. Phyllis Swenson. »Wir haben uns so gefreut, dass wir die Genehmigung erhalten haben, mit Phase-1-Versuchen am Menschen fortzufahren. Wir haben hundert Menschen, die nächsten Monat mit der Behandlung beginnen sollen. Wir arbeiteten an allen Vorbereitungen für die Verabreichung und die Überwachung der Ergebnisse. Das ist jetzt mein Hauptaugenmerk: die Koordinierung der Studie.«

Als Dr. Swenson gegangen war, öffnete Amanda die Tür und wies das Personal an, das Mittagessen auf einen Tisch im hinteren Teil des Raums zu stellen. Sie reichte Coop einen ordentlichen Stapel Papiere in einem dicken

Umschlag. »Hier sind die Kopien, die Sie angefordert haben. Der Sicherheitsdienst hat Ihnen auch eine Kopie der Kameraaufzeichnungen des Tages und einige der Türzugangsprotokolle gemacht. Es sind dieselben Informationen, die er auch der Polizei gegeben hat.«

Coop bedankte sich bei ihr und füllte sich einen Teller, während er auf Dr. Harris wartete. Er war überrascht von der Qualität des Essens. Die Suppe schmeckte hausgemacht. Der Salat war frisch und enthielt eine Vielzahl bunter Salatsorten. Ein weiteres Tablett enthielt eine Auswahl an Brot, Wurst und Käse sowie alles, was er sich für ein Sandwich vorstellen konnte. Gefrorene Brownies und weiche Kekse rundeten das Buffet ab.

Amanda sah zu Coop und bereite sich einen Teller zu. »Sie haben etwa dreißig Minuten Zeit, bis zu Ihrem nächsten Termin. Chandler wird in ein paar Minuten vorbeikommen, um mit Ihnen zu Mittag zu essen.«

»Das ist alles köstlich. Ich bin überrascht, dass es in einer Firmenkantine so leckeres Essen gibt.«

»Sie machen einen tollen Job. Es ist nicht irgendein großer Essensanbieter. Sie sind alle Mitarbeiter von *Borlund* und liefern hausgemachtes Essen. Mr. Borden und Mr. Hollund war es wichtig, ein Umfeld zu schaffen, das die typischen Sorgen der Mitarbeiter beseitigt. Wir haben eine Kinderbetreuung, eine Cafeteria, die auch Mahlzeiten für zu Hause zubereitet, einen großen Fitnessraum mit Schwimmbad und Sauna und viele andere Annehmlichkeiten. Das alles ist kostenlos, außer des Essens zum Mitnehmen. Den Mitarbeitern gefällt es hier, sie sind glücklich und produktiv. Es hilft ihnen, die langen Arbeitszeiten zu bewältigen, die manchmal erforderlich sind.« Sie füllte ihren Teller und ging zur Tür.

»Bitte setzen Sie sich! Ich würde Sie gerne ein paar

Minuten ausfragen«, sagte Coop und zog einen Stuhl heran.

Sie lächelte und stellte ihren Teller auf den Tisch. »Was wollen Sie wissen?«

»Erzählen Sie mir von Neil und Chandler. Wie hat ihre Beziehung funktioniert?«

»Ich bin von Anfang an dabei, und bis vor ein paar Monaten schien alles gut zu laufen. Neil fand einen Käufer für das Unternehmen und wollte verkaufen. Chandler wollte das nicht. Geld spielt für Chandler keine große Rolle. Er wollte weiter an der Forschung und Entwicklung arbeiten. Er hält CX-232 für sehr vielversprechend und hat großes Vertrauen in das Produkt.«

»Warum wollte Neil verkaufen?«

Sie schüttelte den Kopf, während sie schluckte. »Ich bin mir nicht sicher. Ich weiß, dass Chandler sehen wollte, ob es eine Möglichkeit gibt, ihn auszuzahlen oder einen anderen Partner zu finden, anstatt zu verkaufen. Er hat versucht, Neil davon zu überzeugen, dass sie noch mehr Geld verdienen könnten, wenn das Medikament erst einmal die Testphase durchlaufen hat, aber Neil wollte unbedingt jetzt verkaufen.«

»Ich nehme an, Neil hatte seinen eigenen Assistenten?«

»Ja, Melissa Schwarz ist seine Assistentin. Ich kann sie Ihnen vorstellen.«

Chandler kam herein und winkte zur Begrüßung, bevor auch er sich einen Teller füllte. Er nahm auf der anderen Seite von Coop Platz. »Wie läuft es?«

Coop nickte und wies auf Amanda. »Ich habe gerade die Kopien der Akten erhalten, werde die Befragungen heute Nachmittag abschließen, und Amanda sagte, sie würde mich Neils Assistentin vorstellen.« Er wischte sich mit einer Serviette den Mund ab und fügte hinzu: »Ich komme morgen für die Küchenbesichtigung wieder.«

Amanda entschuldigte sich und erinnerte Coop an seinen

Termin.

»Sag mir, wie deine Mitarbeiter überprüft werden, bevor sie eingestellt werden. Vor allem die Hilfskräfte wie die in der Küche und die Hausmeister.«

Chandler erklärte, dass er nur begrenzte Kenntnisse über diesen Bereich hätte, da Neil sich um alle administrativen Kleinigkeiten gekümmert hätte, aber er wusste, dass die Sicherheitsabteilung involviert wäre. Sie hätten noch nie Probleme mit Diebstählen gehabt. »Wir dulden auch keine schlechten Leistungen oder Probleme. Wir haben nicht viel Fluktuation. Wir zahlen gut und haben gute Sozialleistungen für alle unsere Mitarbeiter.«

Coop machte sich eine Notiz und aß seinen Brownie auf. »Ich habe bei meinen Befragungen nichts festgestellt, was Anlass zur Sorge gibt. In den nächsten Tagen werde ich mehr wissen. Ihr macht weiter mit den Menschenversuchen?«

Chandler nickte. »Ja, wir haben Neils Tod gemeldet. Sie stimmten zu, dass es nichts gibt, was auf ein Problem mit CX-232 hinweist. Es wurde nicht in der normalen Dosierung verabreicht, sodass der daraus resultierende Tod nicht auf das Medikament zurückzuführen ist. Wir planen, weiterzumachen.«

»Hast du von dem Käufer gehört, der an der Übernahme des Unternehmens interessiert war?«

»Noch nicht. Melissa weiß vielleicht mehr darüber. Ich werde mir einen anderen Geschäftspartner suchen müssen, da mein Schwerpunkt auf der Wissenschaft liegt. Ich habe mich aus der monetären Seite der Dinge herausgehalten.« Chandler stand auf und sammelte seinen Teller und sein Besteck zusammen. »Ich lasse dich dann mal wieder arbeiten. Wir sprechen uns morgen.«

Sobald er weg war, holte Coop ein paar Flaschen Eistee aus dem Kübel mit den Getränken. Er nahm einen Schluck, bevor Dr. McCutcheon durch die Tür kam. Der junge Mann schüttelte Coop die Hand und lächelte. »Nennen Sie mich Mac, das tun alle.« Er begann damit, seine Rolle im Team zu erklären. Während Coop ihm zuhörte, wie er seine Ausbildung in Computerwissenschaften und Mathematik erläuterte, kritzelte er auf seinem Notizblock herum. Mac war für alle Projektdaten verantwortlich. Er entwickelte den größten Teil der Spezialsoftware und der Programmierung, die im Entwicklungsprozess und für die Verfolgung der anstehenden Versuche verwendet wurde.

Das letzte Mitglied des Teams, Dr. Irene Harris, war auf Toxikologie spezialisiert. Sie war mit der Vorhersage und Bewertung etwaiger unerwünschter Wirkungen des Medikaments betraut. Sie erklärte, dass eines der Hauptziele bei der Entwicklung von CX-232 darin bestand, etwas zu entwickeln, das sich nur auf das anvisierte Protein auswirkt und andere Zellen oder Proteine nicht schädigt. Ihr Enthusiasmus war ähnlich groß wie der von Chandler. Sie war zuversichtlich, dass das Medikament die erforderlichen Versuche am Menschen durchlaufen würde.

Als Coop sie nach Mr. Borden fragte, wurde sie immer stiller und hatte wie alle anderen auch keine Erklärung dafür, wie er vergiftet worden sein könnte, oder eine Idee, wer so etwas getan haben könnte.

Als Coop fertig war, sah er seine Notizen durch und eilte zu Amandas Büro, um sich mit Neils Assistentin zu treffen. Sie begleitete ihn über einen riesigen weißen und gläsernen Gang auf die andere Seite des Gebäudes. Amanda stellte Coop Melissa vor und ließ die beiden allein, damit sie sich unterhalten konnten.

Coop schaute sich um und sah keinen anderen Sitzplatz als die weißen Leder- und Chromstühle gegenüber von Melissas Schreibtisch. »Können wir irgendwo reden?«

Sie blickte auf die Bürotür mit Neils Namen und nickte leicht. »Lassen Sie uns einfach hier hineingehen.«

Coop nahm einen Stuhl gegenüber von Melissa. »Ich versuche herauszufinden, was mit Mr. Borden geschehen ist. Ich bin neugierig wegen seines Interesses am Verkauf des Unternehmens und was Sie darüber wissen.«

»Ich weiß nicht viel. Er hatte einen Käufer gefunden. Einer der großen Pharmakonzerne war interessiert. Ich stellte ein Paket mit all unseren Finanzinformationen zusammen, und er traf sich mehrmals mit ihnen. Ich weiß, dass Chandler das Angebot nicht gefiel. Neil sagte immer wieder, er würde Chandler dazu bringen, die Vorteile zu sehen. Ich weiß, dass es um eine Menge Geld ging.«

»Haben Sie die Kontaktdaten des Käufers, mit dem sich Neil getroffen hat?«

Sie nickte. »Ich werde Ihnen alles besorgen, was ich habe. Sie haben sich hier nie getroffen. Neil ist immer in den Norden geflogen.«

»Hatte sich Neil vor seinem Tod anders verhalten?«

Melissas Stirn legte sich in Falten. »Nun ... Er schien viel angespannter zu sein. Er war schon immer auf Geld fixiert, aber es war zu einer Besessenheit geworden.« Sie studierte das Teppichmuster, bevor sie hinzufügte: »Er war nicht mehr er selbst. Er war verschlossen und zerstreut. Nicht so, wie er war, als ich ihn kennenlernte.«

Melissa fertigte Kopien des von ihr vorbereiteten Finanzpakets an und fügte den Namen des Käufers, Peter Rusk, und seine Kontaktinformationen hinzu. Coop erkannte das Pharmaunternehmen und seine Adresse in New York City beim Namen und seufzte. Das Letzte, was er brauchte, war eine Reise in diesen überfüllten Zoo einer Stadt.

KAPITEL VIER

Nachdem sie die Akten und Protokolle für AB im Büro abgegeben hatten, kehrten Coop und Gus zu Tante Camille zurück, die gerade das Abendessen auf den Tisch stellte. Mrs. Henderson hatte eine hausgemachte Suppe zu dem übrig gebliebenen Hackbraten serviert, der frisch aus dem Ofen zu belegten Broten verarbeitet worden war.

Coop erzählte Tante Camille von seinem arbeitsreichen Tag und all den Vorzügen bei *Borlund Sciences*. »Als ich ging, dachte ich, ich hätte in den medizinischen Bereich gehen sollen. Es ist ein toller Arbeitsplatz. Chandler behandelt seine Mitarbeiter gut.«

Sie ließ ihn ausreden und er erzählte von den Büros und seinen Plänen, den morgigen Tag damit zu verbringen, seine Arbeit dort zu vollenden, bevor sie sich räusperte. »Ich frage dich das nur ungern. Ich weiß, wie beschäftigt alle sind, aber kennst du meine Freundin Abigail?«

Coops Augen wurden wachsam, als er sagte: »Ja, ich erinnere mich an Miss Abigail.«

»Ich habe ihr gesagt, dass ich dich fragen würde, ob du

etwas Zeit für sie erübrigen könntest. Sie hat ein Problem mit ihrer Familie und braucht ein neues Testament.«

»Ich habe gerade alle Hände voll zu tun. Wir können ihr einen Termin für nächste Woche geben.«

»Sie hat es ganz schön eilig. Sie sagte, einer ihrer Enkel würde sie bestehlen, und sie ist außer sich. Ich kann mir wirklich nicht vorstellen, dass er in einen Diebstahl verwickelt sei. Sie ist wütend auf Franklin, den Vater des Jungen, und will ihn bestrafen. Sie will ihm den Geldhahn zudrehen, ebenso wie dem Enkel. Sie ist nicht bei bester Gesundheit. Der Stress, den sie durch all das hat, macht ihr zu schaffen. Hättest du bitte ein paar Minuten Zeit, um mit ihr zu sprechen?«

»Franklin? Wie bei Richter Franklin Monroe?«

»Ja, und bevor du es sagst, ich weiß, es klingt verrückt. Richter Monroe ist ein guter Mann, und ich habe noch nie gehört, dass sein Sohn ein Problem darstellt.«

»Hast du ihr schon versprochen, dass ich mich mit ihr treffen werde?«

Tante Camille grinste schelmisch, schaute nach unten und konzentrierte sich auf ihren Suppenteller.

Coop holte tief Luft. »Es macht mir nichts aus, deinen Freunden zu helfen, aber wenn ich mit einem komplizierten Fall beschäftigt bin, habe ich nicht viel freie Zeit.«

»Ich weiß, mein Lieber. Es ist nur so, dass Abigail eine so nette Frau ist, und sie ist völlig verzweifelt wegen all dem. Ich denke, es wird ihr besser gehen, wenn sie nur ein paar Minuten mit dir reden kann. Du bist immer so gut darin, ruhig und logisch zu bleiben. Es ist wahrscheinlich nur ein großes Missverständnis mit ihrem Enkel.«

Coop konnte nicht anders, als die Manipulationskünste seiner Tante zu bewundern. »Ich werde sehen, was wir morgen für sie tun können, aber ich verspreche nichts. Die Sache mit Chandler ist ernst.«

Sie grinste siegessicher, und sie beendeten ihre Mahlzeit. Sie machte ihm noch ein Dessert, das er in seinen Flügel des Hauses mitnahm. Zwischen den Bissen des Kuchens studierte er seine Notizen vom Tag. Er sah sich die Befragungen an, die AB für ihn erstellt hatte. Es standen die Personen aus dem Gästeprotokoll an, die für CX-232 Zugang zum Labor hatten. Er hatte auch einen Termin mit der Sicherheitsfirma.

Es gab zu viel zu tun, und er hoffte, mit dem Rundgang durch die Küche den Werdegang der Mahlzeit vom Ursprung bis zur Lieferung am Morgen verfolgen zu können. Wenn Chandler nicht derjenige war, der Neil vergiftet hatte, musste es irgendwo in dieser Nahrungskette geschehen sein.

Er wählte die Audiodatei aus, die gestern bereits funktioniert hatte, und ließ sie abspielen, bevor er ins Bett schlüpfte. Der Klang war beruhigend, aber seine Gedanken rasten, anstatt sich zu entspannen. Er wälzte sich hin und her, während er seine Gespräche mit den Mitgliedern des wissenschaftlichen Teams durchging. Einer von diesen fünf war wahrscheinlich ein Mörder. Im Moment schien keiner von ihnen verdächtiger zu sein als Chandler.

Um seinen Schlafmangel zu kompensieren, begann Coop den Tag im Fitnessstudio. Seine Hoffnung, dass ein intensives Laufbandtraining ihn wiederbeleben würde, wurde enttäuscht. Nach einer Dusche zog er sein T-Shirt mit der Aufschrift *Ich trinke meinen Kaffee mit einem Spritzer Sarkasmus* an.

AB kam in sein Büro, als Coop sich gerade seine einzige richtige Tasse Kaffee einschenkte. Sie war riesig und enthielt etwa drei Portionen, aber es war eine Verbesserung gegenüber seinem früheren Konsum. Sie schüttelte den Kopf und grinste. »Erstaunlich, dass man so viele verschiedene unhöfliche T-Shirts finden kann, die es perfekt auf den Punkt bringen.«

»Es ist ein Geschenk«, sagte er und nahm einen langen Schluck von dem leckeren Gebräu, das er liebte. »Ah, das habe ich heute Morgen gebraucht.«

»Ich dachte, deine Strandwellen funktionieren.«

»Gestern Abend nicht so sehr. Ich werde es weiter versuchen.«

»Ich bleibe bei meiner Einschätzung. Es lag eher an der Anzahl dieser ausgefallenen Rum- und Ingwerbier-Cocktails, die du getrunken hast.«

»Da könntest du recht haben. Die waren köstlich.«

Sie griff nach dem Ordner auf ihrem Schreibtisch, und bevor sie in Coops Büro ankam, hörte sie ein Klopfen an der Eingangstür. Sie drehte sich um und sah nach draußen. »Hey, Miss Abigail. Nur eine Sekunde«, rief sie so laut, dass Coop sie hören konnte.

Er kam aus seinem Büro und rollte mit den Augen. »Tante Camille«, murmelte er.

Er begrüßte Miss Abigail mit einem Lächeln und nahm ihre Hand, um ihr hereinzuhelfen. »Ich wusste nicht, dass Sie so früh kommen würden«, sagte er und half ihr auf einen Stuhl. Sie war gebrechlich und ging mit einem Stock.

»Oh, ich konnte einfach nicht länger warten. Camille sagte, du würdest mir mit meinem Testament helfen, und ich muss es fertigmachen.«

Coop nahm einen neuen Schreibblock von ABs

Schreibtisch und setzte sich auf die Couch, um der älteren Frau gegenüberzusitzen. »Also, was ist los?«

»Dieser Schurke von einem Enkel versucht, mich zu bestehlen. Ich habe Trevor dabei erwischt, wie er meine Schreibtischschubladen durchwühlt hat. Er suchte nach den Eigentumsrechten für Howards Autos. Und Franklin hat Schecks von meinem Konto benutzt.« AB kam mit einem Tablett und reichte Abigail eine Tasse Tee.

»Ich kenne Franklin schon sehr lange und kann mir nicht vorstellen, dass er oder Trevor Sie oder jemand anderen bestehlen würden. Und jetzt sind Sie sicher, dass er nichts Gutes im Schilde führt? Haben Sie mit ihm darüber gesprochen?«

»Ich bin fertig mit Reden, Cooper. Ich will, dass Franklin und Trevor aus meinem Testament gestrichen werden. Es ist Ronald gegenüber nicht fair, wenn Franklin und seine Familie mich bestehlen.«

»Lassen Sie mich mit Franklin sprechen und sehen, ob wir der Sache auf den Grund gehen können. Ich bin sicher, es gibt eine logische Erklärung. Er ist ein erfolgreicher Mann und eine Stütze der Gemeinde. Vielleicht ist es nur ein Missverständnis.«

Abigails Augen füllten sich, und fette Tropfen fielen auf ihre Wangen. AB bot ihr eine Schachtel mit Taschentüchern an und nahm ihr die Tasse ab. »Es ist unfassbar für mich. Ich kann nicht verstehen, warum er Trevor erlaubt, mich zu bestehlen, und ich weiß nicht, warum er Schecks ausstellt. Sein Vater und ich haben ihn besser erzogen als das. Eine solche Respektlosigkeit habe ich nicht verdient.«

Coop tätschelte ihre Hand. »Wir werden der Sache auf den Grund gehen, Miss Abigail. Machen Sie sich keine Sorgen! Ich werde mit Franklin sprechen. Dann rufe ich Sie an und wir sehen weiter. Es wird nicht lange dauern, Ihr Testament zu ändern, wenn Sie es dann wollen.«

»Oh, das will ich. Ich kann nicht zulassen, dass Franklin und seine Familie mich bestehlen, und ihnen dann den gleichen Anteil wie Ronald geben.« Ihre wässrigen Augen starrten aus dem Fenster. »Erst neulich hat Franklin seine Hausarbeiten nicht gemacht. Er war mit einem seiner Freunde unterwegs und hat es vergessen. Ronald musste sich für mich darum kümmern. Franklin ist der Älteste. Er muss ein besseres Beispiel sein. Der Junge muss erwachsen werden.«

AB hob die Brauen und sah Coop an. Er hielt weiterhin Abigails Hand. »Ah, er ist ein guter Junge. Ich vergesse auch manchmal, etwas zu tun.« Er schaute aus dem Fenster und sah, dass ihr Auto schief geparkt war und mit einem Reifen auf dem Bordstein stand. »Wissen Sie, es sieht so aus, als hätten Sie einen platten Reifen. Ich bitte AB, Sie nach Hause zu fahren, und ich lasse den Reifen aufpumpen und bringe dann alles zu Ihnen zurück. Ist das in Ordnung?«

Ihre Hände zitterten, als sie das Taschentuch benutzte, um sich die Augen zu tupfen. »Oje, ich hatte ja keine Ahnung. Das wäre wunderbar. Ich rufe Howard an und sage ihm, dass du dich um das Auto kümmerst.«

AB schürzte die Lippen und schüttelte traurig den Kopf. Howard, Abigails Mann, war vor mehr als zehn Jahren gestorben. »Ich bringe Sie sicher nach Hause.« AB stand auf und half ihr, bevor sie ihr den Holzstock reichte.

Coop begleitete Abigail zu ABs leuchtend grünem VW-Käfer. Sobald sie weggefahren waren, rannte er wieder hinein, um den angesehenen Bezirksrichter anzurufen. Er erklärte, was mit seiner Mutter geschehen war und dass er sich nicht sicher fühlte, sie nach Hause fahren zu lassen.

Richter Monroe seufzte und sagte: »Sie hat ein paar

Vergesslichkeitsanfälle gehabt. Ich schätze, es ist schlimmer, als wir dachten. Ich weiß es zu schätzen, dass Sie sich die Zeit für sie genommen haben. Sie hat mich gebeten, ein paar der Fahrzeuge zu verkaufen, die sie nicht mehr benutzt. Ich schickte Trevor zu ihr, um die Fahrzeugpapiere zu besorgen, und sie wurde sehr unruhig. Ich schob es darauf, dass sie Angst hatte, Dads Autosammlung zu verlieren. Sie hat so lange an ihnen festgehalten, und es kostet ein Vermögen, sie instandzuhalten und in Schuss zu halten. Ich bezahle jetzt ihre Rechnungen für sie, und deshalb redet sie über ihr Girokonto.«

»Ich glaube, sie ist verwirrt und hat wahrscheinlich vergessen, dass sie zugestimmt hat, die Autos zu verkaufen. Sie scheint zwischen der Gegenwart und der Vergangenheit hin und her zu springen. Sie dachte, Ihr Vater sei noch am Leben«, sagte Coop.

Coop hörte, wie Richter Monroe schwer ausatmete. »Ich werde jemanden beauftragen, das Auto zu holen und es ihr zurückzubringen. Vielen Dank für den Anruf, Coop. Ich werde mit Ronald sprechen. Wir müssen uns der Realität stellen, was ihren Zustand angeht. Sie wird Pflege brauchen.«

Coop trennte die Verbindung und rief Tante Camille an. Er erklärte ihr die Situation mit Abigail und sein Gespräch mit Richter Monroe. Seine Tante ließ ein trauriges Stöhnen hören. »O nein. Ich habe sie seit ein paar Monaten nicht mehr gesehen, sondern nur noch mit ihr telefoniert. Ich werde sie diese Woche auf jeden Fall besuchen. Vielleicht kann ich ihr helfen.«

Coop sah auf die Uhr. Er hatte sich für seine heutige Küchentour nicht auf eine bestimmte Zeit festgelegt, aber Miss Abigail hatte ihm einen Strich durch die Rechnung gemacht. Gus kam durch die Tür von Coops Büro mit seiner

Leine im Maul. Coop konnte seinen traurigen Augen nicht widerstehen und befestigte sie an seinem Halsband. »Okay, nur ein kurzer Spaziergang heute, Gus.«

Gus liebte es, durch die Nachbarschaft zu spazieren, an Büschen und Bäumen zu schnüffeln, vorbeigehende Leute zu begrüßen und so zu tun, als würde er Eichhörnchen jagen. Coop plauderte auf ihren Spaziergängen immer mit Gus. »Du weißt doch, dass AB jeden Moment zurückkommen wird. Du wirst ihr heute Gesellschaft leisten müssen, denn ich weiß nicht, wie lange ich bei *Borlund* bleiben werde. Schade, dass es dort keine Tagesbetreuung für Hunde gibt. Das würde dir doch gefallen, oder?« Sie gingen ein paar Blocks weiter, und als sie zum Büro zurückkehrten, war ABs Auto wieder da.

Gus sprang durch die Hintertür und eilte zu ABs Schreibtisch. »Wie ist es mit Miss Abigail gelaufen?«

»Gut, sie war verwirrt, als wir ankamen. Ich musste sie daran erinnern, dass ihr Auto ein Reifenproblem hatte und ihr zurückgegeben werden würde. Ich habe sie bei der Haushälterin gelassen, die gerade angekommen war.«

»Richter Monroe wird mit seinem Bruder über die Betreuung von Miss Abigail sprechen. Tante Camille will sie diese Woche besuchen. Eine traurige Situation.«

»Ich werde mich daran machen, das wissenschaftliche Team eingehend zu überprüfen. Du hast heute Nachmittag den Termin mit der Sicherheitsfirma in deren Büro und danach noch ein paar Telefonbefragungen mit Leuten aus den Gästebüchern. Die anderen sind für morgen und übermorgen angesetzt.«

»Klingt gut. Wie wäre es, wenn du heute Abend zum Essen zu uns kommst? Dann können wir uns austauschen.«

»Ich werde Tante Camille anrufen und ihr sagen, dass du mich eingeladen hast.« Sie lachte, als sie ihre Tasse in die

Hand nahm und in die Küche ging, um eine Tasse Tee zu kochen.

Coop meldete sich bei Amanda und Chandler, bevor er mit Bernie, dem Leiter des Sicherheitsteams, zusammengeführt wurde. Bernie führte Coop durch das Sicherheitszentrum mit seinen hochmodernen Geräten und Kameras. Bernie hatte ein freundliches, aber professionelles Auftreten und begrüßte die Mitarbeiter mit ihrem Namen, wenn sie an ihm in den Gängen vorbeigingen.

Er führte Coop durch die große Cafeteria, die mehr an einen gehobenen Food Court erinnerte als an jede andere Cafeteria, die Coop bisher besucht hatte. Bernie erklärte, dass dort täglich Frühstück und Mittagessen serviert würden und es jeden Tag eine große Auswahl gäbe.

Er forderte Coop auf, ihn zu der Essensschlange zu begleiten, hinter der sich die Kellner befanden. »Ich dachte, wir fangen mit dem Frühstück an. Ich habe auf Sie gewartet, also bin ich am Verhungern«, sagte er mit einem kurzen Lächeln. Bernie wählte Biscuits und Soße sowie Eier und Würstchen.

Durch Miss Abigails Störung hatte Coop keine Zeit für etwas anderes als Kaffee gehabt. Er entschied sich für Rührei und Toast, füllte seine Tasse mit koffeinfreiem Kaffee und setzte sich zu Bernie an einen ruhigen Tisch in der Nähe eines massiven Steinkamins, der eine Wand des Raumes dominierte. Coop stürzte sich auf sein Essen und sagte: »Das ist fantastisch.«

»Ja, und der Preis ist unschlagbar. Neil und Chandler behandeln die Mitarbeiter wie eine Familie. Es ist ein toller Ort zum Arbeiten. Wir sind alle fassungslos über Neils Tod.«

»Haben Sie irgendwelche Theorien, wer ihn getötet haben könnte?«

Bernie schüttelte den Kopf, während er sich einen weiteren Bissen in den Mund schob. »Keine Ahnung, aber niemand glaubt, dass Mr. Hollund etwas damit zu tun hat.«

Bernie schloss sich den Gedanken von Coop an. »Was ist mit den anderen Wissenschaftlern im Team?«

»Ich habe noch nie etwas gesehen, was mich vermuten lässt, dass einer von ihnen so etwas tun würde. Ich kenne sie nicht so gut wie Mr. Hollund, aber es fällt mir schwer, mir vorzustellen, dass einer von ihnen jemanden umbringt.«

»Wir werden einen ausführlichen Hintergrundbericht über jeden von ihnen erstellen und ihre Finanzen und Telefondaten durchgehen. Können Sie dafür sorgen, dass ihre E-Mail- und Telefonaufzeichnungen an mein Büro geschickt werden?« Coop nahm einen Schluck aus seiner Tasse und fügte hinzu: »Auch die von Neil und Chandler.«

»Klar doch. Ich kümmere mich darum. Mr. Hollund sagte mir, Sie hätten freie Hand und ich solle Ihnen alles besorgen, was Sie wünschen.«

Sie beendeten das Frühstück und Bernie führte Coop in die Küche hinter der Ausgabe. Es gab eine zentrale Küche mit mehreren Kochflächen und Vorbereitungsbereichen, von denen aus das Essen zu einer Reihe von themenbezogenen Food-Court-artigen Ausgabebereichen geleitet wurde, in denen die Mitarbeiter ihre Mahlzeiten auswählen konnten.

Coop beobachtete das Treiben der Küchenmitarbeiter, die in weiße Hemden und schwarze Hosen gekleidet waren und alle so etwas wie bauschige Duschhauben trugen. Eine Handvoll Mitarbeiter hatte bestickte Kochjacken und trug bunte Kopfbedeckungen. Bernie erklärte, dass die Küchenchefs und Souschefs die Kopfbedeckungen trugen und alle anderen Küchenmitarbeiter die Einweghauben, die sie wie eine Armee von Krankenschwestern aussehen ließen.

Coop beobachtete, wie die Köche das Küchenpersonal anleiteten, wie sie sich durch den Raum bewegten, wie sie schleppten und schoben, schnitten und würfelten, sautierten und backten. Es war wie ein kulinarisches Ballett. Bernie winkte Coop, ihm in ein Büro zu folgen, das an einen großen Raum grenzte, der als Vorratskammer und Lager für die trockenen Lebensmittel diente.

Bernie winkte zur Begrüßung, als er zur offenen Tür kam. »Hey, Arlo. Das ist Coop Harrington. Er untersucht den Tod von Mr. Borden. Mr. Hollund hat darum gebeten, dass wir ihm alles zur Verfügung stellen, was er braucht.« Bernie ließ Coop in der Küche zurück und versprach, ihn abzuholen, wenn er fertig war.

Coop reichte dem großen Mann, der eine weiße Jacke mit der Aufschrift *Chefkoch* trug, die Hand, die er schüttelte. »Natürlich. Wir sind die Dinge selbst durchgegangen. Stimmt es, dass sie glauben, er sei vergiftet worden?«

Coop nickte. »Ja, ich versuche herauszufinden, wer Zugang zu den Lebensmitteln hatte, die an diesem Tag zum Mittagessen serviert wurden. Bernie führt mich herum, damit ich ein Gefühl für den Prozess bekomme und weiß, wie anfällig das Essen für Manipulationen ist.«

Arlos Gesicht verzog sich. Der rundliche Mann schüttelte den Kopf, als er sich wieder auf seinen Stuhl setzte. »Ich kann mir nicht vorstellen, dass einer der Mitarbeiter hier so etwas tut. Es macht mich einfach krank.«

»Haben Sie in letzter Zeit neue Mitarbeiter oder Zeitarbeiter eingestellt?«

Arlo hielt in Gedanken inne. »Nein, ich habe alles noch einmal überprüft, als die Polizei hier war. An diesem Tag gab es keine neuen oder temporären Mitarbeiter.«

Coop befragte Arlo weiter und ließ sich von ihm die Zubereitung des Mittagessens erläutern, das den Mitarbeitern serviert wurde. Arlo erklärte, dass sie eine Auswahl von Rezepten hatten, die von beiden Männern bevorzugt wurden, und dass sie per E-Mail oder durch einen Anruf eines der Assistenten benachrichtigt wurden, wenn die beiden Partner in ihrem privaten Esszimmer zu Mittag essen würden. Die Auswahl des Menüs war Arlo überlassen.

Arlo oder einer der leitenden Souschefs bereitete das Essen vor, und wenn es fertig war, wurde es über den Dienstaufzug geliefert. Die Lieferung wurde von einem der wenigen Top-Küchenmitarbeiter oder von einem, der gute Arbeit geleistet hatte und als Anerkennung für die gute Arbeit ausgewählt wurde, den Partnern das Mittagessen zu servieren, übernommen. Das Essen bestand immer aus einer Suppe, gefolgt von einem Hauptgericht und einem Salat sowie einem Dessert.

»Ich habe mir das Essen von diesem Tag mehrmals angeschaut. Zuerst dachte ich, es sei vielleicht eine Lebensmittelallergie oder etwas anderes Seltsames, aber es war alles in Ordnung.« Arlo schüttelte den Kopf und reichte Coop ein Stück Papier. »Hier ist der Speiseplan von diesem Tag.«

Coop studierte die Speisekarte und bemerkte die Hühnertortillasuppe, gefolgt von weichen Tacos mit grünem Salat und Schokoladenlavakuchen. »Klingt köstlich. Wissen Sie noch, wer das Essen geliefert hat?«

»Ja, normalerweise achte ich nicht so sehr darauf, aber nach Mr. Borden wollte ich sichergehen, dass wir es nicht vermasselt haben. Jake, einer unserer Junior-Souschefs, hat es geliefert. Ich habe ihn befragt, und er hat bei der Lieferung nichts Ungewöhnliches bemerkt. Ich weiß, dass die Polizei ihn befragt hat.«

»Ich würde gerne mit ihm sprechen. Hat er ein paar Minuten Zeit für mich?«

Arlo nickte und ging in die Zentralküche. Er klopfte einem jungen Mann auf den Rücken und wies ihn an, seinen Arbeitsplatz zu verlassen. Arlo stellte Coop vor und bot ihm an, sein Büro zu benutzen.

Jake setzte sich und leckte sich über die Lippen, sein blasses Gesicht wurde durch die dunklen Ringe unter seinen Augen noch betont. Er stieß einen langen Seufzer aus und sagte: »Ich habe mich verrückt gemacht, weil ich herausfinden wollte, wie das Essen von Mr. Borden vergiftet wurde.«

»Ich weiß, dass Sie das schon oft mit der Polizei und Arlo besprochen haben, aber ich würde es gerne noch einmal hören. Ich arbeite für Mr. Hollund und hoffe, dass ich herausfinden kann, wer Mr. Borden getötet hat.«

Jake nickte heftig. »Ich verstehe. Keiner von uns kann glauben, dass Mr. Hollund so etwas tun würde. Der Koch hat mich an diesem Tag die Tacos machen lassen. Er sagte, sie seien perfekt, und fragte, ob ich das Essen servieren wolle. Natürlich habe ich die Chance ergriffen. Es ist eine Art Belohnung, die Partner zu bedienen. Jedenfalls habe ich die Vorspeisen angerichtet und die Tabletts nach oben gebracht, sobald sie fertig waren.«

Coop kritzelte Notizen, während Jake sprach. »Sind Sie während des Essens geblieben?«

»Nein, an diesem Tag nicht. Sie wollten, dass ich alles serviere und dann gehe. Melissa sagte, sie hätten einige Dinge zu besprechen und wollten in Ruhe gelassen werden. Ich habe die Suppe und den Salat auf den Tisch gestellt und die Hauptgerichte und das Dessert auf dem Wagen gelassen. Sie tranken beide nur Wasser, das war also ganz einfach.«

»Wer hat an diesem Tag die Suppe gekocht?«

»Zach hat das an diesem Tag gemacht. Er ist Senior-Souschef und macht die meisten Suppen. Sie sind sein Markenzeichen und die beliebtesten Suppen, die wir anbieten. An diesem Tag ging sie uns sogar beim Mittagessen aus.«

Coop befragte Jake weiter, ob er den Wagen mit dem Essen während der Lieferung unbeaufsichtigt gelassen habe. Jake erzählte von den Schritten, die er unternommen hatte, um das Essen auszuliefern. Die einzige Zeit, in der er das Essen nicht im Blick hatte, war im privaten Esszimmer. Er war allein im Serviceaufzug. Er erinnerte sich daran, ein paar Leute auf dem Gang gesehen zu haben, aber das Essen war die ganze Zeit verdeckt gewesen. Er hielt nie mit dem Wagen an, außer um sich bei Mr. Bordens Assistentin zu melden.

»War sie jemals allein mit dem Essen?«, fragte Coop.

Auf Jakes Stirn erschienen Falten, als er über die Frage nachdachte. »Ich glaube nicht. Ich versuche, mich zu erinnern, ob sie ins Zimmer kam, nachdem sie mir die Tür geöffnet hat.«

»Nehmen Sie sich Zeit! Schließen Sie die Augen und stellen Sie sich den Tag vor Ihrem inneren Auge vor. Konzentrieren Sie sich darauf, wie sie Ihnen die Tür öffnet, und was haben Sie dann getan?«

Jake schloss die Augen und Coop schwieg, damit er sich konzentrieren konnte. »Ich flirte immer mit ihr. Nichts Ernstes, aber sie ist süß, also versuche ich, charmant zu sein. Ich habe damit geprahlt, dass ich das Mittagessen zubereitet habe, und, ja, sie ist mit mir hineingekommen. Sie war dabei, als ich das Tischtuch aus dem Schrank holte und den Tisch deckte.« Er öffnete die Augen wieder. »Ich schätze, sie war technisch gesehen allein mit den Tabletts, während ich ihr den Rücken zugekehrt habe.«

»Großartig, das ist großartig, Jake. Also lassen Sie uns dieses Gespräch vertraulich behandeln. Es hat zu diesem Zeitpunkt noch nichts zu bedeuten. Ich versuche nur, die Dinge zu überprüfen und sicherzustellen, dass nichts übersehen wurde. Ich werde bei Melissa nachhaken.«

Jake machte eine Bewegung, also würde er einen Reißverschluss über seinen Lippen schließen. »Ich verstehe. Das alles macht mir schon genug zu schaffen. Ich werde kein Wort sagen.«

Coop bedankte sich bei Jake und suchte Arlo auf, um die Erlaubnis zu erhalten, die Essenszubereitung zu beobachten. Coop überblickte das Geschehen und suchte die Decke und die Wände nach Kameras ab. Er entdeckte Kameras entlang der Ausgabe und eine, die die Lagerbereiche für die Lebensmittel überwachte. Im allgemeinen Küchenbereich sah er nur eine Kamera.

Coop machte sich ein paar Notizen und meldete sich bei Arlo, bevor er ging. »Könnten Sie in Ihren Unterlagen nachsehen, ob es Mitarbeiter gibt, die am Tag des Ereignisses oder am nächsten Tag nicht da waren?«

Arlo tippte in die Tasten seines Computers und schüttelte den Kopf. »Tut mir leid, an dem Tag ist nichts. Wir haben zwei Leute, die am Tag danach nicht da waren. Marco ist immer noch nicht da. Er hat Urlaub. Er ist mit seiner Frau auf einer Kreuzfahrt und wird erst in ein paar Wochen zurückkommen. Monica war am Tag danach nicht da, ein bereits vorher vereinbarter Tag für einen Arzttermin.«

Coop nickte dankend und machte sich auf den Weg zurück zu Bernie. Er nahm ihn mit in den Dienstaufzug und zeigte Coop den Weg zu Mr. Bordens Büro. Die Flure waren ruhig, als sie zu Melissas Schreibtisch gingen. Bernie winkte ihnen zu und Coop sagte: »Wir würden uns gern den

Speisesaal ansehen, in dem die Partner zu Mittag gegessen haben.«

Melissa stand auf, lächelte die beiden Männer an und führte sie durch einen langen Flur an einem Konferenzraum vorbei zu einer verschlossenen Tür. Sie schloss die Tür mit einem Schlüssel auf und hielt sie für die beiden auf.

Der Raum war groß und mit einem runden Tisch ausgestattet, an dem zwei Personen Platz hatten. »Ich hatte einen kleinen Raum erwartet«, sagte Coop.

»Er dient mehreren Zwecken. Er wurde für private Zusammenkünfte konzipiert. Mr. Borden nutzte ihn für die Bewirtung von Kunden oder anderen Gästen. Mr. Hollund war nicht sehr gesellig und nutzte ihn normalerweise nur, wenn es ein Gruppentreffen gab, zum Beispiel eine Feier für das Team oder etwas Ähnliches. Er und Mr. Borden aßen hier ein paar Mal pro Woche zu Mittag.«

Coop sah sich im Zimmer um und bemerkte, dass der Schrank am anderen Ende des Raumes stand, weit weg vom Tisch. »Jake sagte mir, er habe am Tag von Mr. Bordens Tod das Mittagessen geliefert. Wie ich hörte, waren Sie auch im Zimmer, als er das Essen vorbereitete?«

Sie nickte. »Das ist richtig. Ich möchte immer sicherstellen, dass alles für die beiden bereit ist.«

»Ist Ihnen an dem Tag etwas Seltsames aufgefallen? Waren die Gloschen auf den Tellern, als Jake ankam?«

»Nichts schien ungewöhnlich zu sein. Wenn ich mich recht erinnere, war das Essen zugedeckt. Wir unterhielten uns, während er den Tisch eindeckte. Oft bleibt der Kellner im Raum oder in der Nähe, aber Mr. Borden bat mich, sie beim Mittagessen allein zu lassen und nicht hierzubleiben. Er wollte mit Mr. Hollund über den Verkauf des Unternehmens sprechen und wollte nicht gestört werden.«

»Haben Sie das Essen angefasst?«

Melissas Lächeln verschwand und wurde durch eine Grimasse ersetzt. »Das habe ich sicher nicht. Ihre Anschuldigung gefällt mir nicht, Mr. Harrington.«

Coop hob die Hände. »Das ist keine Anschuldigung, ich stelle nur Fragen. Hat Jake das Essen aufgedeckt, bevor er ging?«

»Er nahm die Gloschen von der Suppe und dem Salat ab. Die Hauptgerichte ließ er zugedeckt, damit sie warm blieben.« Ihr Tonfall war abgehackt und entbehrte jeglicher Wärme.

»Ist es möglich, dass jemand den Speisesaal betreten hat, als das Essen vorbereitet wurde und Mr. Hollund und Mr. Borden eintrafen?«

Sie schüttelte den Kopf. »Das glaube ich nicht. Nachdem Jake gegangen war, rief ich Mr. Borden an, um ihm mitzuteilen, dass das Mittagessen fertig war, und er kam ein paar Minuten später herein. Ich bin gegangen und habe niemanden mehr gesehen, außer Mr. Hollund, als er an meinem Schreibtisch vorbeikam.«

»Mr. Hollund kam also an, als Mr. Borden bereits im Zimmer war?«

»Ja. Ich nehme an, Mr. Borden könnte den Raum vor Mr. Hollunds Ankunft verlassen haben, aber das kann ich nicht wissen.«

»Der einzige Zugang zu diesem Raum erfordert, dass ein Besucher an Ihrem Schreibtisch vorbeikommt, richtig?«

»Richtig … nun, mit Ausnahme von Mr. Bordens privatem Aufzug. Jeder der Partner hat seinen eigenen Aufzug, der direkt in sein Büro führt. Es könnte also jemand mit dem Aufzug in sein Büro gelangt sein und von dort aus in den Flur und in das Esszimmer gelangen.«

Bernie fügte hinzu: »Die privaten Aufzüge benötigen eine Schlüsselkarte und sind nur für die Partner und ihre

Assistenten zugänglich, und natürlich für die Sicherheitskräfte.«

Coop kniff die Augen zusammen, als er nickte. »Könnte ich bitte den Aufzug sehen?«

Bernie führte ihn zur Tür hinaus und Coop bedankte sich bei Melissa für ihre Zeit. Sie gingen den Flur entlang, und Bernie benutzte seine Schlüsselkarte, um Mr. Bordens Büro zu öffnen. Er führte Coop zu einer Nische hinter einer falschen Wand und zeigte ihm den Aufzug. Bernie drückte den Knopf, und die Türen öffneten sich. Er zeigte Coop den Kartenleser und drückte den Knopf für die Lobby. Der Aufzug bewegte sich nicht, bis er seine Karte an das Lesegerät hielt.

Coop und Bernie stiegen an einer anderen Ecke im Erdgeschoss aus, die vom Hauptflur aus nicht zu sehen war, gegenüber einer Reihe von Toiletten – neben einem anderen Aufzug, dem von Mr. Hollund, der von der Lobby zu seinem Büro führte. Bernie wies darauf hin: »Sie haben ihn nicht oft benutzt. Er war Teil des ursprünglichen Entwurfs, aber unnötig. Es ist ja nicht so, dass es ein zwanzig stöckiges Gebäude ist.«

Coop nickte zustimmend. »Gab es am Tag des Mordes irgendwelche Aktivitäten in den Aufzügen?«

»Mr. Borden benutzte den Aufzug morgens bei seiner Ankunft und später am Vormittag noch einmal. Das steht in Ihren Protokollen.«

»Danke, ich muss diese Details noch überprüfen.«

Bernie fügte hinzu: »Ich habe mir das Videomaterial vom Tag des Mordes angeschaut und nichts Verdächtiges gefunden. Wir haben keine große Anzahl von Kameras. Sie konzentrieren sich hauptsächlich auf die Eingänge. Nichts in den Treppenhäusern und nichts in den Laboren. Ich habe mich dafür eingesetzt, dass dort Kameras installiert werden, aber Mr. Hollund hat darauf bestanden, dass keine installiert werden, um den Zugang zur Forschung zu beschränken. Betriebsspionage und so.«

»Ich kann seinen Standpunkt verstehen. Ich suche nur nach etwas, das uns zu dem wahren Mörder führt. Ich habe das Gefühl, dass niemand Chandler einen Mord zutraut.«

Bernie schüttelte den Kopf. »Dem würde ich zustimmen. Er ist nicht der Typ dafür.«

KAPITEL FÜNF

Auf der Fahrt zu Omni Security dachte Coop an Melissa und die Tatsache, dass sie allein mit dem Essen gewesen war. Nachdem er eine Stunde lang mit den Technikern und deren Chef gesprochen hatte, war er überzeugt, dass die Wahrscheinlichkeit einer Manipulation gering war. Sie zeigten ihm, wie das computergesteuerte System alle Aktionen, einschließlich der Aktivitäten des Administrators, aufzeichnete.

Chandlers Büro hatte veranlasst, dass Omni eine vollständige Überprüfung durchführte und die Ergebnisse an Coop weitergab. Am Tag des Mordes hatte es keine Manipulationen gegeben. Die letzte Umprogrammierung der Labortür war vor Monaten für Dr. Harris vorgenommen worden, weil sie ihren Ausweis zu Hause vergessen hatte.

Sie vergewisserten sich auch, dass die einzigen Karteninhaber mit uneingeschränktem Zugang Chandler und Neil sowie die Sicherheitsbeamten waren. Coop studierte die Berichte. »Können Sie feststellen, ob der

Zugang zur Labortür jemandem zuvor gewährt und dann entfernt wurde?«

Ein Techniker drückte ein paar Tasten auf der Tastatur und zeigte einen Bildschirm an. »Nein, die Zugangsgruppen für diese Tür wurden seit Jahren nicht geändert. Nur diese sieben Personen haben Zugang. Niemandem sonst wurde jemals ein temporärer Zugang gewährt.«

Coop nahm den Bericht entgegen, bedankte sich und fuhr zurück zu *Harrington and Associates*.

Er fand AB an ihrem Computer und Gus dicht an ihren Stuhl gekuschelt. »Ich habe mir schon Sorgen gemacht, dass du zu spät zu deinem Termin kommen würdest«, sagte sie.

Coop eilte in sein Büro: »Ich weiß. Es hat länger gedauert, als ich dachte, aber soweit ich es beurteilen kann, ist das Schlüsselkartensystem wasserdicht.« Er ließ sich auf seinen Stuhl fallen und benutzte die Notizen, die AB vorbereitet hatte, um seinen ersten Anruf zu tätigen.

Dreißig Minuten später kam er aus seinem Büro und fuhr sich mit den Händen durch das Haar. »Das war ein Reinfall«, sagte er und ließ sich auf die Couch plumpsen. »Der Vertreter der Firma für wissenschaftliche Geräte hat neue Kataloge vorbeigebracht und das Mittagessen für das Team mitgebracht. Er kam nicht einmal in die Nähe des Raums mit den Fläschchen. Er war nur in ihrem kleinen Konferenzraum.«

»Was ist mit dem Mann von der Zulassungsbehörde?«, fragte sie.

»Er war dort, um mit Dr. Swenson über die bevorstehenden Versuche am Menschen zu sprechen. Er interessierte sich für das Patientenzimmer und die

Protokolle. Er ging nicht in das Labor oder den Raum mit dem CX-232.« Coop lehnte sich zurück und starrte an die Decke. »Keiner von ihnen hat etwas Ungewöhnliches bemerkt.«

»Ich habe einige der Verdächtigen überprüft. Den Rest überprüfe ich noch.«

»Füge Melissa Schwarz, Neils Assistentin, zu dieser Liste hinzu. Ich habe erfahren, dass sie allein mit der Suppe war, bevor die beiden Partner eintrafen. Die einzige andere Person, die allein mit der Suppe war, war Jake Chapman, einer der Souschefs. Wir sollten seinen Hintergrund überprüfen.«

AB nickte. »Verstanden. Ich sollte das alles bis morgen fertig haben.«

»Ich werde das Videomaterial heute Abend mit nach Hause nehmen und es mir ansehen. Ich denke, es könnte mich einschlafen lassen.«

Er pfiff nach Gus, und der Hund folgte ihm durch die Hintertür und sprang in den Jeep. Nach einer reichhaltigen Mahlzeit zog er sich in sein Büro zurück und rief die Kameraaufzeichnungen von *Borlund Sciences* auf.

Gus ließ sich auf seinem Stuhl nieder. Er hatte Mühe, die Augen offen zu halten, als er Coop beobachtete, der auf seinen Computerbildschirm starrte. Coop konzentrierte sich bei seiner ersten Überprüfung auf die Labortür. Das Filmmaterial deckte die Woche vor Neils Ermordung ab. Er beobachtete, wie die Wissenschaftler, die er wiedererkannte, das Labor betraten und verließen. Nichts schien fehl am Platz zu sein. Er sah, wie der Hausmeister am Abend ankam und durch die Tür begleitet wurde. Er konnte das Innere des Labors nicht sehen, aber er bemerkte, dass jeder Hausmeister nicht mehr als zwanzig Minuten darin verbrachte, bevor er es mit einem Versorgungswagen verließ.

Neil kam nicht jeden Tag, sondern nur ein paar Mal in der Woche vor seinem Tod. Er trug einen Ordner bei sich und verbrachte nicht viel Zeit im Labor. Das letzte Mal war er am Tag vor dem Mord dort. Der einzige Mitarbeiter, der zum Zeitpunkt seines Besuchs im Labor war, war Chandler.

Am Abend vor dem Mord arbeitete Chandler lange. Er verließ das Labor gegen acht Uhr und kehrte Minuten vor zehn Uhr mit seiner Aktentasche zurück. Er verbrachte weniger als fünfzehn Minuten im Labor, bevor er es verließ. Coop notierte sich die Zeiten, damit er Chandlers Aktivitäten nachgehen konnte, wenn der nicht im Labor arbeitete.

Coop sah sich die Kamerabilder an, die den Eingangsbereich von Neils Bürosuite abdeckten. Die Kamera erfasste nur den Flur draußen und den Eingang, einschließlich Melissas Bereich. Coops Augen wurden müde, während er die alltäglichen Aktivitäten innerhalb des Gebäudes beobachtete. Am Tag des Mordes hatte er Neil das Büro nicht betreten sehen, was mit Bernies Aussage übereinstimmte, dass er den Privataufzug benutzt hatte.

Er sah Neil auf der Kamera, als er sich Melissas Schreibtisch mit einem Ordner näherte und sich dann in Richtung seines Büros zurückzog. Neil verließ das Büro gegen halb 11, und Coop wusste aus den Zugangsdaten, dass er zwanzig nach elf mit dem Aufzug zurückgekehrt war. Er beobachtete, wie Jake mit dem Tablett mit dem abgedeckten Essen den Flur hinunterkam, und sah, wie Melissa ihn unter Ausschluss der Öffentlichkeit in das Esszimmer führte.

Wie Jake gesagt hatte, kam er nach sieben Minuten ohne den Essenswagen zurück, was eine angemessene Zeitspanne war, um den Tisch zu decken. Melissa kam erst ein paar

Minuten vor Chandler zurück, der in den Blickwinkel der Kamera geriet und auf dem Weg ins Esszimmer vor ihrem Schreibtisch vorbeikam.

Er machte noch ein paar Notizen auf seinem Schreibblock, bevor er Feierabend machte und den Bildschirm ausschaltete. Melissa, Jake und Chandler waren die wahrscheinlichsten Verdächtigen, es sei denn, er könnte Beweise dafür finden, dass jemand anderes das Essen von der Küche bis zum Flur manipuliert hatte. Er notierte sich mental, Bernie zu kontaktieren und ihn um Hilfe bei der Suche nach den richtigen Kameras zu bitten, um Jakes Fahrt mit dem Servicewagen zu überwachen.

Am nächsten Morgen begann Coop erneut mit der Durchsicht des Filmmaterials. Er fand Chandler auf der Kamera, wie er sein Büro betrat, nachdem er am Abend vor dem Mord an Neil das Labor verlassen hatte. Er sah, wie er das Büro verließ und ein paar Minuten später mit einem Teller zurückkehrte. Coop beobachtete, wie er vor seinem Erscheinen im Labor um zehn Uhr erneut das Büro verließ. Er trug seine Aktentasche und seinen Mantel, als er das Licht in seiner Suite löschte. Coop sah sich die Aufnahmen an, die Chandler beim Verlassen des Labors an diesem Abend gemacht hatte, und bemerkte, dass er einen schweren Mantel trug und seine Aktentasche mit sich führte. Er verließ das Gebäude und kehrte erst am frühen Morgen des nächsten Tages zurück.

Coop schaute auf die Uhr und sah in der Akte über das Hausmeisterpersonal nach. Sie arbeiteten in der Spätschicht, sodass AB mit ihnen Termine am späten Vormittag im Büro von *Harrington and Associates* vereinbarte. Diesem Labor waren nur drei Hausmeister zugeteilt. Der erste auf dem Plan war Tim McCoy.

Tim nahm das Angebot von AB an, einen Kaffee zu trinken, und setzte sich auf einen Stuhl am Konferenztisch. Coop ging den beruflichen Werdegang von Tim durch und ließ ihn sich auf das Gespräch einlassen. Dann stellte er ihm einige Fragen, und Tim erklärte ihm die Aufgaben im Labor. »Einer der Ärzte folgte uns überallhin, wohin wir gingen. Wir haben den Müll entsorgt, die Toiletten geputzt und die Böden gewischt. Einmal in der Woche haben wir die Konferenzräume abgestaubt und gesaugt.«

»Wie oft waren Sie im Medikamentenlagerraum?«, fragte Coop.

»Nur, wenn wir gebeten wurden, die Böden zu reinigen. Die Ärzte reinigten alle Geräte und Theken und hielten den ganzen Raum blitzblank. Wahrscheinlich haben wir einmal pro Woche oder manchmal alle zwei Wochen den Boden in diesem Raum gewischt.«

Tim erläuterte weiter, dass der Bereich nicht stark frequentiert war, sodass der Reinigungsbedarf des gesamten Labors gering war.

»Haben Sie jemals die Reinigung allein durchgeführt, ohne dass einer der Ärzte dabei war?«

»Nein, Sir. Es war eine strenge Vorschrift für die Sicherheit des Projekts. Es war immer jemand bei uns.«

Nach ein paar weiteren Fragen bedankte sich Coop bei Tim und begleitete ihn zur Eingangstür. Die nächste Hausmeisterin kam ein paar Minuten später. AB begrüßte Charlotte Wyman und stellte sie Coop vor.

Charlotte war die Teamleiterin und arbeitete als Supervisorin. Sie gab Tims Bericht über ihre Arbeit im Labor wieder. Coop befragte sie über die Sicherheitsverfahren. »Wir alle wissen, dass das Geschäft leidet, wenn die Medikamente nicht zugelassen werden. Wir arbeiten gerne bei *Borlund* und genießen alle Vorteile, die wir erhalten. Es ist ein strenger Grundsatz, dass wir immer begleitet werden. Oft ist Dr. Hollund selbst derjenige, der unsere Arbeit beaufsichtigt. Er arbeitet länger als die anderen, sodass er manchmal der Einzige ist, der da ist.«

Auf Nachfrage erklärte sie, dass die Hausmeister im Labor anrufen oder an die Außentür klopfen, um Zugang zu erhalten. »Wenn sie beschäftigt sind, sagen sie uns, dass wir später wiederkommen sollen, also variieren die Zeiten, zu denen wir den Bereich betreuen, je nach ihrer Verfügbarkeit. In manchen Nächten haben wir nur die Toiletten aufgesucht und kurz geputzt. Es war auf keinen Fall schmutzig, also hat es nie viel Zeit in Anspruch genommen.«

Sie bestätigte, dass zwanzig Minuten eine angemessene Zeitspanne für den Aufenthalt in diesem Bereich wäre. »Die einzigen Male, dass wir länger brauchten, waren, als wir den Kühlschrank im Pausenraum gereinigt oder die Böden gewachst haben. Diese Arbeiten mussten wir immer vorher vereinbaren.«

Der letzte Hausmeister auf dem Befragungsplan war Brett Adams. Er war der Mitarbeiter, der in der Nacht vor Neils Ermordung das Labor gewartet hatte. Coop befragte ihn zu seinen Bewegungen in dieser Nacht und Chandlers Überwachung.

»Dr. Devi wollte gerade gehen, als ich ankam, also begleitete mich Dr. Hollund. Es war ein Routineabend. Ich habe die üblichen Aufgaben erledigt, nichts Besonderes.«

Coop fragte, ob er und Dr. Hollund während der Arbeit geplaudert hätten. Brett schüttelte den Kopf. »Nicht, dass ich wüsste. Manchmal haben wir ein bisschen geredet, aber wir wussten alle, dass wir nicht lange verweilen sollten. Sie mussten wieder an ihre Arbeit gehen, also konzentrierten wir uns auf unsere Aufgaben und gingen. Mac, äh, Dr. McCutcheon war der freundlichste. Er redete gerne über Sport oder Dinge, die in der Stadt passierten. Bei den anderen ging es nur ums Geschäft.«

Coop setzte das Gespräch fort und fragte, ob Brett etwas Ungewöhnliches aufgefallen wäre oder ob Dr. Hollund an diesem Abend anders gewirkt hätte. Brett runzelte die Stirn. »Nein, ich glaube nicht. Er ist ein ziemlich ernster Typ, wissen Sie. Er hat oft bis spät in die Nacht gearbeitet, also habe ich immer versucht, mich zu beeilen, damit er seine Arbeit erledigen konnte, anstatt mir bei meiner Arbeit zuzusehen.«

»War die Tür zum Medikamentenlagerraum offen oder geschlossen? War sie verschlossen, als Sie Ihre Arbeit getan haben?«

»Sie war normalerweise geschlossen, es sei denn, wir haben dort die Böden geputzt. Ich kann Ihnen nicht sagen, ob sie verschlossen war, nachdem wir sie benutzt haben.« Er dachte ein paar Minuten lang nach. »Wenn ich dort etwas zu tun hatte, wurde die Tür bereits für mich geöffnet. Wir haben keinen Schlüssel dafür. So viel weiß ich.«

Coop geleitete Brett in den Empfangsbereich und dankte ihm, dass er sich die Zeit genommen hatte, im Büro vorbeizuschauen. Er schloss die Tür und setzte sich zu Gus vor den Kamin.

»Irgendetwas?«, fragte AB und hob erwartungsvoll die Augenbrauen.

Coop rümpfte die Nase. »Ich befürchte nicht. Sie haben alle bestätigt, dass sie nie allein oder unbeaufsichtigt gelassen werden.« Er erzählte von den Gesprächen und beklagte den mangelnden Fortschritt.

Er machte sich auf den Weg in sein Büro und kehrte dann

auf die Couch zurück, die dem Schreibtisch von AB am nächsten stand. »Vielleicht stellen wir die falschen Fragen.«

Sie drehte sich auf ihrem Stuhl um. »Wie das?«

»Du weißt ja, dass die Leute vergessen, dass es Hausmeister gibt. Sie werden fast unsichtbar, wie ein Teil des Mobiliars.«

Sie nickte. »Ja, oft sehen und hören sie Dinge, während sie im Hintergrund verschwinden.«

»Ich habe mich auf ihre Zeit im Labor konzentriert und versucht herauszufinden, ob sie jemals lange genug allein gelassen wurden, um das CX-232 zu stehlen. Vielleicht muss ich sie fragen, was sie über die Meinungsverschiedenheiten zwischen Neil und Chandler und die inneren Abläufe und Beziehungen bei *Borlund* wissen. Das, was nur sie sehen.«

»Das könnte etwas Licht ins Dunkel bringen. Ich werde sehen, ob du mit einem von ihnen inoffiziell sprechen kannst. Nicht bei *Borlund* und nicht hier. Du könntest dich auf einen Kaffee treffen, bevor die Hausmeisterschicht beginnt.«

»Gute Idee. Rufe Charlotte an und frage, ob wir für morgen einen Termin vereinbaren können. Sie ist am längsten dabei und sollte alles wissen, was es zu erzählen gibt. Wir könnten uns mit ihr in der hundefreundlichen Bäckerei treffen. Die ist in der Nähe von *Borlund*.« Coop verließ AB, um sich um alles Weitere zu kümmern, und nahm Gus mit, um kurz bei *Borlund Sciences* vorbeizuschauen. Er versprach Gus, dass es nicht lange dauern würde, und suchte Bernie auf.

Bernie erklärte sich bereit, das Filmmaterial über die Essensroute zusammenzustellen und es ihm innerhalb einer Stunde zukommen zu lassen. Coops nächster Halt war Chandlers Büro. Amanda führte ihn hinein, und Coop fand Chandler über seinen Computer gebeugt vor.

»Hey, ich habe nur ein paar Fragen«, sagte Coop und ließ sich auf einen Stuhl vor Chandlers Schreibtisch fallen.

»Sicher, wie kann ich helfen?«

»Gestern habe ich herausgefunden, dass Jake aus der Küche euer Mittagessen geliefert hat und Melissa allein mit dem Essen war, während Jake den Tisch gedeckt hat. Was weißt du über sie? Hätte sie einen Grund, Neil etwas anzutun?«

Chandler runzelte die Stirn, als er über die Frage nachdachte. »Ich weiß nicht viel über Melissa. Neil hat sie eingestellt. Sie ist von Anfang an bei uns. Sie ist höflich und macht gute Arbeit, soweit ich weiß.«

»Hat sich Neil jemals über sie beschwert oder über sie gesprochen?«

Er schüttelte den Kopf. »Nein, ich kann mich an nichts erinnern. Er hat sich um alle Personalangelegenheiten gekümmert, also bezweifle ich, dass ich etwas davon gewusst hätte, wenn er Probleme gehabt hat. Ich habe mich auf die Wissenschaft und die Forschung konzentriert.«

»Ist Melissa mit jemandem befreundet?«

»Amanda wäre die bessere Ansprechpartnerin. Ich weiß es ehrlich gesagt nicht.«

»Okay, und soweit du weißt, hatte Jake kein Problem mit Neil?«

»Noch einmal, ich weiß es nicht. Er ist schon seit mehreren Jahren in der Küche. Arlo kümmert sich um alle, und soweit ich weiß, macht er einen tollen Job. Ich hatte noch nie Probleme mit dem Personal. Sie leisten großartige Arbeit.«

»Noch eine Sache. Ich habe mir die Kameraaufzeichnungen angesehen und festgestellt, dass Neil dich am Tag vor dem Mord im Labor besucht hat. Nachdem alle anderen gegangen waren. Ich konnte nicht hineinsehen, aber ich sah, wie dein Team einer nach dem anderen ging, bevor er hereinkam. Erinnerst du dich, worum es dabei ging?«

Er seufzte. »Ja, es war eine weitere Diskussion über den Verkauf. Er wollte mir sagen, dass der Käufer das Angebot erhöht hatte und wie viel Geld wir verdienen könnten. Er hatte eine Mappe mit all seinen Zahlen dabei und wollte mich überzeugen.« Er nahm seine Brille ab und rieb sich die Stirn. »Ich sagte ihm, ich hätte keine Zeit, und da schlug er vor, am nächsten Tag zu Mittag zu essen.«

»Wie seid du und Neil Partner geworden?«

»Er kam tatsächlich auf mich zu. Die Pharmabranche ist eine eigene kleine Welt. Er wusste, dass ich ein Unternehmen gründen wollte. Ich hatte an einem neuen Medikament für Diabetiker geforscht und wollte ein Unternehmen gründen, weil ich überzeugt war, dass es erfolgreich sein würde. Ich war auf der Suche nach einem Geschäftspartner. Er hatte in einem kleinen Unternehmen in Kalifornien gearbeitet, das er gerade verlassen hatte, und suchte nach Arbeit.«

»Du kanntest ihn also vorher nicht?«

»Nein. Neil war bereits seit mehreren Jahren in der Branche tätig und genoss hohes Ansehen. Kollegen von mir kannten ihn und wussten von ihm. Er hatte einen guten Ruf, und als er anrief, war das eine Antwort darauf, wonach ich suchte. Ich konnte niemanden mit der Summe locken, die wir uns anfangs leisten konnten, aber ich wusste, dass das Diabetikerpräparat die Grundlage für ein großartiges Unternehmen bilden könnte. Und ich hatte recht. Es hat uns Millionen eingebracht. Wir hatten auch großen Erfolg mit einem neuen Medikament zur Blutgerinnungshemmung, und jetzt denke ich, dass CX-232 unser nächster Erfolg sein wird. Das könnte Milliarden bedeuten.«

»Warum wollte Neil also nicht warten und danach verkaufen, wenn er mehr Geld bekommen könnte?«

Chandlers Stirn legte sich in Falten. »Ich weiß es nicht. Er sagte immer wieder, es sei der richtige Zeitpunkt und der Erfolg von CX-232 nicht garantiert. Er meinte, wir sollten das Angebot annehmen, solange es da ist, und nicht auf etwas setzen, das vielleicht nicht zustande kommt. Er sagte, wir könnten uns zur Ruhe setzen und alles tun, was wir wollten.«

»War das Angebot gut?«

»Ja, soweit ich weiß. Es lag genau bei einer Milliarde Dollar.« Er zuckte mit den Schultern. »Wie ich schon sagte, Geld ist nicht meine Motivation. Ich hatte kein Interesse, mich zur Ruhe zu setzen. Ich liebe meine Arbeit. Ich versuchte, an Neils Wunsch nach Geld zu appellieren, damit er auf den Erfolg von CX-232 wartet. Er sagte mir, er habe keine Jahre mehr, um zu warten.«

»Warum nicht? Was hat er gemeint?«

»Ich bin mir nicht sicher. Er hat mir keine wirklichen Antworten gegeben.«

»Ich habe mir gestern Abend die Kameraaufzeichnungen angesehen und festgestellt, dass du in der Nacht vor dem Mord einige Stunden lang allein im Labor warst. Du bist in dein Büro zurückgekehrt und dann gegen zehn Uhr in deinem Mantel zurück ins Labor gegangen. Erinnerst du dich, was du dort gemacht hast?«

»Ich habe die meisten Nächte durchgearbeitet. Ich habe Dinge für den Prozess, den wir beginnen, überarbeitet.«

»Du bist in das Büro gegangen und es sah aus, als hättest du zu Abend gegessen. Dann bist ins Labor zurückgekehrt, bevor du das Gebäude verlassen hast. Warum bist du zurück ins Labor gegangen?«

»Nur, um eine Berechnung zu überprüfen. Wir haben

außerhalb des Labors keinen Zugang zu den Daten. Nicht einmal ich. Das ist ein Sicherheitsprotokoll, um die vertraulichen Forschungsergebnisse unter Verschluss zu halten und sicher zu verwahren. Keine Laptops, die man mit nach Hause nehmen kann. Nichts verlässt das Labor.«

Coop nickte und sagte: »Ich bin mir sicher, dass die Polizei deinen Besuch als weiteren Indizienbeweis verwendet. Du hattest ungehinderten Zugang zum Medikament, als du allein im Labor warst. Du hast zugegeben, dass du dich über Neils letzten Versuch, dich zu einem höheren Angebot zu überreden, aufgeregt hast. Es sieht nicht gut aus.«

Chandlers Schultern sackten zusammen. »Ich weiß, es sieht vielleicht schlecht aus, aber es ist die Wahrheit. Schau dir die anderen Nächte an. Du wirst die gleiche Aktivität sehen. Normalerweise gehe ich in mein Büro, um E-Mails und andere Dinge zu erledigen, und kehre oft ins Labor zurück, um an dem Projekt zu arbeiten.« Er hielt inne und sagte: »Ich tüftle an einer anderen Idee für ein Immuntherapie-Medikament. Meine Arbeit mit CX-232 ist fast abgeschlossen. Ich möchte alle Ergebnisse der Studie sehen, aber die Forschung und Entwicklung ist abgeschlossen. Ich bereite mich darauf vor, ein neues Projekt zu beginnen, was hier oben eine Menge zusätzlicher Arbeit bedeutet.« Er tippte sich an die Schläfe.

»Okay, ich werde die Aufnahmen von den anderen Abenden überprüfen.« Coop schenkte Chandler seine volle Aufmerksamkeit. »Ich sage nicht, dass du schuldig bist oder du recht hast. Ich versuche nur, alle Beweise zu berücksichtigen und nach alternativen Erklärungen zu suchen.«

»Ich weiß. Es ist einfach ... überwältigend. Ich kann immer noch nicht glauben, dass das alles passiert.«

»Ich gehe die Verfahren durch, die für die Hausmeister im Labor verwendet werden.«

Chandlers Beschreibung stimmte mit dem überein, was Coop von den Hausmeistern erfahren hatte. Er erklärte, dass die Tür zum Medikamentenlagerraum normalerweise den ganzen Tag über geöffnet ist, um den Zugang zu erleichtern, und am Ende des Tages geschlossen und verriegelt wird. Die einzigen Personen, die Schlüssel zu diesem Raum hatten, waren die Teammitglieder und das Sicherheitspersonal, aber sie mussten sich mit der Sicherheitskarte Zugang zum Labor verschaffen.

Chandler wiederholte, dass die Hausmeister nie allein gelassen und auch durch den Bereich begleitet wurden. Coop fragte: »Hältst du es für möglich, dass dein wissenschaftliches Personal sich zu sehr an die Hausmeister gewöhnt und nachlässig wird? Sie vielleicht nicht mehr so genau beobachten, wie du glaubst?«

Er presste die Lippen zusammen, als er über Coops Frage nachdachte. »Ich bin mir sicher, dass wir alle mit ihnen zurechtkommen, aber ich glaube nicht, dass jemand die Prozedur vernachlässigen würde. Die Hausmeister sind nur selten im Medikamentenlager, und ich weiß, dass keines der Teammitglieder gegen diese Regel verstoßen würde.«

Chandlers Telefon summte, und Coop winkte zum Abschied, als er hörte, wie sein Klient in ein Gespräch über die Menschenversuche abglitt. Auf dem Weg, das Filmmaterial von Bernie abzuholen, hielt er an Amandas Schreibtisch.

»Hey, Amanda, Chandler dachte, Sie wären die richtige Person, um mehr über Melissa zu erfahren. Was denken Sie über sie? Sind sie und Neil gut miteinander ausgekommen oder gab es irgendwelche Probleme, von denen Sie wissen?«

»Mir sind keine wirklichen Probleme bekannt. Ich weiß,

dass sie Neil in den letzten Monaten als angespannt empfand. Sie sagte, er habe eine größere Summe abgehoben, als ihm zustand. Sie konnte sich nur nicht erklären, warum er das Geld brauchte. Sie sagte etwas davon, dass er sein Haus verkauft hat, was er, wie ich weiß, sehr mochte.«

»War der Verkauf erst kürzlich?«

Sie nickte. »Ich kenne die Einzelheiten nicht. Neil hat es Melissa nicht erzählt. Sie hat den Papierkram eines Tages auf seinem Schreibtisch gesehen.«

»Hat Melissa viele Freunde bei der Arbeit?«

»Nicht wirklich. Keiner von uns hat das. Wir kommen mit allen gut aus und arbeiten gerne mit ihnen zusammen, aber es ist einfacher, keine Kontakte miteinander außerhalb der Arbeit zu haben. Als wir eingestellt wurden, wussten wir, dass unsere Loyalität den Partnern gelten musste, und wir beschlossen schon früh, unser Arbeitsleben professionell zu gestalten. Neil machte deutlich, dass er nicht wollte, dass wir uns mit Mitarbeitern anfreunden. Das Sprichwort, dass der Chef sich nicht mit seinen Angestellten anfreundet, gilt auch für seine Assistenten. Melissa und ich essen ein paar Mal im Monat zusammen zu Mittag, aber selbst wir treffen uns nicht außerhalb dieser Zeit.«

»Alle scheinen sich gut zu verstehen, und soweit ich weiß, ist die Fluktuation gering. Die Leute arbeiten gerne hier?«

»O ja, es ist großartig. Das Geld ist großartig, und es gibt ein paar gesellschaftliche Veranstaltungen, die vom Unternehmen hier am Arbeitsplatz gesponsert werden. Die Vergünstigungen sind alle wunderbar. Die meisten Leute arbeiten lange. Die Wissenschaftler sind alle ziemlich ernsthaft und nicht die geselligsten Tiere. Es scheint zu funktionieren.«

Als sie wieder im Büro ankamen, schnappte sich Coop den Ordner von Neil und vertiefte sich in seine Finanzen, während Gus sich von AB die Ohren kratzen ließ. »Charlotte hat zugestimmt, uns morgen um zwei zu treffen«, sagte sie und verließ mit Gus an den Fersen das Büro.

Coop rief eine Seite im Internet auf und schaute sich Neils Haus an, das gerade für zwei Millionen Dollar verkauft worden war. Das Haus war innerhalb einer Woche verkauft worden, nachdem es auf den Markt gekommen war. Als Coop es mit anderen Angeboten in der Franklin-Nachbarschaft verglich, wusste er, dass Neil mehr dafür hätte bekommen müssen.

Er blätterte in der Akte, bis er Neils Adresse fand. Er studierte die Kopie eines Formulars zur Änderung der Anschrift in seiner Personalakte. Neil hatte ein Postfach als Postanschrift angegeben. Coop erkannte, dass es sich bei der neuen Adresse um eine Wohnung handelte. Neil hatte eine vornehme Gegend von Franklin für ein fünfzig Quadratmeter großes Studio verlassen, das er sich mit Studenten der Vanderbilt teilte.

»Warum also die plötzliche Verkleinerung?«, murmelte Coop laut vor sich hin.

Er überprüfte die Finanzunterlagen von Neil und stellte fest, dass er einmal im Monat große Transaktionen durchgeführt hatte. Seine Bank in Nashville hatte regelmäßig Überweisungen an eine Bank auf den Kaimaninseln getätigt. Coops Augenbrauen hoben sich, als er in den Unterlagen weiter zurückging und feststellte, dass dies schon seit Jahren der Fall gewesen war. Die Überweisungen hatten mit zweitausend Dollar pro Monat begonnen und waren dann im letzten Jahr auf fünftausend pro Monat gestiegen. In den letzten Monaten hatten sich diese automatischen Überweisungen um einen beträchtlichen Betrag erhöht. Sie hatten zuletzt bis zu zwanzigtausend Dollar betragen.

Gus und AB kamen durch die Tür, als Coop mit der Markierung der Informationen fertig war. »Sieh dir diese Überweisungen an. Wir müssen sehen, ob wir herausfinden können, was mit seinem Konto auf den Kaimaninseln passiert.«

»Das wird schwierig sein. Sie geben diese Informationen nicht heraus. Ben kann vielleicht helfen.«

»Ich muss sowieso mit ihm darüber reden. Ich kann nicht glauben, dass sein Team das nicht für seltsam hält. Wohin ging das ganze Geld? Ganz zu schweigen von den Erlösen aus dem Verkauf seines Hauses. Setz dich mit dem Makler in Verbindung und schau, was wir darüber herausfinden können.«

»Wird gemacht.« Sie legte die restlichen Akten auf seinen Schreibtisch. »Ich habe die anderen Teammitglieder kurz überprüft. Nichts ist mir aufgefallen. Mal sehen, was du denkst.«

Coop nahm als Nächstes Melissas Ordner. Er überprüfte ihre Daten und sah in ihren Finanzen nichts, was auf ein Problem hinweisen könnte. Keine großen Einzahlungen oder Abhebungen. Sie bekam ein gutes Gehalt und gab jeden Penny aus. Er nahm die Kreditkartenabrechnungen unter die Lupe und bemerkte einige Abbuchungen für Online-Glücksspielseiten. Sie versteckten sich hinter Initialen, aber er erkannte sie aus anderen Ermittlungen, die er durchgeführt hatte.

Als er ihre Kontoauszüge weiter überprüfte, fand er einige Reisen nach Evansville, Indiana. Dort befand sich ein beliebtes Kasino, wohin die Einwohner von Nashville einen Ausflug machten, umsonst aßen und den ganzen Tag spielen konnten. So wie es aussah, hatten die Kasinobesitzer mit ihrer Investition in ein Buffet-Ticket für Melissa einen ordentlichen Gewinn gemacht.

»Hmm, ich frage mich, ob Melissa in eine missliche Lage geraten ist und Geld brauchte. Aber wie könnte sie von Neils Tod profitieren?«

»Vielleicht steht sie in seinem Testament«, schlug AB vor. »Der einzige Begünstigte seiner Lebensversicherung ist Chandler.«

Coop kritzelte einen Zettel auf seinen Block mit Fragen an Ben. »Hast du schon in ihren Social-Media-Konten gegraben?«

AB schüttelte den Kopf. »Der nächste Punkt auf meiner Liste. Ich werde den Immobilienmakler anrufen und im Internet nach Verbindungen zwischen unseren Verdächtigen und Neil suchen.«

Coop fuhr fort, die Akten der einzelnen Teammitglieder durchzusehen. Er studierte Chandlers Finanzen. Er hatte eine Menge Geld verdient, ebenso wie Neil, fand aber keine seltsamen Transaktionen. Er sparte das meiste davon und spendete einen beträchtlichen Teil für wohltätige Zwecke. Er hatte ein teures Haus in der Nähe von Belle Meade und ein teures Auto, aber ansonsten gab er nicht viel aus. Wenn man sich seine Kreditkarten ansah, hatte er sie für Benzin, gelegentliche Restaurantbesuche und Bücher benutzt.

Coop nahm den Hörer ab. »Hey, Chandler. Entschuldige, dass ich dich störe, aber ich gehe gerade die Hintergründe und Finanzen durch und sehe, dass Neil eine Art Konto auf den Kaimaninseln hat. Weißt du etwas darüber?«

»Wir haben beide Konten auf den Kaimaninseln. Neil und unser Buchhalter haben sie für uns eingerichtet. Wir zahlen die Einnahmen aus unseren Auslandsverkäufen auf diese Konten ein, um eine Steuerbelastung zu vermeiden. Ich bin kein Experte, aber unsere Juristen sagen, dass wir das mit ausländischen Einkünften machen können.«

»Weißt du, warum Neil jeden Monat Geld auf sein Konto dort überwiesen hat?«

»Nein, ich mache nichts mit meinem. Ich lasse es sich einfach ansammeln. Eines Tages werde ich wohl etwas damit tun müssen. Ich überlasse es den Anwälten und Buchhaltern, das zu regeln. Ich kann dir Kopien der Kontoauszüge für beide Konten besorgen. Wir haben sie hier im Büro.«

»Das wäre großartig. Faxe sie mir einfach rüber.« Er hielt inne und tippte mit seinem Stift auf seinen Notizblock. »Wusstest du, dass Chandler sein Haus in Franklin verkauft hat und in eine Wohnung nicht weit von eurem Büro entfernt gezogen ist?«

»Nein, er hatte kein Wort darüber verloren.« Er seufzte und fügte hinzu: »Wie ich schon sagte, hatten wir außerhalb der Arbeit keine besondere persönliche Beziehung. Ich weiß nur, dass er das Haus liebte. Ich weiß noch, wie er es gekauft und mich zu einer Art Einweihungsfeier eingeladen hat. Es ergibt keinen Sinn, dass er es verkauft und in eine Wohnung gezogen ist. Das Unternehmen floriert. Hatte er Geldprobleme?«

»Es sieht danach aus. Ich bin noch dabei, das zu prüfen. Ich werde dich auf dem Laufenden halten.«

Er legte auf und fuhr fort, Neils Akte zu studieren. Er klebte eine Notiz auf die Außenseite der Akte und Gus folgte ihm zu ABs Schreibtisch. Er sagte ihr, dass ein Fax von Chandler mit den Informationen über das Konto auf den Kaimaninseln kommen würde. »Ich bin müde. Wir sehen uns morgen früh.« Gus gab AB einen kurzen Kuss auf die Hand, bevor er sich beeilte, Coop einzuholen.

KAPITEL SECHS

Das Frühstück am Freitagmorgen bei *Peg's Pancakes* wurde in Bens Revier verlegt. Bei Waffeln und Eiern weckte Coop Bens Interesse, als er die jüngsten Erkenntnisse mitteilte. Ben rief Kate und Jimmy an und bat sie, sich auf dem Revier zu treffen. Coop saß mit seiner Liste von Anomalien am Konferenztisch, während Gus sich auf seinem Bett in Bens Büro ausruhte. Nachdem er die Entdeckungen von Coop durchgegangen war, schüttelte Ben den Kopf. Er deutete auf die Unterschriften der Officers auf dem Bericht. »Die beiden sind im Moment mit einem anderen Fall beschäftigt, aber bei diesem Fall haben sie uns einiges zu erzählen.« Ben warf die Akte mit einem lauten Knall auf den Tisch.

»AB und ich haben gestern den ganzen Tag damit verbracht, Informationen von der Bank auf den Kaimaninseln zu bekommen. Es ist offensichtlich, dass Neil mehr als ein Konto hatte. Die einzigen Transaktionen, die auf den von Chandler gefaxten Kontoauszügen aufgeführt waren, bezogen sich auf Auslandsverkäufe durch *Borlund*

Sciences. Die Bank war nicht bereit, über andere Konten zu sprechen.«

»Wir werden diesen Aspekt in Angriff nehmen, aber es wird Zeit brauchen. Sie sind nicht dafür bekannt, Informationen weiterzugeben. Deshalb verstecken so viele Leute dort unten ihr Geld.« Ben schüttelte angewidert den Kopf und winkte Kate und Jimmy zu sich an den Tisch.

Sie hörten zu, als Coop erzählte, was er darüber herausgefunden hatte, dass Melissa und Jake Zeit allein mit dem Essen verbracht hatten und Neil in den Monaten vor seiner Ermordung offenbar finanzielle Probleme gehabt hatte. »Ich weiß, dass Chandler der Täter zu sein scheint, aber das sind alles nur Indizien. Hier geht mehr vor sich, als wir wissen.«

Kate studierte die Notizen von Coop und sagte: »Wir müssen den Geldbewegungen auf den Grund gehen. Die könnten definitiv zu einem Motiv führen.«

Ben stimmte zu. »Ich kann verstehen, warum die anderen beiden sich auf Chandler konzentriert haben. Er ist der Einzige mit einem Motiv und Zugang zu dem Medikament, aber Neils finanzielle Probleme sind zwingende Gründe, tiefer zu graben.«

Kate runzelte die Stirn. »Vielleicht hat einer der anderen im Team kein Motiv, sondern wurde benutzt, um das Medikament für jemanden außerhalb der Firma zu beschaffen?«

Coop wippte mit dem Kopf. »Ich habe versucht, mir vorzustellen, wie das funktioniert haben könnte. Jemand in Neils Welt hätte jemanden aus dem Team anheuern oder bestechen müssen, um ihn zu töten. Ich habe in ihren Hintergründen nichts entdeckt, was mich zu dieser Schlussfolgerung veranlasst hätte, aber ich bin bereit, dem Ganzen noch einmal auf den Grund zu gehen.«

Kate trommelte mit ihren Fingern auf den Tisch. »Ich würde Jake oder Melissa noch nicht ausschließen. Vielleicht hat einer von ihnen mit einem der Teammitglieder zu tun.« Sie starrte nachdenklich an die Wand. »Vielleicht hat sich jemand Zugang zu dem Medikament verschafft, ohne die Absicht zu haben, Neil damit zu töten. Was wäre, wenn jemand behauptet hat, er wolle es benutzen, um einem Patienten zu helfen? Jemandem, der ihnen nahesteht und an Alzheimer leidet.«

Coop wölbte die Augenbrauen. »Das könnte sogar Sinn ergeben. An die Gefühle eines Arztes zu appellieren, ist plausibler, als einen von ihnen zum Komplizen eines Mordes zu machen.«

Ben schloss die Fallakte. »Okay, konzentrieren wir uns auf die Konten auf den Kaimaninseln und bringen wir den Antrag auf den Weg. Wir müssen uns all diese Wissenschaftler noch einmal ansehen und prüfen, ob einer von ihnen überredet werden konnte, etwas von dem neuen Medikament herauszugeben. Sobald das erledigt ist, können Kate und Jimmy Melissa und Jake und jeden anderen in der Küche überprüfen, der an der Suppe herumgepfuscht haben könnte. Ich weiß, dass wir den Kerl, der die Suppe gekocht hat, überprüft haben, und das Labor hat den Tropfen, der im Topf geblieben ist, getestet. Keine Spur von dem Medikament.«

Coop nickte. »Das Medikament wurde in Neils Schüssel gegeben, entweder in der Küche, auf dem Weg zum Esszimmer oder im Esszimmer. Chandler ist der Einzige, der Zugang zu dem Medikament und der Suppe hatte, aber ich denke, es ist komplizierter als das.«

Kate und Jimmy nickten, und Ben sagte: »Ich glaube, wir müssen Neil etwas genauer unter die Lupe nehmen. Wir haben es in diesem Fall vermasselt. Ich werde mit den anderen beiden Detectives sprechen, aber Kate und Jimmy werden die Führung übernehmen. Das Problem ist, dass wir im Moment einen Haufen Fälle haben, also wird es langsam gehen.«

Coop stand auf und sagte: »Ich werde mich mit dem Verkauf des Unternehmens und Neils Besessenheit von dieser Idee befassen. Er war in ernsthafte finanzielle Schwierigkeiten verwickelt, und es sieht so aus, als ob er dachte, das wäre die Lösung.«

Gus flitzte aus Bens Büro und machte die Runde, um ein paar Streicheleinheiten von der Gruppe am Tisch zu ergattern, bevor er Coop nach draußen zum Jeep folgte. Zurück im Büro fanden sie AB an ihrem Computer, wo sie Peter Rusk recherchierte.

Coop goss sich eine Tasse koffeinfreien Kaffee ein und machte AB eine frische Tasse Tee. Er ließ sich auf die Couch plumpsen und fragte: »Hast du etwas Interessantes herausgefunden?«

»Rusk ist Vizepräsident bei *FuturePharma*, dem drittgrößten pharmazeutischen Unternehmen in den Vereinigten Staaten. Er arbeitet schon fast sein ganzes Berufsleben für dieses Unternehmen. Seine Spezialität sind Übernahmen. Er hat einige großartige Schachzüge gemacht, die ihm einige der am meisten verschriebenen und profitabelsten Medikamente eingebracht haben.« Sie zählte ein paar der beliebtesten Medikamente auf.

»Ich kenne die Namen aus all den schrecklichen Werbespots im Fernsehen. Diejenigen, in denen eine fröhliche Stimme auf all die schrecklichen Nebenwirkungen hinweist, einschließlich des Todes, während die Leute über geblümte Wiesen laufen und lächeln.«

»Das sind sie. Ihr Umsatz lag letztes Jahr bei über fünfzig Milliarden.«

»Dagegen wirkt *Borlund* wie ein Limonadenstand.«

AB nickte und nippte an ihrem Tee. »Und der Kauf hätte Chandler und Neil jeweils eine halbe Milliarde Dollar eingebracht.«

»Ich muss mit Mr. Rusk sprechen. Ich möchte nicht nach New York reisen, schon gar nicht im Winter. Mal sehen, ob er bereit ist, per Video mit mir zu sprechen.«

»Verstanden, ich werde für nächste Woche einen Termin vereinbaren.«

Madison und Ross waren im Büro und bereiteten sich auf ihre Schicht heute Abend vor. Sie erklärten sich bereit, das Telefon zu übernehmen, während AB und Gus sich mit Charlotte trafen. Als sie sich der Bäckerei näherten, zitterte Gus vor Aufregung. Er liebte diesen Ort und die kostenlosen Teilchen, die er bekam. Er sprang aus dem Jeep und trieb Coop und AB zur Tür.

Charlotte wartete bereits an einem Tisch im hinteren Teil der Bäckerei. Gus machte sich auf den Weg zu seiner Lieblingsangestellten und erhielt zur Belohnung einen Kürbiskeks. Er schlang ihn hinunter und nahm dann mehrere schlürfende Schlucke aus der Wasserschüssel, die für die Hunde der Bäckereikunden bereitstand.

AB setzte sich zu Charlotte, und Coop holte ihre Getränke und einen Teller mit verschiedenen Keksen. Er ließ sich in den Sessel fallen, während Gus zu seinen Füßen saß und zufrieden an einer weiteren Kostprobe knabberte. »Danke, dass Sie sich mit uns treffen, Charlotte. Wir sind neugierig auf Ihre Eindrücke und Ihr Wissen über die Verhältnisse bei *Borlund*. Inoffiziell, versteht sich.«

»Sie meinen, mehr von dem Klatsch und den Gerüchten, die es gibt?«, fragte sie mit einem nervösen Lachen.

Er lächelte. »Ich bin an allem interessiert, das Licht auf ein Motiv für den Mord an Mr. Borden werfen könnte. Alles

Ungewöhnliche im Zusammenhang mit Dr. Hollund oder jemandem aus seinem Team, der an CX-232 arbeitet.«

AB fügte hinzu: »Aus Erfahrung mit anderen Unternehmen wissen wir, dass Hausmeister im Rahmen ihrer Tätigkeit oft Dinge sehen und hören. Manchmal vergessen die Leute, dass sie da sind, und tun und sagen Dinge, die uns bei unseren Ermittlungen helfen könnten.«

Charlotte überlegte, während sie einen Schluck von ihrem Kaffee nahm.

Coop sagte: »Wir haben vorhin darüber gesprochen, was im Labor passiert ist. Wir sind neugierig auf andere Bereiche, die Sie reinigen. Private Büros der Teammitglieder oder andere Bereiche.«

»Im Großen und Ganzen ist es ein großartiger Arbeitsplatz. Die Leute sind glücklich, also gibt es nicht viel Drama.« Sie zögerte und sagte: »Ich hasse es, das zu erwähnen. Es ist reinster Klatsch.« Sie holte tief Luft. »Ich bin in eine kompromittierende Situation geraten. Mit Mr. Borden.«

Coop und AB warteten auf eine Erklärung von ihr. »Eine Mitarbeiterin aus der Buchhaltung war nach Feierabend in seinem Büro. Es passierte zweimal. Ich habe sie erwischt und bin schnell wieder gegangen.«

»Wer ist die Frau aus der Buchhaltung?«, fragte Coop.

»Ihr Name ist Gina Preston. Das war vor einigen Monaten, ich bin mir also nicht sicher, ob es noch wichtig ist. Sie verließ die Firma nicht lange danach. Ich habe nie etwas darüber gesagt, was ich gesehen habe.« Sie zuckte mit den Schultern. »Mr. Borden war mein Chef. Sein Privatleben geht mich nichts an.«

»Hat er Sie bedroht?«

Sie schüttelte den Kopf. »Nein, er hat nie ein Wort darüber verloren.«

»Was wissen Sie über Gina?«

Sie zuckte mit den Schultern. »Nicht viel. Ich glaube, sie ist verheiratet, nach den Fotos in ihrem Büro zu urteilen. Sie hat Kinder auf dem College. Ich habe sie nicht wirklich gekannt.«

Sie unterhielten sich noch ein paar Minuten und fragten so viele Informationen ab, wie Charlotte erinnern konnte. Sie wusste nicht, wohin Gina ging, als sie *Borlund* verließ, und sie hatte nie ein weiteres unangemessenes Verhalten von Mr. Borden beobachtet.

Charlotte schaute auf die Uhr und sagte: »Ich muss los und zur Arbeit. Danke für den Kaffee und bitte sagen Sie nicht, dass ich etwas gesagt habe. Ich möchte nicht, dass jemand denkt, ich sei ein Plappermaul.«

Coop und AB versicherten ihr, dass sie ihre Identität nicht preisgeben würden. Nachdem Charlotte gegangen war, verweilten sie noch bei ihren Leckereien. »Was denkst du?«, fragte AB.

»Ich glaube, sie ist ehrlich. Sie ist loyal. Schätzt ihren Job. Sie hält sich bedeckt und will nicht in ein Bürodrama verwickelt werden.«

»Das ist auch mein Eindruck. Ich denke, wir müssen Gina finden und sehen, was sie uns sagen kann.« Sie packte ihre Sachen zusammen und schob Gus den letzten Bissen von ihrem Gebäck zu. Coop kaufte eine Tüte mit ihren Kürbis-Hundeleckerlis, und sie machten sich auf den Weg zurück ins Büro.

AB grüßte Madison und Ross und setzte sich an ihren Schreibtisch, um über Gina Preston zu recherchieren. Coop rief Bernie an, um ihn zu fragen, ob er ihm etwas über Ginas Vergangenheit bei *Borlund* erzählen könnte.

Coop machte sich ein paar Notizen und bedankte sich bei Bernie. Er ging hinaus, um seine Tasse aufzufüllen und zu sehen, was AB erfahren hatte. »Bernie schlug vor, ich solle mit Ginas Vorgesetzter sprechen. Ich werde sie anrufen und fragen, ob ich sie in der Cafeteria von *Borlund* treffen kann.«

»Nichts Bemerkenswertes zu ihrem Hintergrund. Verheiratet, zwei Kinder. Beide auf dem College. Der Ehemann ist stellvertretender Verkaufsleiter in einem Autohaus. Keine Kreditprobleme, nichts Verdächtiges. Sie arbeitet in der Buchhaltung dieser großen Firma in Green Hills, *Kramer and Dune.*«

»Es könnte sich um eine ganz gewöhnliche Affäre handeln. Ich habe Bernie gefragt, ob er etwas von Neil und Gina wusste.« Coop schüttelte den Kopf. »Er sagte, er hätte noch nie etwas gehört. Er kannte Gina nicht gut. Sagte, sie sei immer höflich gewesen und habe ihre Arbeit gemacht. Sie ist nie aufgefallen, weder so noch so.«

Coop marschierte zurück in sein Büro und griff nach der einen kleinen Packung schokoladenüberzogener Erdnüsse, die er sich jeden Freitag gönnte. Er steckte sich ein paar davon in den Mund und nahm sich vor, dass sie den ganzen Tag über reichen müssten.

Während er über den Fall nachdachte, klingelte ABs Telefon. »Hey, Coop, ich habe deine Mutter auf Leitung eins. Ist ein R-Gespräch.«

Er schüttelte den Kopf und stieß einen langen Seufzer aus, bevor er den Hörer abnahm. »Cooper Harrington«, sagte er.

»Coop, ich bin's, deine Mutter. Ich habe deinem Mädchen gesagt, dass ich es bin, hat sie es dir nicht gesagt?«

»Ja, Mom. Was brauchst du?«

»Ich habe ein bisschen Ärger. Ich, äh, ich bin im Gefängnis.«

Coops Finger krallten sich am Hörer fest. »Bist du noch in Vermont?«

»Jaja, ich bin hier. Ich sitze in einer kleinen Provinzstadt außerhalb von Burlington fest.«

»Was wirft man dir vor?«

»Ich bin unschuldig.«

Coop biss die Zähne zusammen. »Ich habe nicht gefragt, ob du schuldig bist. Was wirft man dir vor?«

»Identitätsdiebstahl, Betrug und Angriff auf einen Polizeibeamten.«

»Hört sich an, als hättest du eine gestohlene Kreditkarte benutzt und dann, als du erwischt wurdest, dem Beamten einen Schlag verpasst. Du musst nichts sagen. Bist ja am Gefängnistelefon.«

»Ich brauche einen Anwalt und Geld für die Kaution.«

»Von mir gibt es kein Geld für die Kaution. Ich werde sehen, was ich tun kann, um einen Anwalt für dich zu finden. Du musst es dort erst einmal aushalten. Lass mich mit dem Beamten sprechen.«

»Cooper, ich bin deine Mutter. Du kannst mich nicht einfach im Knast verrotten lassen.«

»Du wirst nicht verrotten, und du bleibst nur dort. Lass mich mit dem Officer sprechen!«

Coop hörte, wie Marlene jammerte und schluchzte. Als er nicht reagierte, beschimpfte sie ihn nach allen Regeln der Kunst, aber er rührte sich nicht. Er hörte eine strenge Stimme im Hintergrund und dann das Krachen des Hörers, der auf einen festen Gegenstand aufschlug.

Wenige Augenblicke später sprach Coop mit Sergeant Gilroy vom Winchester Sheriff's Department. Der erklärte, dass Marlene Harrington mit einer gestohlenen Kreditkarte und einem fiktiven Führerschein, der auf den Namen des Karteninhabers ausgestellt war, festgenommen worden war. Der Filialleiter hatte die Polizei gerufen, und als ein Deputy eingetroffen war und sie festnehmen wollte, hatte sie ihn geschlagen und getreten.

»Werden Sie eine Kaution beantragen? Ich kann Ihnen die Namen unserer örtlichen Kautionsvermittler geben«, bot der Sergeant an.

»Nicht nötig. Sie kann bei Ihnen bleiben, bis sie vor Gericht gestellt wird. Ich werde sehen, ob ich einen Anwalt für sie finden kann.« Coop fragte nach dem Aktenzeichen und notierte sich die Kontaktdaten des Sheriffs.

Er knallte das Telefon auf den Tisch und huschte den Flur entlang zu ABs Schreibtisch. Sie sah die Wut auf seinem Gesicht und fragte: »Was ist passiert?«

»Sie ist im Gefängnis in Vermont.« Er warf die Hände in die Luft. »Unglaublich. Sie geht mir so auf den Sack. Alles, was sie tut, ist, mir Kummer zu bereiten und mich Geld zu kosten.«

»Was kann ich tun, um zu helfen?«, fragte sie.

Er reichte ihr einen Zettel mit den Informationen. »Sieh zu, dass du einen Anwalt findest, der sie vertritt. Ich habe ihr gesagt, dass ich sie nicht auf Kaution aus dem Gefängnis holen werde. Sie kann da drinnen sitzen und darüber nachdenken, bis sie vor Gericht gestellt wird.«

ABs Augen weiteten sich, als sie seine Notizen las. »Angriff auf einen Polizeibeamten?«

»Ja, damit wird sie nicht durchkommen. Sie hat ihn geschlagen und getreten.«

»Oje, was hat sie sich nur dabei gedacht?«

Er presste die Lippen zusammen und schloss die Augen. »Sie denkt nicht nach. Das ist ihr größtes Problem. Sie bringt sich selbst in Schwierigkeiten und erwartet dann, dass jemand, hauptsächlich ich, es für sie in Ordnung bringt. Ich habe es satt. Ich habe gerade ein Vermögen für ihre Reise dorthin ausgegeben. Zugegeben, ich wollte sie loswerden, also ist ein Teil der Kosten auf mich zurückzuführen. Ich wünschte, sie würde einfach verschwinden.«

AB schwieg und überließ Coop das Reden. Sie tippte auf ihrer Tastatur, um nach Anwälten zu suchen, die sie in Vermont kennen könnten. Sie zeigte auf ihren Bildschirm. »Hier ist ein Privatdetektiv, der zu der Vereinigung gehört, der wir vor Jahren beigetreten sind. Sein Name ist Wayne Pearl. Ich werde ihn anrufen und fragen, ob er jemanden empfehlen kann.«

»Klingt gut. Danke, AB. Sein Name kommt mir bekannt vor. Ich glaube, wir sind uns auf einer Konferenz begegnet, an der ich vor ein paar Jahren teilgenommen habe.« Er schlenderte den Flur entlang zurück in sein Büro. Seine Schultern sackten in sich zusammen, als er vor sich hin murmelte.

Während AB in Vermont anrief, schrieb Coop seinem Bruder eine SMS, um ihn davor zu warnen, einen Anruf ihrer Mutter entgegenzunehmen, und teilte ihm mit, dass sie im Gefängnis war. Wenige Augenblicke später klingelte sein Handy, und er und sein Bruder führten ein langes Gespräch.

Als er die Verbindung beendete, kam AB durch die Tür. »Wayne war großartig und hat mich mit einer Anwältin in Burlington verbunden, die bereit ist, nach Winchester zu reisen. Ihr Name ist Darcy Flint. Sie hat versprochen, sich gleich am Montag mit deiner Mutter in Verbindung zu setzen. Es ist bereits nach Geschäftsschluss in Vermont.«

Coop nickte verständnisvoll. »Das wird funktionieren. Sie kann sich über das Wochenende im Knast abkühlen.«

»Sie hat zugestimmt, uns nächste Woche eine Rechnung zu stellen, also brauchen wir ihr keinen Vorschuss zu überweisen oder so.« AB steckte ihm ein Stück Papier zu. »Sie wird sich am Montag bei dir melden und sagte, du kannst sie jederzeit anrufen.« Sie ließ ihm Zeit, die

Einzelheiten von Ms. Flints Dienstleistungen zu lesen, bevor sie hinzufügte: »Ich werde am Montag in Rusks Büro anrufen müssen. Als ich anrief, war es bereits geschlossen.«

»Kein Problem. Schiebe das auf meine Mutter. Ich soll die Rechnung für ihre rechtlichen Probleme bezahlen, während sie uns daran hindert, unsere Arbeit zu machen und Geld zu verdienen. Mensch, ich sollte ihr einen Pflichtverteidiger zur Seite stellen. Dann würde sie für Jahre im Gefängnis landen und ich wäre sie los.«

»Wie wäre es, wenn wir heute Abend etwas essen gehen? Ich lade dich ein.« AB schenkte ihm ihr bestes fröhliches Lächeln.

Coop lachte. »Hast du an einem Freitagabend nichts Besseres zu tun, als Zeit mit deinem mürrischen Freund zu verbringen, der wahrscheinlich eine schreckliche Gesellschaft sein wird?«

Sie zuckte mit den Schultern. »Nicht wirklich.«

»Das klingt nach dem besten Weg, um mich abzulenken. Ich bringe Gus nach Hause und gebe Tante Camille Bescheid. Gibst du mir eine Stunde?«

Coops Wochenende bestand aus einer Mischung aus Ruhe und Aktivitäten, die ihn von der aktuellen Situation seiner Mutter ablenken sollten. Tante Camille lud AB ein, am Samstag mit ihnen ins Kino zu gehen. Beide wichen dem Thema Marlene aus und konzentrierten sich auf die Erinnerungen an ihre Urlaubsreise.

Nachdem er den ganzen Tag gefaulenzt hatte, nahm Coop Gus am Sonntag auf einen langen Spaziergang mit, vorbei an Silverwood und bis zu den Treppen im Percy Warner Park. Gus liebte es, die steinernen Stufen hinaufzulaufen, und es war besser als das langweilige Laufband, das Coop zu hassen gelernt hatte. An der frischen Luft zu sein und ins Schwitzen zu kommen, half ihm, sich von den Gedanken an seine Mutter und ihre letzte Eskapade zu befreien. Er hatte danach sogar die Muße, sein Büro zu Hause aufzuräumen und die kommende Woche zu organisieren, in der Hoffnung, dass es keine weiteren Rückschläge gab.

An Schlaf war am Wochenende nicht zu denken, aber Coop konnte ein paar Nickerchen machen, um das zu kompensieren. Selbst der lange Spaziergang am Sonntagnachmittag erwies sich nicht als das Wundermittel gegen seine Schlaflosigkeit. Zwischen den Gedanken zu Chandlers Fall und den Wutausbrüchen seiner Mutter konnte er nur ein paar Stunden kostbaren Schlaf finden.

In den noch dunklen Stunden des Montags traf Coop AB im Fitnessstudio. Nach einer Dusche und einem Frühstück machten er und Gus sich auf den Weg ins Büro, wo AB bereits am Telefon war. Er schenkte sich eine Tasse koffeinfreien Kaffee ein und machte sich an die Arbeit mit Neils Akte. Er studierte seine Notizen und übertrug dann wichtige Punkte auf sein großes Whiteboard.

Melissa und Jake nahmen zwei Spalten ein, zusammen mit einer Liste von finanziellen Auffälligkeiten im Zusammenhang mit Neil. Die letzte Spalte enthielt Punkte, die er überprüfen wollte, und zwar in Bezug auf den Zugang des Küchenpersonals zur Suppe und die Theorie, dass Chandlers Teammitglieder benutzt wurden, um für jemand anderen an das Medikament zu gelangen. Er fügte Ginas Namen in die letzte Spalte ein.

Er wusste, dass es Tage, vielleicht sogar Wochen dauern würde, bis sie etwas Definitives von den Kaimaninseln erhielten. Sein Telefon ertönte und meldete, dass der Makler, der Neils Haus angeboten hatte, zurückrief.

Nach einigen Minuten des Gesprächs legte er auf und machte sich ein paar Notizen auf seiner Tafel. AB kam mit einem großen Geschenkkorb herein, der in farbenfrohes Zellophan eingewickelt und mit einer glitzernden Schleife verziert war. »Das ist gerade für uns angekommen. Es ist von Richter Monroe und seiner Familie. Darin steht, dass sie unsere Hilfe zu schätzen wissen und dass Abigail nächsten Monat in ein Pflegezentrum umziehen wird.«

»Arme Miss Abigail«, sagte er. »Das ist sehr aufmerksam von ihnen, uns etwas zu schicken. Wenn auch unnötig, da wir nicht viel getan haben.«

Sie packte es aus und zählte den Inhalt auf. »Es macht Spaß, ein unerwartetes Geschenk zu bekommen.« Sie stapelte die Sachen auf dem Tisch und sagte: »Davon könnten wir wochenlang essen.«

Coop sah die Flasche Wein inmitten all des Käses, der Früchte und der Snacks. »Nimm den Wein mit nach Hause. Ich rufe Richter Monroe an und danke ihm.« Er schüttelte den Kopf. »Tante Camille wird untröstlich sein, dass Miss Abigail umzieht.«

»Ich bin sicher, dass sie sie oft besuchen wird. Es wird ihr ein neues Ziel geben. Sie mag es, gebraucht zu werden.«

»Nun, zurück zum Fall«, sagte AB und nahm den Wein in die Hand. »Hast du etwas Neues vom Makler erfahren?«

Er zuckte mit den Schultern. »Nicht wirklich. Er hat nur bestätigt, was ich vermutet hatte. Neil hatte es eilig, das Haus zu verkaufen. Der Makler versuchte, ihn zu einem höheren Preis zu überreden, aber Neil ging auf das erste Barangebot ein, und es war innerhalb einer Woche verkauft.« Coop lehnte sich gegen den Konferenztisch. »Er hatte keine Ahnung, warum Neil es so eilig hatte. Er sagte, das Haus wäre bereits fast leer und er wollte Gegenstände mitbringen, um das Haus in Szene zu setzen, aber Neil wollte das nicht.«

»Hmm … also hatte der Zeitfaktor mehr Priorität als die Höhe des Preises. Interessant.«

»Ein Lichtblick war, dass er mir die Kontonummer geben konnte, auf die Neil das Geld auf den Kaimaninseln überweisen ließ.«

Ihre Augen tanzten vor Aufregung. »Nun, das ist ein großer Fortschritt.«

»Ja, ich werde sie Ben geben und sehen, ob sie hilft, die Dinge voranzutreiben.« Er fügte der Finanzspalte an der Tafel Zahlen hinzu. »Als die Hypothek abbezahlt war, blieben ihm weniger als hunderttausend Dollar. Der Makler bestand darauf, dass Neil mehr hätte bekommen können, wenn er bereit gewesen wäre, Geduld zu haben.«

»Wir müssen uns die Aktivitäten auf diesem Konto ansehen und herausfinden, was los ist und wohin das Geld geflossen ist«, sagte sie und eilte zu Coops Schreibtisch, um das klingelnde Telefon abzunehmen.

Sie stellte den Anruf in die Warteschleife. »Darcy Flint.«

Coop nickte und nahm den Hörer ab. AB machte sich auf den Weg zur Tür, aber Coop bat sie, zu bleiben. Nachdem er der Anwältin für ihren schnellen Rückruf gedankt hatte, führten sie ein kurzes Gespräch. Coop beendete es mit: »Ich verstehe. Nochmals vielen Dank.«

AB warf ihm über den Rand ihrer Tasse Tee hinweg einen fragenden Blick zu. »Miss Flint sagt, dass Mom eine Kreditkarte und einen Führerschein benutzt hat, die ihr Freund Ruben ihr gegeben hat. Er ist auch in Schwierigkeiten und derzeit inhaftiert. Sie sagte, dass sie das Problem mit der Kreditkarte wahrscheinlich lösen kann, aber der Angriff ist eine andere Geschichte. Sie wird mit dem Staatsanwalt sprechen und sehen, ob es eine Chance gibt, die Anklage einzugrenzen.«

»Sie könnte also im Gefängnis landen?«

»Ja, ich glaube, das wäre der beste Ort für sie. Unterkunft und Verpflegung werden gestellt. Es ist eine kleine Stadt. Ein Bezirksgefängnis, kein großer Knast. Vielleicht kommt sie dort wieder zur Vernunft.« Er reichte AB einen Zettel. »Das ist das, was wir Miss Flint zahlen müssen, um ihre Kosten zu decken. Ich riskiere kein Geld für die Kaution. Sie ist viel zu flatterhaft. Es wird keinen Prozess geben. Entweder bekommt sie einen besseren Deal für sie oder Mom muss die Strafe auf sich nehmen. Keine Frage, sie hat den Beamten angegriffen, und ich bin nicht geneigt, noch mehr zu tun, um ihr aus der Patsche zu helfen.« Er ordnete die Papiere auf seinem Schreibtisch neu und murmelte: »Es ist an der Zeit, dass sie die Konsequenzen ihres Tuns trägt.«

AB nickte und steckte den Zettel in ihren Notizblock. »Okay, ich schicke heute einen Scheck raus.« Sie blickte auf ihren Notizblock. »Ich habe mit der Assistentin von Mr. Rusk gesprochen. Ich habe unsere Situation erklärt, und sie hat mit ihm gesprochen und mich zurückgerufen. Er wusste von Neils Tod, weil er mit *Borlund* telefoniert hat, und ist bereit zu helfen. Er kann morgen früh eine Videokonferenz einschieben. Gegen sechs Uhr unserer Zeit.«

Coop stieß einen langen Seufzer aus. »Das ist besser als ein Flug nach New York. Ich werde hier sein.« Er zog seine Jacke an und sagte: »Ich fahre rüber zu *Borlund* und treffe mich mit dem Leiter der Buchhaltung, um zu sehen, was ich über Gina erfahren kann.«

Bernie hatte, wie er versprochen hatte, ein Treffen in der Cafeteria arrangiert. Coop ließ sich auf einen Stuhl gegenüber einer Frau mit kurzem grauen Haar fallen. Bernie stellte sie als Leslie Wells vor. Coop erklärte, er untersuche den Tod von Neil Borden und wäre auf eine Verbindung zu Gina gestoßen.

»Hatte Gina Gelegenheit, regelmäßig mit Mr. Borden zu sprechen?«

Leslie schüttelte den Kopf. »Regelmäßig würde ich nicht sagen. Sie hat letztes Jahr an einem Projekt für ihn gearbeitet, wie es alle Techniker von Zeit zu Zeit tun. Das ist das einzige Mal, dass ich mich daran erinnere, dass sie mit ihm zu tun hatte. Es gab ein paar Treffen.«

Coop befragte sie über Ginas Privatleben. »Sie blieb größtenteils für sich. Ich weiß, dass sie zwei Kinder auf dem College hat und verheiratet ist. Sie hat nie viel über ihr Privatleben erzählt.«

Leslie beschrieb Gina weiterhin als fleißige Mitarbeiterin, die ruhig und ein wenig eigenbrötlerisch war. Sie nahm nicht viel Kontakt auf und aß ihr Mittagessen am Schreibtisch.

Coop fragte: »Wissen Sie, warum sie *Borlund* verlassen hat?«

»Sie hat einen tollen Job bei *Kramer and Dune* bekommen. Viel prestigeträchtiger und mit einem höheren Gehalt.« Leslie nahm einen Schluck von ihrem Kaffee. »Ich war überrascht. Sie erweckte nicht den Eindruck, auf der Suche nach einer neuen Stelle zu sein.«

Leslie öffnete Ginas Akte und gab ihre Kontaktdaten sowie das Datum ihres Ausscheidens aus dem Unternehmen bekannt. Sie hatte drei Jahre lang bei *Borlund* gearbeitet. Coop kritzelte Notizen auf seinen Block und stellte fest, dass sie etwa zur gleichen Zeit aus dem Unternehmen ausgeschieden war, als die Überweisungen auf Neils Kaiman-Konto zunahmen.

»Hatten Sie irgendeinen Grund zu vermuten, dass Gina eine Affäre mit Mr. Borden hat?«

Ihre Stirn legte sich in Falten. »Nein, ich habe bei keinem der beiden ein Verhalten gesehen, das mich das denken ließ. Glauben Sie das?«

»O nein, Ma'am. Es ist nur etwas, das bei den Ermittlungen aufgetaucht ist, und wir wollten es überprüfen. Es bedeutet nichts.« Er bat sie, das Gespräch vertraulich zu behandeln, und bedankte sich bei ihr für das Treffen.

Coop machte sich auf den Weg zurück ins Büro und überlegte, wie er an Gina herankäme. Er und AB besprachen die Möglichkeiten und einigten sich darauf, sie abzupassen, wenn sie ihren Arbeitsplatz zum Mittagessen verließ. Ein Anruf im Voraus würde ihr die Chance geben, sich eine plausible Geschichte auszudenken. Zu ihr nach Hause zu gehen, könnte ihre Ehe gefährden. Bei der Arbeit aufzutauchen, könnte das Gleiche mit ihrem Job tun. Sie wollten ihr keine Schwierigkeiten bereiten, aber sie wollten ihre Körpersprache und ihren Gesichtsausdruck beobachten, wenn sie sie nach Neil fragten.

Sie beschlossen, morgen ab elf Uhr den Parkplatz an der Ecke *Kramer and Dune* zu observieren. Da die Bedrohung durch Chandlers bevorstehende Verhaftung geringer wurde und Ben seine Bemühungen verstärkte, Neils finanzielle Unregelmäßigkeiten zu erklären, konzentrierte Coop seine Aufmerksamkeit für den Rest des Nachmittags auf ein paar andere Fälle und setzte sich mit Richter Monroe in Verbindung.

Nachdem er sein Gespräch beendet hatte, zog er seine Jacke an und rief Gus. Er blieb an ABs Schreibtisch stehen. »Richter Monroe sagte, dass seine Mutter in diese gehobene Einrichtung in Green Hills kommt. Das ist weniger als zehn Minuten von Tante Camilles Haus entfernt.«

»Wie hat Richter Monroe gewirkt?«, fragte sie.

Coop seufzte. »Erleichtert und resigniert. Er sagte, sie

seien mit einer Hilfe im Haus ausgekommen, aber ihr Besuch hier machte ihm klar, wie gefährlich es war, sie unbeaufsichtigt zu lassen. An diesem Morgen kam die Haushälterin später, also war Abigail auf sich allein gestellt.« Coop sagte ihr, dass er und Gus ein paar Minuten früher losfahren würden, um im Park spazieren zu gehen, bevor es zu dunkel wurde.

Beflügelt von der frischen Luft, die ein Gewitter zu bringen versprach, trabte Gus über das Gelände, darauf bedacht, jeden Geruch zu erkunden, der sein Interesse weckte. Coop folgte ihm gedankenverloren, die Hände in den Taschen, um sich warm zu halten. Während er sein Kinn weiter in seinen Mantel drückte, wirbelte der Fall in seinem Kopf herum wie die Blätter auf Treppenstufen.

KAPITEL SIEBEN

Erschöpft und mit müden Augen kam Coop am nächsten Morgen vor sechs Uhr ins Büro und fuhr seinen Computer hoch. Der Spaziergang am späten Nachmittag hatte nicht dazu beigetragen, dass er in der letzten Nacht besser hatte schlafen können. Er brühte eine Kanne mit echtem Kaffee auf und machte ein Feuer, während Gus ihn von seinem Sessel im Büro aus beobachtete. Sobald die Maschine piepte, schüttete er das dunkle Elixier in seine übergroße Tasse und machte sich auf den Weg zu seinem Schreibtisch. Er nahm einen langen Schluck und ließ den Dampf das geschätzte Aroma transportieren.

Der Wind rüttelte an den Fenstern, und die erste Regensalve prasselte gegen die Scheiben. Nach ein paar weiteren Schlucken wurde sein Kopf wieder klar und er konzentrierte sich auf den Bildschirm und seinen Notizblock. Pünktlich um sechs hörte er das typische Geräusch eines Videoanrufs und klickte auf die Maus. Mr.

Rusk erschien vor ihm, er sah aus, als wäre er seit Stunden wach, sein dunkles Haar glänzte und war perfekt frisiert.

Coop war froh, dass er eine Jacke über sein T-Shirt mit der Aufschrift *Wer zuletzt lacht, denkt am langsamsten* gezogen hatte, und bedankte sich bei Mr. Rusk dafür, dass er sich Zeit für ihn genommen hatte. Er hakte die Fragen ab, die er sich vorher überlegt hatte, und kritzelte die Antworten von Mr. Rusk auf, während er dem Geschäftsführer zuhörte.

Das Gespräch dauerte über dreißig Minuten, und Coop fielen keine weiteren Fragen mehr ein. Als sich das Gespräch dem Ende zuneigte, gab Mr. Rusk ihm seine Durchwahl und Handynummer, falls Coop weitere Informationen benötigte. Coop trennte die Verbindung und genoss die letzten Schlucke seines Kaffees.

Gus sprang vom Stuhl, was bedeutete, dass AB gekommen war. Ein paar Minuten später hörte er, wie sich die Tür öffnete, und das Klacken der Hundekrallen, als er AB zu ihrem Schreibtisch folgte. Coop schlenderte aus seinem Büro und machte das Feuer im Empfangsbereich an.

AB saß am Kamin, während die Flammen durch die trockenen Holzscheite flackerten. »Es ist elendig kalt draußen.« Sie rieb sich die Hände vor dem orangefarbenen Schein und sagte: »Hast du neue Informationen von Mr. Rusk erhalten?«

Coop nickte und nahm Platz. »Wir müssen uns einen anderen Kerl ansehen, Paul Muller. Er arbeitet für ein Pharmaunternehmen in Kalifornien. Er ist derjenige, der Rusk erzählt hat, dass Neil verkaufen will.«

»Wusste Rusk, warum er verkaufen wollte?«

Coop schüttelte den Kopf. »Nein, nichts Konkretes. Er wusste, dass Neil Schwierigkeiten hatte, Chandler zum Verkauf zu bewegen. Rusk erhöhte immer wieder den Preis und nahm an, Neil benutze Chandler als Verhandlungsargument.«

»Ich werde mich mit Rusk und Muller befassen und sehen, was wir über sie auf persönlicher Ebene erfahren können«, schlug AB vor.

Coop nickte und schaute auf seine Uhr. »Es ist viel zu früh für Kalifornien. Wir müssen ein paar Stunden warten und diesen Typen anrufen und sehen, was er uns sagen kann.«

»Kannte Rusk Chandler?«

»Nein. Er kannte ihn vom Hörensagen. Er sagt, Chandler sei einer der angesehensten Forscher in der Branche. Er sagte Neil, *FuturePharma* würde Chandler behalten und ihn weiterhin die Forschungsabteilung leiten lassen. Das war eines der letzten Gespräche, die Rusk führte, um das Geschäft abzuschließen.«

»Sie dachten also, dieses neue Medikament würde ein großer Erfolg werden? Wollten sie deshalb *Borlund* kaufen?«

Er nickte und schürte das Feuer. »Rusk sagt, sie waren von dem Vorschlag und Chandlers Forschung überzeugt. *Borlunds* andere Medikamente gehören zu den meistverschriebenen Medikamenten in ihrem Segment. Er glaubt, dass CX-232 eine sichere Sache ist.«

»Und Chandlers ganze Welt und Identität sind in dieses Unternehmen integriert.«

»Ja. Es ist sein Leben, und ich glaube, er steuert gerne sein eigenes Schiff. Er wollte nicht für die große Pharmaindustrie arbeiten. Er ist glücklich mit seinem bescheidenen Unternehmen und geht dem nach, was er liebt. Nach allem, was man hört, wird er bei der Arbeit respektiert und gemocht. Ich habe dort nicht einmal die Andeutung eines schlechten Wortes über ihn gehört.«

AB stand auf und sagte: »Ich habe ein paar Akten für dich

zur Durchsicht und einige Dinge zum Unterschreiben. Madison und Ross arbeiten an den Scheidungsfällen und beenden ein paar Befragungen zu den Hintergründen. Wir können das heute Morgen erledigen, und dann wird es Zeit für unseren Mittagsüberfall sein.«

Das Wetter verschlechterte sich im Laufe des Vormittags. Coop fuhr schnell zu Tante Camille, um Gus abzusetzen, und lieh sich ihren Wagen. Er und AB wollten Gina zum Mittagessen einladen, und weder Coops Jeep noch ABs VW waren für einen weiteren Passagier geeignet.

Sie warteten auf dem stürmischen Parkplatz, wobei sie darauf achteten, in der Nähe von Ginas Auto zu parken. Sie musterten jede Frau, die vorbeikam, und wurden in weniger als dreißig Minuten für ihre Geduld belohnt. Sie stiegen beide aus Camilles Wagen und gingen auf Gina zu.

AB ergriff zuerst das Wort und erklärte, sie wären Privatdetektive, die für *Borlund* arbeiteten und den Tod von Neil untersuchten. Ginas Augen huschten von AB zu Coop und dann über den Parkplatz. Als sie ihren Blick wieder auf die beiden richtete, spürte Coop eine gewisse Traurigkeit. »Wir laden Sie gerne zum Mittagessen ein. Wir haben nur ein paar Fragen und wollten Sie nicht bei der Arbeit oder zu Hause stören«, sagte AB.

Gina kapierte schnell. »Das weiß ich zu schätzen.« Coop hielt ihr die Beifahrertür auf, und sie kletterte auf den Sitz.

Coop fuhr ein paar Blocks weiter zu einem Sandwich-Laden, und sie setzten sich an einen Tisch im hinteren Teil des Ladens. Während sie auf ihre Bestellung warteten, begann Coop mit seinen Fragen. »Während unserer Ermittlungen sind wir auf einige Informationen gestoßen, die uns auf eine Verbindung zwischen Ihnen und Neil schließen lassen. Können Sie uns etwas über Ihre Beziehung erzählen?«

Ginas Augen konzentrierten sich auf ihren Schoß. »Wir hatten eine kurze intime Beziehung. Ich bin nicht stolz darauf. Es war rücksichtslos.«

»Wer hat es beendet?«

»Wir beide. Ich bin mir nicht sicher, wie es überhaupt angefangen hat. Ich liebe meinen Mann. Es war dumm und unvorsichtig von mir, mich mit Neil einzulassen. Ich fühlte mich schuldig, und er war, nun ja, distanziert. Es dauerte nur ein paar Monate. Eine Affäre, würde ich sagen.«

»War er der Grund, warum Sie die Firma verlassen haben?«, fragte AB.

Sie zuckte mit den Schultern. »In gewisser Weise, aber nicht so, wie Sie denken. Er hat mir von dem Job hier erzählt. Sie haben einige externe Prüfungen für *Borlund* durchgeführt, und er hat ein gutes Wort für mich eingelegt.« Ihre Augen leuchteten auf. »Es ist ein toller Job und bringt mehr Geld, was mir zu Hause hilft.«

Sie hörten ihr zu, während sie erzählte, dass ihr Mann beruflich viel unterwegs war und ihr letztes Kind aufs College ging. Sie war einsam gewesen, und als Neil ihr Aufmerksamkeit schenkte, geriet das außer Kontrolle. Sie trafen sich normalerweise bei ihm zu Hause und gingen nie in die Öffentlichkeit.

»Wie war es im Büro? Wusste jemand, dass Sie sich treffen?«, fragte Coop.

»Ich erinnere mich, dass uns zweimal jemand vom Hausmeisterpersonal erwischt hat, als wir nach der Arbeit in Neils Büro waren. Eine weitere Dummheit unsererseits.« Sie tupfte sich die Augen ab. »Da wusste ich, dass wir aufhören sollten. Ich habe Neil gesagt, dass ich es für das Beste halte, wenn wir es beenden, und er war einverstanden. Er schien sogar erleichtert zu sein.«

Ein paar Wochen später erzählte er ihr von der Stelle,

und innerhalb einer Woche hatte sie ein Vorstellungsgespräch. Tage später hatte sie ein Angebot erhalten. Gina hatte in der Zeitung von Neils Tod gelesen und dann in einem Folgeartikel gelesen, dass sein Tod als Mord eingestuft worden war. »Ich fühlte mich schrecklich. Es war nicht so, dass wir seelenverwandt waren oder so, aber ich fühlte mich schrecklich, dass er tot war. Dann erfuhr ich, dass er ermordet wurde. Es war unfassbar.«

»Sie sagten, Neil sei am Ende Ihrer Beziehung distanzierter geworden. Haben Sie andere merkwürdige Verhaltensweisen seinerseits bemerkt?«

»Er war sehr besorgt darüber, was er als Geschäftsabschluss bezeichnete. Gestresst wegen des Geldes.« Sie schüttelte den Kopf. »Das ergab keinen Sinn, denn ich wusste, dass das Geschäft florierte. An seinem Gehaltspaket hatte sich nichts geändert.« Sie nahm einen Schluck von ihrem Kaffee und starrte in ihre Tasse. »Ich habe genug recherchiert, um zu erkennen, dass er versucht hat, ein Paket zu schnüren, um einen Käufer für das Unternehmen zu finden. Auch mit den Erfolgsaussichten von CX-232 konnte ich mich nicht mit dem Gedanken an einen Verkauf anfreunden.«

Sie hatte keine Informationen darüber, wer Neil getötet haben könnte. Sie konnte sich nicht vorstellen, dass jemand einen Groll hegte. »Wir haben nicht viel über persönliche Dinge gesprochen. Es war nicht diese Art von Beziehung.«

Coop fragte: »Glauben Sie, dass Chandler Neil getötet hat? Haben Sie jemals etwas zwischen den beiden gesehen, das Sie dazu veranlassen könnte, Chandler zu verdächtigen?«

Sie schüttelte den Kopf. »Niemals. Neil hat sich nie abwertend über Chandler geäußert. Ich habe nie etwas gesehen, was darauf hindeutet, dass Dr. Hollund sauer auf

Neil war. Dr. Hollund hatte den Ruf, ein bisschen ein Streber zu sein. Sehr konzentriert auf die Arbeit und brillant.«

Sie glichen die Daten mit ihr ab und bestätigten, dass seine Distanzierung etwa zur gleichen Zeit begann wie die Zunahme der Überweisungen auf sein Konto auf den Kaimaninseln. Sie hatte *Borlund* noch im selben Monat verlassen. Gina hatte weder mit Neil gesprochen noch ihn gesehen, seit sie den Job bei *Kramer and Dune* angenommen hatte. Die beiden schrieben sich nie E-Mails oder SMS.

»Ich weiß ehrlich gesagt nicht, was ich erwartet habe. Was ich mir vorstellen kann, ist, dass ich einsam war, und da ich nichts zu tun hatte, wurde ich von der Aufmerksamkeit angelockt. Sein Haus war wunderschön. Es war wie eine Flucht aus meinem Leben. Ich hatte nie die Illusion, dass wir zusammen wären oder etwas Ähnliches. Ich habe nicht langfristig gedacht.« Sie seufzte. »Ich habe nicht wirklich nachgedacht.«

Gina beantwortete alle Fragen und bestätigte, dass sie nie im Labor gewesen und auch nicht zu *Borlund* zurückgekehrt war, nachdem sie ihre neue Stelle angetreten hatte. Sie gab freiwillig ihre Kontaktinformationen an und drängte sie sogar, ihr Telefon zu überprüfen. Sie hatte nicht mehr mit Neil gesprochen, seit sie *Borlund* verlassen hatte.

Sie beendeten ihr Mittagessen und fuhren Gina zurück in ihr Büro. Sie stieg aus dem Auto und hielt die Tür für ein paar Sekunden auf. »Danke, dass Sie nicht zu mir nach Hause gekommen sind.« Sie blickte auf das Gebäude. »Oder ins Büro. Ich schäme mich dafür, was ich getan habe. Ich weiß, dass ich es nie wieder tun werde. Es tut mir leid für Neil. Er hat es nicht verdient zu sterben. Ich hoffe, Sie finden seinen Mörder.«

Coop und AB machten sich auf den Weg zu Camille, um die Fahrzeuge zu tauschen, und holten Gus ab. Da sie nach ihrem Ausflug zum Mittagessen lieber drinnen bleiben wollten, wärmten sie sich am Kamin. »Ich werde in ihren Telefonaufzeichnungen nachsehen, aber ich glaube nicht, dass die uns etwas sagen werden«, sagte AB.

»Ich stimme dir zu. Sie schien nicht viel Ahnung von Neils Aktivitäten zu haben. Sie war zerknirscht und aufrichtig. Ich glaube, es war nur ein Fehler, den sie gern vergessen würde.«

AB schaute auf die Uhr und sagte: »Ich rufe in Kalifornien an und frage Mr. Muller, ob er für einen Videoanruf zur Verfügung steht. Ich weiß, wie wichtig es für dich ist, den Befragten zu beobachten und nicht nur am Telefon zu sprechen.«

Während der Regen gegen die Fenster peitschte, wühlte sich Coop durch einen Stapel von Akten und Buchhaltungsaufzeichnungen, bevor er seine Notizen von seinem Gespräch mit Mr. Rusk studierte. Coop schlurfte auf der Suche nach einem Keks in die Küche. Gus folgte Coops Weg in der Hoffnung auf einen Happen. Coop gab ihm einen Bissen und ließ Gus durch die Hintertür hinaus. Der Hund rannte zu einem Baum und zurück ins Haus, war aber klatschnass von dem sintflutartigen Regen, der sich in Eis zu verwandeln begann.

Coop schnappte sich ein Handtuch und Gus ließ sich abreiben. Er hob seine Pfoten an, damit Coop sie abtrocknen konnte. Coop tat sein Bestes, um die Tropfen zurückzuhalten, die von Gus herunterfielen, als er sich mehrmals schüttelte. »Okay, Großer, du bist halbwegs trocken.« Gus rannte durch das Haus und legte sich vor den Kamin in Coops Büro.

Als Coop hereinkam, legte AB gerade das Telefon auf. »Er kann später am Nachmittag etwas arrangieren.« Sie reichte ihm einen Zettel. »Ich habe versucht, ihn früher zu bekommen, aber früher kann er es nicht einrichten.«

»Das ist in Ordnung. Es ist zu dringend, um es nicht anzunehmen.« Er ging in sein Büro, sah Gus an und sagte: »Bei diesem Chaos da draußen werden wir unseren Spaziergang am späten Nachmittag nicht machen können.« Gus seufzte, während ihm die Augen zufielen.

Coop checkte das Videomaterial von *Borlund*. Sein Telefon klingelte. Darcy Flint war in der Leitung. Coop holte tief Luft und drückte die Taste, um den Anruf anzunehmen.

Seine Hand krampfte sich zusammen, als er der Anwältin zuhörte. Er tippte mit seinem Stift auf einen Notizblock. Je länger das Gespräch dauerte, desto schneller und heftiger wurden die Schläge. Gus hob den Kopf von der Stuhllehne, seine Augen waren besorgt und seine Ohren gespitzt. Coop äußerte sein Verständnis und bedankte sich bei Miss Flint, bevor er das Telefon in die Halterung knallte. »Unglaublich!« Er warf den Stift auf den Schreibtisch und stapfte den Flur hinunter, während Gus hinter seinem Herrchen her trottete.

»Du wirst das Neueste nicht glauben.« Er ließ sich auf die Couch fallen und Gus stützte seinen Kopf auf seinen Oberschenkel.

AB wandte sich von ihrem Computer ab. »Oh, oh. Das hört sich nicht gut an.«

»Sie waren heute vor Gericht. Darcy hat sich mit dem Staatsanwalt auf eine geringere Anklage wegen der Kreditkartenangelegenheit geeinigt und meine Mutter überzeugt, einen Deal für die Anklage wegen Körperverletzung zu akzeptieren. Das würde etwa drei weitere Wochen im Gefängnis bedeuten. Da meine Mutter weder Reue zeigt noch eine Entschuldigung, sagte sie, das sei das Beste, was sie bekommen könne.«

AB nickte und nahm einen Schluck von ihrem Tee. »Klingt vernünftig.«

Coops Brauen wölbten sich über seinen geweiteten Augen. »Ganz genau. Sie gehen vor Gericht, und die gute alte Marlene bekommt einen Wutanfall und sagt dem Richter, er käme doch aus Hintertupfingen wie die Polizisten, die sie verhaftet haben, auch. Der Richter warnt sie, aber in typischer Marlene-Manier beherzigt sie die Warnung nicht. Jetzt sitzt sie wegen Missachtung des Gerichts im Knast. Drei Tage. Dann muss sie wegen der anderen Anklagepunkte wieder vor Gericht.«

AB schüttelte den Kopf. »Wow, ich hätte gedacht, dass sie sich in ihrem Alter ein wenig beruhigt hätte. Es ist nie klug, einen Richter zu verärgern. Man sollte meinen, die Androhung von mehr Zeit im Gefängnis würde sie abschrecken.«

»Reife gehört nicht zu ihren Markenzeichen.« Er kritzelte auf ABs Notizblock. »Stell Darcy einen Scheck für einen weiteren Gerichtstermin aus.« Er schüttelte den Kopf und fügte hinzu: »Ach, und laut meiner Mutter ist das alles meine Schuld.«

»Coop, du weißt, dass sie nur überdreht ist.«

»Sie hat Darcy gesagt, dass ich nie etwas für sie tue. Ich schäme mich für sie und kümmere mich nicht um sie. Sie kann nicht glauben, dass ihr Anwaltssohn sie wie eine gewöhnliche Kriminelle im Gefängnis verrotten lässt.«

»Sie ist bekannt dafür, dass sie keine Verantwortung übernimmt, also ist das eine weitere Möglichkeit für sie, jemand anderem die Schuld zu geben«, sagte AB.

»Ja, es wird irgendwann langweilig.« Er wandte seine Aufmerksamkeit den Flammen im Kamin zu und streichelte den Kopf seines Hundes. »Sie hat recht, ich schäme mich für sie. Ehrlich gesagt, wenn ich nicht an sie denken oder mich mit ihr beschäftigen muss, ist es ein guter Tag für mich. Ich sorge mich um sie, aber nicht als Sohn. Eher wie ein um einen anderen Menschen. Ich will nicht, dass ihr etwas Schlimmes zustößt, aber ich will auch nicht, dass sie in mein Leben tritt.« Er seufzte. »Ich weiß, das klingt hart, aber es ist die Wahrheit.«

AB sah ihn an, schwieg aber, während er sich mit einem Stöhnen von der Couch erhob. »Ich sage meinem Bruder besser Bescheid, was es Neues gibt.«

Er schrieb Jack eine SMS, und innerhalb weniger Minuten rief sein Bruder ihn an. Coop erzählte von der jüngsten Eskapade ihrer Mutter. Jack bot an, Geld zu schicken, um zu helfen, aber Coop lehnte ab. Jack hatte eine Familie zu ernähren und einen guten Job, aber Coop wusste, dass er auch zu viel hatte, was er für so etwas wie Anwaltskosten ausgeben konnte.

Nachdem sich die Brüder einig waren, dass das Verhalten ihrer Mutter mehr als albern war, und die Chancen, dass sie sich änderte, gering waren, sprachen sie über angenehmere Themen. Wie schon bei ihrem Gespräch vor Weihnachten versprach Coop, in den kommenden Monaten zu einem Besuch nach Nevada zu fahren. Coop legte auf und lächelte. Wenn er mit Jack sprach, fühlte er sich immer besser. Sie teilten ein starkes Band. Er wollte es nie verlieren.

Coop warf einen Blick in seinen Kalender und überlegte sich, dass der beste Zeitpunkt für einen Besuch wäre, wenn die Kinder Ferien hätten. Er klebte einen Zettel auf seinen Terminkalender für den März, um die Daten zu überprüfen, und kehrte dann zu seinem aktuellen Fall zurück.

Er wollte sich einen Überblick über die Küche verschaffen, bevor er das Personal und dessen Zugang zu Neils Suppe genauer untersuchte. Er beobachtete die alltäglichen Aktivitäten, wie sich die Leute in- und außerhalb der Reichweite der Kamera bewegten, um die Mahlzeiten vorzubereiten. Er registrierte die Ankunft der ersten Mitarbeiter um fünf Uhr morgens.

Die ständige Bewegung all der Menschen in identischer Kleidung machte es unmöglich, irgendeine Handlung im Zusammenhang mit der Suppe zu lokalisieren. Die Kamera bot einen Überblick über den Raum, aber nichts aus nächster Nähe. Er ließ das Video schneller vorlaufen und versuchte, sich den gesamten Vormittag vor seinem Termin mit Mr. Muller anzusehen.

Auf den Kochflächen standen mehrere große Suppentöpfe. Es war unmöglich zu erkennen, in welchem sich die fragliche Suppe befand. Er hatte nichts gesehen, was auf eine verdächtige Handlung hindeutete. Er wusste, dass es nicht um die gesamte Suppe ging, aber er behielt alles im Auge und hoffte zu erkennen, wann die Schüsseln für die beiden Partner gefüllt wurden. Er studierte und schielte auf den Bildschirm. Je näher die Mittagspause rückte, desto mehr Aktivität herrschte in der Küche. Ein Wirrwarr von weißen, bauschigen Hüten füllte den Bildschirm. Teller und Schüsseln tauchten auf und verschwanden wieder. Er verlangsamte den gesamten Vorgang und beobachtete ihn in Echtzeit.

AB sorgte dafür, dass Gus seine Runde bekam, bevor sie sich verabschiedete, Feierabend machte und Gus und Coop zurückließ.

Er konnte nicht erkennen, wann oder welcher Mitarbeiter die Schalen füllte, aber er sah, wie behandschuhte Hände die Schalen auf den Servierwagen stellten, der vom Vorbereitungsbereich entfernt stand. Die Mitarbeiter gingen Dutzende Male zwischen dem Wagen und der Kamera hin und her. Er sah, wie sich ein paar bauschige Hüte über das Essen beugten, und dann wurde die

Sicht durch Menschen verdeckt. Auf der nächsten freien Aufnahme waren Teller auf dem Tablett zu sehen, und dann war wieder mehr los, und die Teller waren abgedeckt.

Es gab keine Möglichkeit, jemanden auf dem Filmmaterial zu identifizieren. Er würde sehen müssen, ob Bens Techniker etwas tun konnten, um das Video zu verbessern. Er schloss das Fenster und holte den Notizblock hervor, den er bei seinem Videoanruf am frühen Morgen benutzt hatte.

Der Anruf aus Kalifornien kam pünktlich, und Paul Muller teilte ihm sein Wissen über *Borlund Sciences* mit. Muller hatte das typische Aussehen eines Beachboys. Gebräunt, blond und entspannt. Coop erfuhr, dass Muller als Finanzchef eines mittelgroßen Pharmaunternehmens in Los Angeles tätig war. Muller hatte von einem Kollegen in der San Francisco Bay Area, Derrick Hudson, gehört, dass Neil einen Käufer gesucht hatte. Mullers Unternehmen hatte in den letzten Monaten eine Reihe kleinerer Firmen aufgekauft. Er hatte alle Hände voll zu tun gehabt und die Informationen an Rusk weitergegeben.

Coop stellte ihm eine Litanei von Fragen, die er schon für Mr. Rusk vorbereitet hatte, und noch einige andere. Muller bestätigte Chandlers ausgezeichneten Ruf in der Wissenschaftswelt. Er gab zu, dass, wenn er vor sechs Monaten von *Borlund* gewusst hätte, eines der anderen Unternehmen, die er erworben hatte, von der Liste gestrichen worden wäre. Chandler war heiße Ware, die garantiert Millionen, wenn nicht gar Milliarden einbringen würde.

Coop beendete das Gespräch mit der Bitte um Hudsons Kontaktinformationen. Muller gab sie ihm und wünschte Coop einen schönen Abend. Er erzählte, dass er auf dem Weg zum Surfen am Strand wäre. Coop lud Gus in den Jeep und schaltete die Scheibenheizung ein, während er das Eis auf der Windschutzscheibe abkratzte. Er ließ sich auf den Fahrersitz gleiten, rieb seine roten Hände aneinander und sehnte sich nach den Tagen, die er vor ein paar Wochen im warmen Sand auf den Bahamas verbracht hatte.

Am nächsten Morgen, während Coop auf dem Kamin saß und Gus eine ausgiebige Kopfmassage gab, rief AB in Derrick Hudsons Büro an. Sie benutzte die Durchwahl, die Muller ihnen gegeben hatte. Es klingelte ein paar Mal, bevor eine Frau abnahm. Sie teilte AB mit, dass ihr Chef, Mr. Hudson, den ganzen Vormittag in einer Besprechung wäre. Sie versprach, einen Termin für eine Videokonferenz zwischen ihm und Coop zu vereinbaren. AB betonte, wie wichtig es wäre, und bat sie, vor Ende des Tages zurückzurufen.

Coop kraulte Gus ein letztes Mal, fegte die Hundehaare von seinem Shirt, auf dem *Wenn ich sterbe, bekommt der Hund alles* stand, und erhob sich. »Wir sollten nicht nur mehr über den potenziellen Käufer herausfinden, Mr. Rusk, sondern auch Derrick Hudson auf unsere Liste setzen und sehen, was wir über ihn erfahren können.«

AB nickte und tippte auf ihrer Tastatur, während Coop sich wieder die Kameraaufzeichnungen aus der Küche ansah. Er konzentrierte sich auf das Personal in der Nähe des Servierwagens und sah nichts Eindeutiges. Alle trugen Handschuhe und der Versuch, jemanden zu identifizieren, war sinnlos. Das Beste, was er tun konnte, war, die Größe der Mitarbeiter zu schätzen. Die Souschefs waren leicht zu erkennen, da sie bunte Kopfbedeckungen trugen, aber was die anderen betraf, war es hoffnungslos.

Nachdem er die Grenzen seiner Software ausgeschöpft hatte, schickte er Ben eine SMS, um zu fragen, ob er seine Techniker fragen könnte, das Material zu verfeinern. AB kam durch die Tür und schob ihm ein Sandwich vor die Nase. »Ich habe die ersten Informationen über die drei Typen.« Sie nahm Platz und ratterte herunter, was sie über jeden von ihnen herausgefunden hatte, während Coop sein spätes Mittagessen aß.

Alle waren wohlhabend, hatten Familien und waren die meiste Zeit ihres Berufslebens in der Branche tätig. In ihren Kredit- oder Finanzberichten war nichts Auffälliges zu finden. Sie verdienen eine Menge Geld und geben eine Menge Geld aus. Gesunde Bankkonten und Kreditlimits, keine uneinbringlichen Schulden oder Makel in ihren Kreditauskünften.

»Wenn man sich ihre Ausbildung und ihren beruflichen Werdegang ansieht, haben Derrick Hudson und Neil vor Jahren in derselben kleinen Firma in Kalifornien gearbeitet, direkt nach der Schule.« Sie schob ihren Bericht vor Coop. »Beide waren nicht mehr in dem Geschäft. Neil verließ die Firma und schloss sich dann mit Chandler zusammen. Derrick blieb, bis die Firma von einem anderen Unternehmen übernommen wurde, und wechselte dann dorthin, wo er jetzt arbeitet.«

Sie blätterte eine Seite in ihrem Notizblock um. »Ich habe Ginas Telefonaufzeichnungen überprüft. Sie hat die Wahrheit gesagt. Keine Anrufe oder SMS an Neil. Nichts Auffälliges.«

Coop nickte, als er sein Sandwich beendete hatte, und ihr Gespräch wurde durch das Klingeln des Telefons unterbrochen. AB ging ran, und Coop hörte, wie sie einen Termin für ein Gespräch mit Mr. Hudson vereinbarte. Sie legte auf und sagte: »Heute Abend fünf Uhr.«

»Nun, das ist früher, als ich erwartet hatte.« Er studierte den Bericht und machte sich ein paar Notizen, während AB einen weiteren Anruf entgegennahm.

Sie beendete das Gespräch und wandte sich wieder ihren Notizen zu. »Ich habe mich auch mit den Wissenschaftlern in Chandlers Team befasst. Ihre Finanzen sehen unauffällig aus. Keiner von ihnen hat in letzter Zeit große Einlagen getätigt. Keine großen Anschaffungen. Ich muss noch mehr über ihre Hintergründe herausfinden, aber auf den ersten Blick scheint keiner von denen für die Beschaffung des Medikaments bezahlt worden zu sein.«

Coop lehnte sich auf seinem Stuhl zurück. »Chandlers Team muss die Verbindung sein. Wir müssen den roten Faden finden, der einen von ihnen damit verbindet, und daran ziehen.«

Sie nickte und sagte: »Ich bleibe dran.«

Er warf einen Blick auf das Whiteboard. »Ich muss sehen, ob Ben eine Kopie von Neils Testament hat, damit wir sehen können, ob noch jemand von seinem Tod profitiert.«

»Richtig. In diesem Zusammenhang ist mir ein Muster von Abhebungen und Einzahlungen zwischen Neil und seiner Assistentin aufgefallen. Erinnerst du dich an Melissas Wettsucht? Es sieht so aus, als ob Neil ein paar Tage vor der Fälligkeit ihrer Kreditkarte eine Barabhebung vorgenommen hat und sie eine Einzahlung in Höhe desselben Betrags. Das passiert schon seit etwa einem Jahr.«

Coops Augen funkelten. »Dann habe ich etwas, worüber ich mit ihr reden kann. Wahrscheinlich holte er sie aus der Patsche, und sie sahnte ein bisschen ab, um ihre Sucht zu finanzieren.«

»Ich werde weiter suchen.«

Coop nickte zustimmend. »Ich werde am Freitag beim

Frühstück mit Ben sprechen und sehen, was er erfahren hat. Da er nicht angerufen hat, hat er wahrscheinlich nicht viel.«

Sie setzten ihre Nachforschungen bis fünf Uhr fort, als der Videoanruf einging. Coop sah auf das Bild des Mannes auf seinem Computerbildschirm. Derrick Hudson war unauffällig. Ein typischer Mann in Anzug und Krawatte. Nichts Bemerkenswertes in seiner Erscheinung. Coop stellte viele der Fragen, die er auch Rusk und Muller gestellt hatte.

Derrick war schockiert, als er von Neils Tod erfuhr, und sagte Coop, dass er gerne helfen würde, aber er war überrascht zu erfahren, dass sie einen Mord vermuteten. Derrick bestätigte, dass er Neil von seiner Schulzeit und späteren Arbeit in Kalifornien kannte. Er hatte ihn seit Jahren nicht mehr gesehen, war aber mit sporadischen E-Mails oder Anrufen mit ihm in Kontakt geblieben. Derrick hatte keine Ahnung, warum *Borlund* verkauft werden sollte. »Neil erzählte mir von dem Verkauf. Er sagte, er suche einen Käufer, und bat mich, jeden Interessenten an ihn weiterzuleiten.« Muller war einer der Kollegen gewesen, denen er von dem Verkauf erzählt hatte.

Coop fragte ihn, ob Neil erwähnt hätte, dass sein Partner nicht verkaufen wollte, aber Derrick sagte, er wüsste nichts davon. Wie die beiden anderen lobte er Chandler und erwähnte seinen hervorragenden Ruf in der Branche. Er sagte, sein Unternehmen wäre nicht in der Lage, *Borlund* zu übernehmen, aber er habe mehrere seiner Kontakte informiert.

Coop fragte ihn nach Neils Privatleben, aber Derrick hatte keine enge Beziehung zu Neil. »Ich glaube, das letzte Mal, dass ich ihn persönlich gesehen habe, war auf einer Konferenz vor einigen Jahren. Unsere Beziehung konzentrierte sich auf das Geschäftliche als um das Persönliche.«

Nachdem er seine Fragen gestellt hatte, bedankte sich Coop bei Derrick und notierte sich seine persönlichen Kontaktdaten, bevor er die Verbindung beendete. Er blickte auf und sah AB an der Tür warten.

»Nichts?«, fragte sie.

Er schüttelte den Kopf. »Ich denke, es ist Zeit, für heute Schluss zu machen.« Gus trottete hinterher und sprang in den Jeep. »Irgendetwas fehlt uns, Kumpel«, sagte Coop, als er durch den nassen und windigen Abend fuhr.

KAPITEL ACHT

Der Geruch von Speck und Kaffee begrüßte Coop, als er am Freitagmorgen durch die Tür von *Peg's* ging. Ben saß bereits am Tisch, eine Tasse mit dem warmen Getränk vor sich.

Myrtle erschien, als Coop auf den Vinylsitz rutschte, und schüttete ihm einen großen Schluck von Coops Lieblingslaster in die Tasse. »Wir haben heute ein Pfannkuchen-Special, falls ihr interessiert seid.«

Sie nahmen ihren Vorschlag an. Coop rührte eine ordentliche Prise Zucker in seine Tasse und sagte: »Gibt es schon etwas von den Kaimaninseln?«

Ben schüttelte den Kopf und grinste. »Du machst Witze, oder? Die werden es über Wochen hinauszögern. Ich habe die Techniker mit der Auswertung des Videomaterials aus der Küche beauftragt. Kate und Jimmy haben Neils Wohnung und sein Auto gründlich durchsucht. Es stand noch auf dem Parkplatz. Sie haben ein Wegwerfhandy gefunden, das im Handschuhfach unter einem Haufen Kram lag. Wir überprüfen es gerade.«

»Hmm. Neil hatte ein Geheimnis. Ein Wegwerfhandy, ein zweites Konto auf den Kaimaninseln, er brauchte Geld. Irgendetwas stinkt hier.«

Ben nickte. »Ich stimme dir zu, dass es ein anderes Motiv geben könnte, das mit dem zu tun hat, was in seinem persönlichen und finanziellen Leben vor sich ging. Aber Chandler ist der einzige Verdächtige, der Zugang zum Medikament hat.«

Coop rümpfte die Nase. »Ich weiß. AB untersucht immer noch die Teammitglieder. Nichts Verdächtiges in ihren Finanzen. Kein Hinweis darauf, dass einer von ihnen bestochen wurde.«

Während sie sich auf ihre Frühstücksteller konzentrierten, erzählte Coop von seinen Gesprächen mit den drei Pharma-Führungskräften. Ben stimmte mit Coops Schlussfolgerung überein, dass die Sache keinen Sinn ergab.

Ben holte ein gefaltetes Papier aus seiner Jackentasche. »Hier ist eine Kopie von Neils Testament. Nichts Seltsames. Seine Eltern und eine Schwester sind die Begünstigten. Die Eltern leben in Kalifornien. Die Schwester in Arizona. Sie werden zu diesem Zeitpunkt nicht verdächtigt. Wir haben das bereits überprüft, und die Schwester war am Tag des Mordes auf der Arbeit. Die Eltern waren zu Hause. Keine Anzeichen von Reisen. Keine Kreditkartenabrechnungen, die darauf hindeuten, dass sie hier waren.«

»Dann ist das Geldmotiv Melissa betreffend obsolet. Ich werde heute trotzdem noch einen weiteren Versuch, mit ihr zu reden, unternehmen«, sagte Coop.

»Kate und Jimmy haben das Leben des Souschefs, der das Essen geliefert hat, auseinandergenommen. Sie haben nichts gefunden.«

»Das überrascht mich nicht. Er scheint der Typ zu sein, der glaubt, was man sehe, ist das, was man bekommt.«

»Die Aufklärung dieses Schlamassels wird davon abhängen, was wir über Neils geheimes Kaiman-Konto herausfinden können.«

»Ganz zu schweigen davon, herauszufinden, welcher dieser Wissenschaftler das CX-232 aus dem Labor genommen hat.« Coop nahm einen weiteren Schluck Kaffee.

Ben hob eine Hand in einer Geste der Kapitulation. »Ich weiß, du willst das nicht hören, aber Chandler ist der beste Verdächtige.«

Coop nickte. »Ich weiß, aber ich glaube nicht, dass er unser Mann ist. Da ist noch etwas anderes, das wir noch nicht sehen.«

»Ich glaube dir ja. Es steckt mehr dahinter. Komm heute Nachmittag vorbei und sieh dir an, was die Techniker im Filmmaterial gefunden haben. Ist sonst noch irgendetwas?«

»Nur der Gerichtstermin meiner Mutter. Sie soll heute Morgen nach einem dreitägigen Aufenthalt im Gefängnis rauskommen. Wollen wir wetten, dass sich ihre Einstellung nicht gebessert hat?«

Ben schenkte Coop ein schwaches Lächeln. »Es tut mir leid, Mann. Ich weiß, sie macht dich verrückt.«

»Die Untertreibung des Jahrhunderts.« Coop legte etwas Geld auf die Rechnung und schob die Box für AB über den Tisch. »Ich sehe dich heute Nachmittag.«

Die kalte, feuchte Luft trieb Coop eilig zum Jeep. Gus saß stramm, und seine Nase wanderte zu der Schachtel, um daran zu schnuppern. »AB wird mit dir teilen. Das tut sie immer.«

Auf der kurzen Fahrt zum Büro blieb nicht genug Zeit für die Heizung, um warm zu werden. AB saß an ihrem Computer, als die beiden ankamen. Coop starrte den ganzen Vormittag auf seine Notizen und das Whiteboard und schaute alle paar Minuten auf seine Uhr.

Um zwölf Uhr fünfzehn rief Darcy Flint an. Coop hörte ihr zu, wie sie die Anhörung zusammenfasste, und machte sich während des Gesprächs Notizen. Nachdem er aufgelegt hatte, nahm er seine Tasse und machte sich auf den Weg in die Küche, um sie nachzufüllen. Dann ließ er sich auf die Couch im Empfangsbereich fallen und wartete, bis AB ihr Gespräch beendet hatte.

»Und?«, fragte sie mit erwartungsvoll gewölbten Augenbrauen.

»Sie bekommt dreißig Tage Gefängnis, gemeinnützige Arbeit und muss einen Entschuldigungsbrief an den Polizisten schreiben, den sie angegriffen hat. Darcy sagte, dass Mom wenigstens gewartet hat, bis sie den Gerichtssaal verlassen hat, um in die Luft zu gehen. Sie sagte Darcy, sie wäre eine Idiotin und hätte sie rausholen sollen. Es war der schlimmste Deal, von dem sie je gehört hatte, und solche Sachen.«

AB schüttelte den Kopf. »Marlene ist ... nun, sie ist ... unbeschreiblich.«

»Ich sehe das Positive daran. Sie wird mir für den nächsten Monat aus dem Weg gehen.«

»Vielleicht nutzt sie die Zeit im Gefängnis, um über die Dinge nachzudenken.« Coop zog eine Grimasse und schüttelte den Kopf. »Man weiß ja nie«, sagte AB.

Coop schickte seinem Bruder eine SMS, um ihm das Ergebnis mitzuteilen, und bat ihn, ihn später anzurufen, wenn er von der Arbeit käme. Er nahm seinen Notizblock zur Hand und winkte Gus, ihm zu folgen.

»Ich werde auf dem Weg zu Ben bei *Borlund* vorbeischauen und mit Melissa reden. Wenn ich bis fünf Uhr nicht zurück bin, schließ einfach ab! Ich werde Gus mitnehmen.«

Coop ließ Gus im Jeep schlafen und fand Melissa an ihrem Schreibtisch. »Mr. Harrington, was führt Sie her?«

»Ich hätte da noch ein paar Fragen an Sie.« Er wies auf Neils Büro. »Es wäre wohl am besten, wenn wir allein wären.«

Sie stand auf, ging durch Neils Tür und setzte sich an den Konferenztisch.

»Wir haben die Finanzunterlagen und den Hintergrund von jedem, der Neil nahestand, durchforstet. Wie lange hat er Ihnen schon Geld geliehen?«

Ihre Augen weiteten sich, und sie fuhr sich mit einem Finger über die manikürten Nägel. »Es ist nicht so, wie Sie denken. Wir hatten keine romantische Beziehung oder so.«

Coop nickte. »Ich glaube, Sie haben ein Glücksspielproblem und Neil hat Sie auf Kaution rausgeholt.«

Sie stieß einen langen Seufzer aus. »Dann ist es wohl doch so, wie Sie denken. Ich bin in Schwierigkeiten geraten und habe Neil gefragt, ob ich mir etwas Geld leihen kann.«

»Und dann hatten Sie noch mehr Ärger und mussten sich weiter Geld leihen, statt es zurückzuzahlen?«

Ihre Augen begegneten seinen nicht. »Ich habe es nicht zurückgezahlt.«

»Melissa, haben Sie etwas mit Neils Tod zu tun?«

Ihr Mund öffnete sich und sie blickte Coop an. »Nein, natürlich nicht. Ich hätte nie etwas getan, was ihm schaden könnte. Ich schuldete ihm ein paar tausend Dollar, aber es war nicht so, dass es ihm etwas ausgemacht hätte. Ich habe daraufhin gearbeitet, zu sparen und nicht mehr zu spielen, damit ich es ihm zurückzahlen kann.«

»Hat er Sie unter Druck gesetzt, das Geld aufzutreiben?«

»Nein. Es war mir peinlich, aber er hat nie etwas gesagt. Nach Weihnachten sagte ich ihm, dass ich es satthätte, mein Geld zum Fenster hinauszuwerfen, und dass ich mich anstrengen würde, um ihm das Geld zurückzuzahlen. Er sagte mir, das sei in Ordnung. Er war in dieses Verkaufsgeschäft vertieft und schien sich nicht so sehr für den kleinen Betrag zu interessieren, den ich ihm schuldete.«

»Wie viel schuldeten Sie ihm, als er starb?«

Ihre Augen füllten sich mit Tränen und sie flüsterte: »Etwas weniger als fünftausend.«

»Sie sollten sich mit Neils Familie in Verbindung setzen und sie informieren.«

Sie nickte und fuhr fort, ihre Nägel anzumalen. »Das werde ich tun.«

»Haben Sie außer von Mr. Rusk noch andere Anrufe erhalten, die sich über den Verkauf des Unternehmens erkundigten?«

Sie legte die Stirn in Falten. »Nein, nicht, dass ich wüsste.«

»Sagt Ihnen Derrick Hudson etwas?«

Sie schüttelte den Kopf.

»Er kommt aus Kalifornien und hat schon mit Neil gearbeitet.«

»Ich kann im System nachsehen, ob ich seine Kontaktinformationen habe.« Sie stand auf, und Coop folgte ihr zu ihrem Schreibtisch. Sie ließ ihre Finger über die Tastatur gleiten und schüttelte den Kopf. »Nö, nichts über ihn.«

»Können Sie Neils persönliche Kontakte überprüfen?«

Melissa nickte und sagte: »Sicher. Eine Sekunde.« Mehr Klicken. »Nichts.«

»Okay, danke für Ihre Hilfe.«

»Meinen Sie, Chandler wird mich wegen des Glücksspiels feuern?«

»Das glaube ich nicht. Sie haben nichts Illegales getan.«

Sie nickte hektisch. »Ich brauche meinen Job.«

»Es ist klug, sich vor schlechten Nachrichten zu schützen. Es ist besser, wenn Sie die Nachricht kontrollieren und Chandler sie von Ihnen und nicht von anderen erfährt.«

Sie atmete tief durch. »Sie haben recht. Ich werde noch heute mit ihm reden.« Sie streckte ihre Hand aus. »Danke, Mr. Harrington. Es tut mir leid, dass ich Ihnen nicht früher davon erzählt habe. Als Sie mich darauf hingewiesen haben, dass ich an dem Tag allein mit der Suppe war, hat mich das erschreckt. Dann bekam ich Angst und fühlte mich schuldig wegen des Geldes, das ich ihm schuldete.«

»Noch ein Ratschlag. Suchen Sie sich ein neues Hobby, Melissa.« Coop neigte den Kopf in ihre Richtung und ging zum Aufzug.

Coop und Gus machten sich auf den Weg zu Bens Büro, wo Gus aus seinem Napf schlürfte und sich dann in sein Bett in der Ecke kuschelte. Ben telefonierte und Coop bediente sich an einer Flasche süßen Tees aus Bens Minikühlschrank und schob seinem Freund eine auf den Schreibtisch.

Ben beendete den Anruf und nahm einen großen Schluck von seinem Tee. »Die Techniker schicken mir verbessertes Bildmaterial. Sie haben versucht, den Bereich um den Wagen herum zu vergrößern und ein wenig zu schärfen. Sie sagen, es ist nicht toll, aber besser.«

Coop erzählte ihm von seiner Begegnung mit Melissa. »Als ich sie zur Rede stellte, leugnete sie weder das

Glücksspiel noch die Kredite. Ich glaube nicht, dass sie Neil vergiftet hat.«

Bens Computer piepte. »Hier ist das Filmmaterial. Ich werde es auf dem großen Bildschirm zeigen.« Ben deutete außerhalb seines Büros auf einen großen Flachbildschirm, der neben den Mordtafeln, die sein Team benutzte, an der Wand befestigt war.

Coop und Ben lehnten an einem Konferenztisch und beobachteten, wie das Bild auf dem Bildschirm erschien. Die Techniker hatten sich auf den Servierwagen konzentriert und sie beobachteten, wie sich die Mitarbeiter mit ihren weißen Hüten durch den Raum bewegten. Sie beobachteten den Bildschirm, bis sie sahen, wie Jake, der eine grüne Kopfbedeckung trug, den Wagen wegrollte.

Ben sah Coop mit hochgezogenen Augenbrauen an. »Noch einmal?«

Coop nickte. Sie begannen von vorne und untersuchten es erneut. Bei so viel Aktivität war es schwierig, sich auf das Tablett zu konzentrieren. Coop starrte angestrengt auf den Servierwagen, in der Hoffnung, etwas zu sehen, das auf eine Manipulation hindeutete.

Bens Mobiltelefon klingelte. »Bin gleich da«, sagte er, bevor er sein Handy in die Halterung an seinem Gürtel steckte. »Ich muss los. Ich bitte einen der Angestellten, dir eine Kopie zu machen. Du kannst sie mitnehmen und weiter auswerten.«

Er eilte mit einem Winken hinaus, und Coop schaltete den Monitor aus und steckte seinen Kopf in das Büro einer der Angestellten, die er am besten kannte. Sie kopierte das Filmmaterial auf einen USB-Stick. Coop gab Gus ein Zeichen, und sie fuhren zurück zu *Harrington and Associates*.

AB empfing sie an der Tür mit einem breiten Lächeln.

»Ich habe etwas gefunden.« Sie folgte Coop in sein Büro. »Dr. Irene Harris.«

»Okaaaay, was ist mit ihr?«

»Die Mutter ihrer Schwägerin hat Alzheimer.«

»Also hat sie vielleicht das Medikament für sie genommen?«

»Und vielleicht hat Neil es herausgefunden und sie bedroht«, sagte AB.

»Wir können genauso gut an dem Baum rütteln und sehen, was herunterfällt.« Er schaute auf die Uhr. »Es ist fast fünf Uhr an einem Freitag. Ich werde gleich am Montagmorgen zu *Borlund* fahren. Machen wir Schluss für heute.«

Coop schaltete seinen Computer aus und steckte den USB-Stick ein. Er wartete, bis AB an ihrem Schreibtisch fertig war, und sie gingen gemeinsam hinaus. »Tante Camille wollte, dass ich dich zum Sonntagsessen einlade. Kein Problem, wenn du beschäftigt bist.«

Sie lächelte, als sie die Tür öffnete. »Sag ihr, dass ich komme. Ich kann ihren Kochkünsten nicht widerstehen.«

Er winkte ihr zum Abschied zu, als sie zu ihrem Haus einbog. »Was hältst du davon, wenn wir heute Abend einen Spaziergang machen, da wir ein paar Minuten früher fertig sind?« Gus klopfte mit dem Schwanz gegen die Tür, und Coop könnte schwören, dass er lächelte.

Coop sah sich das Videomaterial ein paar Mal an, nahm sich aber für den größten Teil des Wochenendes eine Auszeit von der Arbeit. Eine Verschnaufpause half ihm oft, etwas von dem Fall zu sehen, das ihm bislang entgangen war, als er noch mittendrin steckte. Coop und Gus nutzten die wärmeren Temperaturen und die Windstille an diesem Wochenende. Sowohl am Samstag als auch am Sonntag machten sie einen Spaziergang im Park und nach Hause. Während Gus den Park erkundete, analysierte Coop Chandlers Fall.

Während er mit allen Wissenschaftlern in Chandlers Team gesprochen hatte, hatte er bei keinem von ihnen auch nur den Hauch eines Schuldgefühls verspürt. Er erinnerte sich an Dr. Irene Harris und ihre Begeisterung und ihr Vertrauen in das neue Medikament. Sie war die Expertin für Toxikologie. Aufgrund ihres Fachgebiets wäre sie am besten geeignet, eine tödliche Dosis des Medikaments zu bestimmen.

Nach Camilles Sonntagsessen plauderten er und AB hin und her über den Fall. »Es fällt mir schwer, mir vorzustellen, dass einer der Ärzte Neil umgebracht haben könnte. Sie sind alle leidenschaftlich an dem Projekt interessiert. Das einzige Motiv, das mir einfällt, ist, dass Neil etwas getan hat, was das Medikament gefährden könnte«, sagte Coop.

AB nickte und sagte: »Ich kann nicht glauben, dass er etwas tun würde, um den Verkauf und eine große Summe Geld zu riskieren.«

»Es gibt nur vier Menschen, die von Neils Tod profitieren. Seine Eltern, die Schwester und Chandler. Chandler hatte das Motiv und die Gelegenheit. Alles führt auf ihn zurück«, sagte Coop.

»Es muss noch ein anderes Motiv geben, das wir übersehen«, sagte AB. »Ich werde mehr Nachforschungen über seine Familie anstellen.«

»Es sei denn, Chandler war es und er ist der beste Schauspieler, den ich je getroffen habe«, murmelte Coop.

Coop konnte ein frühes Training absolvieren und war am Montag vor sieben Uhr bei der Arbeit. Er machte ein Feuer und vertrieb die Kälte aus dem Haus, während Gus auf seinem Stuhl hockte und ihn beobachtete.

Coop ging an AB vorbei, als sie durch die Tür kam und er zu *Borlund* ging. »Ich bin vor dem Mittagessen zurück«, sagte er.

Coop ging hinein und machte sich auf den Weg zu Chandlers Büro. Er fand den Wissenschaftler zusammengekauert an seinem Schreibtisch vor einem Berg von Papierkram und Post. »Hey, Chandler, ich habe noch ein paar Fragen.«

»Ich versuche nur, einige der Dinge zu klären, die Neil normalerweise erledigt. Hast du Fortschritte gemacht?«, fragte er.

»Es geht nur langsam voran. Ich kann kein Motiv finden. Deshalb bin ich heute hier. Wusstest du, dass Dr. Harris eine Verwandte hat, die an Alzheimer erkrankt ist?«

Er nahm seine Brille ab und rieb sich die Stirn. »Ich glaube, sie hat es zu Beginn des Projekts erwähnt. Ich erinnere mich nicht mehr an die Einzelheiten. Die meisten von uns kennen jemanden, der davon betroffen ist. Das ist einer der Gründe, warum wir so begeistert von CX-232 sind. Wir glauben, dass es den Patienten helfen wird.«

»Glaubst du, dass einer der Wissenschaftler etwas von dem Medikament stehlen würde, um es an jemandem auszuprobieren, den er kennt? Wie Dr. Harris und ihr Verwandter?«

Chandler schnappte nach Luft. »Ich kann mir nicht vorstellen, dass einer von ihnen unser Verfahren und unsere Zulassung riskiert, indem er sich an etwas so Unethischem beteiligt.«

»Ist es möglich zu sehen, ob sich eine Person für die

Teilnahme an der Studie beworben hat und abgelehnt wurde?«

»Ich fürchte, das geht nicht. Die Aufgabe, die Kandidaten zu prüfen, wird an einen Dritten vergeben. Unser Team hat mit der Auswahl nichts zu tun, damit alles korrekt abläuft.«

Coop nickte. »Das ergibt Sinn. Ich versuche nur, jemand anderen als dich mit Neils Tod in Verbindung zu bringen.«

Chandler seufzte. »Ich weiß das zu schätzen. Ich glaube nur nicht, dass einer von ihnen das tun würde.«

»Hatte einer von ihnen eine enge Beziehung zu Neil?«

»Nicht, dass ich es je gesehen hätte oder davon wüsste.«

»Okay, ich werde noch einmal auf alle zugehen und sehen, ob ich etwas herausfinden kann.« Coop stand auf und drehte sich um. »Noch eine Sache. Ich habe mit Mr. Rusk, dem Käufer aus New York, gesprochen. Er ist der Einzige, den Neil erwähnt hat, als er mit dir über den Verkauf gesprochen hat, stimmt das?«

»Ja, das ist der einzige Deal, den er mit mir besprochen hat.«

»Hat er jemals gesagt, ob er andere Angebote hatte?«

»Hmm. Nein, er hat keine anderen erwähnt. Ich erinnere mich, als er das erste Mal davon sprach, wurde ich wütend und sagte ihm, dass ich nicht verkaufen will und nicht von einer Reihe von Firmen belästigt werden will, die glauben, dass wir versuchen zu verkaufen. Es könnte den Anschein erwecken, dass wir mit CX-232 in Schwierigkeiten stecken.«

»Er erzählte jemandem, mit dem er in Kalifornien zusammengearbeitet hat, davon. Derrick Hudson. Hudson erzählte es einem anderen Kollegen, Paul Muller, der es wiederum Mr. Rusk erzählte. Kennst du jemanden von diesen Leuten?«

»Ich habe die Namen vielleicht gehört, aber ich kenne sie nicht. Ich bin ihnen nie begegnet.«

»Okay, ich lass dich weiterarbeiten.«

Chandler verließ sein Büro, um Amanda zu bitten, einen Termin mit Dr. Harris zu arrangieren. Während er mit Amanda beschäftigt war, bemerkte Coop eine rechtliche Vereinbarung auf ihrem Schreibtisch. Er überflog das Schreiben von Chandlers Firmenanwalt. Der Anwalt übermittelte die notwendigen Formulare für die Abberufung von Neil als leitenden Angestellten des Unternehmens und einen Entwurf für ein Übernahmeangebot. Es war ein Standardprotokoll, mit einer Ausnahme. Der Anwalt bezog sich auf Chandlers telefonische Anfrage nach den Informationen – drei Tage bevor Neil ermordet worden war.

Coop stand da und wartete auf Chandlers Rückkehr, während er über die Bedeutung eines weiteren Beweisstücks nachdachte, das seinen Mandanten belastete.

Chandler kam durch die Tür: »Amanda öffnet den Konferenzraum für dich und Dr. Harris sollte in dreißig Minuten hier sein.«

»Großartig.« Coop holte tief Luft. »Chandler, ich muss dich etwas fragen.« Er zeigte auf das Schreiben des Anwalts. »Das ist mir aufgefallen. Dein Anwalt hat das auf deinen Wunsch hin vor Neils Tod aufgesetzt. Kannst du mir das erklären?«

Chandler trat an seinen Schreibtisch und sah sich den Papierkram an. »Oh, ich hätte es wahrscheinlich vorher erwähnen sollen. Bei all der Aufregung habe ich es vergessen.« Er ließ sich auf seinen Stuhl fallen. »Ich habe ihn nach einem unserer Treffen angerufen und ihm gesagt, dass ich etwas für die Übernahme von Neil ausarbeiten lassen will. Ich dachte, wenn ich ihm annähernd so viel bot, wie er bei dem Angebot, das er unbedingt annehmen wollte, bekommen könnte, könnten wir diesen Unsinn beenden und getrennte Wege gehen. Ich müsste mir etwa die Hälfte davon leihen, aber der Anwalt sagte, das sei kein Problem. Ich könnte einen anderen Partner finden und ihm nur ein Viertel des Unternehmens geben, sodass ich die Mehrheitsbeteiligung haben würde. Das ist der Papierkram für all das.« Er nahm das Päckchen an Papieren und schob es in eine Schublade. »Das spielt jetzt keine Rolle mehr.«

»Es ist doch wichtig. Damit hat die Polizei ein weiteres Argument gegen dich in der Hand. Du hast keinen Partner mehr, du hast die alleinige Kontrolle und dazu noch hundert Millionen Dollar. Mit Neils Tod sind alle deine Probleme verschwunden.«

»Aber so war es nicht. Ich wollte nur, dass das ganze Drama um den Verkauf der Firma ein Ende hat. Ich wusste, dass Neil auf das Geld fixiert war, also dachte ich, das würde das Problem lösen. Ich musste jemanden finden, der investieren wollte, aber der Anwalt sagte, er könne dabei helfen. Er glaubte nicht, dass es ein Problem sein würde, wenn CX-232 ein Erfolg wird.«

»Ich habe die Polizei davon überzeugt, in diesem Fall tiefer zu graben. Sie werden wahrscheinlich darüber stolpern, und das wird dich schuldig aussehen lassen. Mein Rat ist, ihnen davon zu erzählen. Es zu verheimlichen, würde dich nur noch mehr belasten.«

»Das ist in Ordnung. Ich habe Neil nicht umgebracht. Ich habe kein Problem damit, der Polizei davon zu erzählen. Nach Neils Tod habe ich nie darüber nachgedacht. Das hat alles verändert.«

»Ganz genau. Ich nehme eine Kopie mit zu Ben, und ich vermute, dass sie dich noch weiter befragen und mit deinem Anwalt sprechen wollen.«

»Ich habe nichts zu verbergen. Ich habe das nicht getan, Coop.«

Amanda machte eine Kopie der Dokumente und

Chandler rief seinen Anwalt an und teilte ihm mit, dass er die Erlaubnis hätte, ihre Gespräche mit Coop und der Polizei zu besprechen. Coop ging in den Konferenzraum und wartete auf die Ankunft von Dr. Harris.

Sie kam herein, trug einen weißen Laborkittel und sah zögerlich und überrascht aus. Coop wies sie an, Platz zu nehmen. »Tut mir leid, dass ich Sie unterbreche. Es wird nur eine Minute dauern. Im Laufe unserer Ermittlungen haben wir herausgefunden, dass die Mutter Ihrer Schwägerin an Alzheimer leidet.«

Sie legte die Stirn in Falten. »Jaja, Mona hat es schon seit ein paar Jahren. Das ist einer der Gründe, warum ich eine Behandlung finden möchte. Es ist verheerend für die ganze Familie.«

»Hat sich Mona für die Teilnahme an der Medikamentenstudie beworben?«

»Ja, ihr Arzt hat ihren Fall zur Prüfung vorgelegt.«

»Aber sie wurde nicht ausgewählt?«

Dr. Harris schüttelte den Kopf. »Nein, ich fürchte, das wurde sie nicht. Wir haben gehofft, aber es ist nicht passiert.«

»Wie Sie wissen, wurde Neil mit einer tödlichen Menge von CX-232 getötet, und nur eine begrenzte Anzahl von Personen hatte Zugang dazu. Ich muss Sie fragen, ob Sie CX-232 von *Borlund Sciences* bezogen haben? Da Ihre Familie mit der Krankheit in Verbindung steht, ist das etwas, was wir berücksichtigen müssen.«

Sie schüttelte den Kopf. »Ich verstehe. Glauben Sie mir! Die Familie hat mich gefragt, ob es eine Möglichkeit gäbe, Mona Zugang dazu zu verschaffen. Sie wissen, dass es sich um ein Experiment handelt, und sie nehmen jedes Risiko in Kauf. Ich würde ihr sehr gerne helfen. Ich würde es tun, wenn ich könnte. Ich habe ihnen erklärt, dass wir keinen

Einfluss auf das Auswahlverfahren haben und sie immer noch für eine weitere Versuchsrunde ausgewählt werden könnte.« Ihre Lippen verzogen sich. »Ich würde nie etwas tun, was dieses Projekt gefährden könnte. Ich weiß, dass es funktionieren wird, und ich hoffe, dass Mona stark genug ist, um noch da zu sein, wenn es für jeden verfügbar ist.«

»Wie gesagt, das war keine Frage, die ich stellen oder mit der ich etwas andeuten wollte, aber ich musste es tun. Das mit Mona tut mir sehr leid.« Er wartete einige Augenblicke. »Hatte Neil viel Kontakt mit Ihrem Team?«

Sie legte die Stirn in Falten. »Nicht viel. Er kam ein paar Mal in der Woche ins Labor. Normalerweise suchte er nach Chandler. Wir haben gehört, wie sie ein paar Mal über den Verkauf der Firma gesprochen und gestritten haben. Wir waren alle auf Chandlers Seite. Wir mochten die Art und Weise, wie er das Forschungsteam leitete, und wollten nicht von einem der Giganten geschluckt werden. Wir sind alle der Meinung, dass CX-232 ein gutes Medikament ist und vermarktet werden kann.«

»Hat Neil versucht, einen von Ihnen davon zu überzeugen, dass ein Verkauf eine gute Idee ist?«

»Nicht wirklich. Er hat es ein paar Mal erwähnt. Wie eine Art Stichelei gegen Chandler. Keiner von uns hat den Köder geschluckt. Wir alle respektieren Chandler und wollen in unserer Arbeit weiter vorankommen. Wir sind alle mit Leib und Seele bei der Sache.« Sie hielt inne und fügte hinzu: »Wir haben sogar darüber gesprochen, unsere Ressourcen zusammenzulegen und Neil auszuzahlen, damit der ganze Tumult ein Ende hat.«

»Haben Sie mit Neil oder Chandler über den Plan gesprochen?«

»Nein, wir haben nur unter uns darüber gesprochen. Es

war etwas, das wir in Erwägung gezogen hatten, aber zu beschäftigt waren, um es umzusetzen.«

Coop nickte verständnisvoll. »Danke für Ihre Zeit. Ich lasse Sie jetzt wieder an Ihre Arbeit gehen.«

Coop winkte Amanda zu, als er das Gebäude verließ, und hielt auf dem Weg nach draußen an der Kantine an. Er begegnete Bernie, der in der Schlange stand, um sich ein Mittagessen zu holen. »Hey, wie läuft's denn so? Haben Sie den Fall schon gelöst?«

Coop zog eine Grimasse. »Nein, noch nicht. Ich arbeite noch daran.« Er betrachtete Bernies Tablett mit einem riesigen Chefsalat und einer dampfenden Schüssel Suppe. »Das sieht fantastisch aus.«

»Bedienen Sie sich! Sie stehen auf der Gehaltsliste.« Bernie deutete auf die Tabletts am Anfang der Schlange.

»Ich werde auf dem Rückweg ins Büro etwas essen. Ich muss meiner Assistentin etwas zum Mittagessen mitbringen.«

»Nehmen Sie sich einfach etwas zum Mitnehmen für Sie beide. Das ist kein Problem.«

Coop bedankte sich mit einem Lächeln und schob sich in die Schlange. Er gab die Bestellungen auf und ein freundlicher Angestellter reichte ihm eine Tüte, als er am Ende der Schlange ankam. Er suchte nach einer Stelle zum Bezahlen, fand aber keine.

Er ging weiter zu Bernies Tisch. »Ich würde gern bezahlen, aber ich habe keine Kasse gesehen.«

»Wir haben keine. Das ist alles in unserem Mitarbeiterpaket enthalten. Machen Sie sich keine Gedanken darüber. Die Gäste, die hier geschäftlich zu tun haben, essen immer kostenlos. Wenn die Mitarbeiter das Essen mit nach Hause nehmen, ziehen sie es einfach von unserem Lohn ab.«

Coop lehnte sich gegen den Tisch und gestikulierte durch den Raum. »Mir ist aufgefallen, dass die Tür zur Küche nicht verschlossen ist. Theoretisch könnte da jeder reinkommen, oder?«

Bernie nickte. »Ja, die Tür ist nachts verschlossen, aber während der Arbeitszeit ist sie offen, sodass alle leicht hineingehen und herauskommen können.«

»Wir haben Jake als Verdächtigen so gut wie ausgeschlossen. Neils Suppe muss in der Küche oder im Esszimmer im Obergeschoss manipuliert worden sein. Ich bin neugierig auf die Besucher am Tag des Mordes. Ich habe die Besucher im Labor überprüft, aber könnten Sie mir die Zugangsprotokolle für das gesamte Gebäude für diesen Tag schicken?«

»Klar doch. Ich kümmere mich darum, wenn ich hier fertig bin.«

KAPITEL NEUN

Coop rief Ben an und erzählte ihm von den Übernahmepapieren, die Chandler vor Neils Tod von seinem Anwalt angefordert hatte. Er verbrachte den Nachmittag damit, die Kameraaufzeichnungen durchzusehen und seine Notizen zu studieren, um nach Hinweisen zu suchen. Er hörte die Haustür und sah den berühmten braunen Lieferwagen am Bordstein parken.

Ein Fahrer brachte gerade eine Ladung Kisten. Coop, der eine Ablenkung brauchte, ging zu ABs Schreibtisch. »Was haben wir denn hier?«

»Oh, ich habe ein bisschen im Internet eingekauft.« Sie schenkte ihm ein schuldbewusstes Grinsen. »Schuhausverkauf.«

AB hatte eine Vorliebe für Schuhe. Coop sah auf sein abgetragenes Paar hinunter. »Ich werde Frauen und Schuhe nie verstehen. Ich habe ein Paar zum Ausgehen, ein Paar für das Fitnessstudio, ein paar Flip-Flops für den Sommer und diese«, er hielt seinen Fuß hoch, »für den Winter.«

AB öffnete ihre Kartons und bewunderte ihre neuen Clogs. »Schuhe definieren die Person, weißt du.«

Coop lachte und rollte mit den Augen. Er machte sich auf den Weg zurück in sein Büro und drehte sich dann um. »Du bist ein Genie, AB.«

»Nun, danke, dass du es bemerkt hast«, sagte sie lachend. »Was meinst du?«

»Wir müssen uns auf die Schuhe in diesem Video konzentrieren. Ich muss Bens Techniker bitten, die Bodenfläche zu vergrößern und zu verbessern. Vielleicht sind die Schuhe dann besser zu erkennen als das Meer von Menschen, die alle gleich gekleidet sind.«

Coop eilte zurück in sein Büro und rief Ben an. Gus entschied sich, bei AB zu bleiben und ihr dabei zuzusehen, wie sie ihre neuen Schuhe anprobierte, und beschnupperte jedes Paar mit der Gründlichkeit eines Steuerprüfers.

Ben kam kurz vor Feierabend vorbei. Coop überreichte ihm eine Kopie der rechtlichen Dokumente im Zusammenhang mit der Übernahme und Ben gab Coop einen neuen USB-Stick. »Sieh dir das an!«, sagte er und nahm einen Stuhl vor Coops Schreibtisch.

Ben las sich den Papierkram durch, während Coop ihnen beiden eine Tasse koffeinfreien Kaffee einschenkte. »Ich füge dies der Liste der belastenden Beweise hinzu.« Er hob seinen Blick zu Coop. »Indizien, ich weiß. Und er hat es zugegeben. Aber er hat es nicht erwähnt, bevor du es gefunden hast, also ist das ein wenig verdächtig.«

»Ich weiß, in der einen Minute glaube ich, dass er es nicht getan hat, und in der nächsten habe ich das nagende Gefühl, dass er es vielleicht doch getan hat.«

Ben lächelte. »Na, dann sieh dir mal an, was ich dir mitgebracht habe.« Coop lud die Dateien und studierte den Bildschirm.

Nach einigen Minuten zeigte er auf das Bild. »Da ist es. Jeder trägt eine Art Tennisschuh oder diese Clogs«, sagte Coop. Er wackelte mit den Augenbrauen und sagte zu Ben: »Außer diesem Kerl.«

Ben lächelte. »Ich wusste, dass du dich freuen würdest.«

»Dieser Schuh ist in der Küche definitiv fehl am Platz.« Er starrte auf den Schuh im Businessstyle inmitten Dutzender eher zweckmäßiger Schuhe, die man in einer Küche erwartete. »Sieht aus, als hätte er eine Quaste oder dieses Fransen-Ding dran.«

AB betrat das Büro und warf einen Blick auf das Bild. »Das nennt man einen Kiltie. Das ist dieses ausgefranste Stück Leder. Ich glaube, es hat auch eine Quaste.«

Coop grinste und sagte: »Du bist die Schuhexpertin. Ich nehme dich beim Wort. Gut zu wissen, dass deine Liebe zu Schuhen sich als wertvoll erwiesen hat.«

Ben lachte. »Ich weiß, deine nächste Frage wird sein, ob wir denjenigen, der den Schuh trägt, identifizieren können. Die Antwort ist Nein. Wir können vor lauter Action nichts sehen. Wir werden weitersuchen und sehen, ob wir den Schuh an anderer Stelle auf der Kamera finden können.«

»Der Schuh schließt das Küchenpersonal aus. Aufgrund des Schuhs gehe ich auch davon aus, dass es sich um einen Mann handelt. Er hat sich als Küchenarbeiter verkleidet, indem er eine dieser Duschhauben, ein paar Handschuhe und einen weißen Kittel angezogen hat. Ich habe einen Haufen dieser zusätzlichen Kittel auf einem Ständer im Pausenraum gesehen. Es war zu viel los, als dass es jemandem aufgefallen wäre.«

Ben starrte auf den Bildschirm von Coop. »Er kann innerhalb weniger Minuten hinein und wieder hinaus, und keiner merkt es.«

»Der Zeitstempel hier ist elf Uhr vierzehn. Wir müssen

das gesamte Videomaterial der Umgebung mit einem feinen Zahnkamm durchgehen.«

Ben stimmte zu und sagte: »Die Aufnahmen sind nicht gut genug, um ein klares Bild des Schuhs zu bekommen. Wir können damit nicht den eigentlichen Schuh lokalisieren, aber es deutet auf jemanden hin, der im geschäftlichen oder wissenschaftlichen Bereich arbeitet.«

»Ich werde wohl einige Zeit bei *Borlund* verbringen, durch die Flure streifen und Schuhe studieren.« Coop lachte. »Das fühlt sich wie ein Fortschritt an, verglichen mit dem, was wir bis jetzt in Erfahrung bringen konnten.«

Am nächsten Morgen setzte Coop Gus im Büro ab und kam früh zu *Borlund*. Er meldete sich bei Bernie und teilte ihm mit, dass er etwas beobachten müsste, und holte sich einen Besucherausweis. Coops Priorität war das CX-232-Labor, wo er einen guten Blick auf die Schuhe werfen wollte, die die Männer des Teams trugen.

Er schaute in Chandlers Büro vorbei und zeigte ihm das Foto, das er von dem vergrößerten Filmmaterial ausgedruckt hatte. »Wir haben diese unpassenden Schuhe am Morgen des Mordes in der Küche in der Nähe des Tabletts mit eurem Essen entdeckt.«

Chandler sah auf seine Schuhe hinunter, ein Paar glatte Slipper. »Normalerweise trage ich die, aber ich habe auch ein Paar wie diese«, sagte er und zeigte auf seine Schuhspitzen.

»Erkennst du diese Schuhe?«, fragte Coop.

Chandler blinzelte auf das Foto und schüttelte den Kopf. »Ich bin wahrscheinlich der am wenigsten modebewusste Typ hier. Ich achte nie auf Kleidung oder Schuhe.«

Chandler begleitete Coop in das Labor. Coop richtete

seine Aufmerksamkeit auf die Männer. Mac, der Computerguru, trug schwarze und blaue Turnschuhe und Jeans unter seinem weißen Laborkittel. Dr. Miller trug ebenfalls Jeans und braune Schnürschuhe.

Coop winkte Chandler zu und machte sich auf den Weg, um durch die Flure und Büros des fünfstöckigen Gebäudes zu gehen. Er setzte sich wieder mit Bernie in Verbindung, da er für viele Bereiche wahrscheinlich eine Karte benötigen würde. Während Bernie eine nach Abteilungen geordnete Liste aller männlichen Angestellten ausdruckte, untersuchte Coop die Schuhe des Sicherheitspersonals. Sie alle trugen schwarze Stiefel oder Arbeitsschuhe. Keine ausgefallenen Quasten oder fransiges Leder.

Coop erklärte, wonach er suchte, und Bernie versprach, es vertraulich zu behandeln. Bernie schlug vor, Coop eine Tarnung zu geben, und wenn er gefragt würde, würde er sagen, er wäre Versicherungsinspektor. Ihr erster Halt war der Verwaltungsbereich, in dem die meisten Geschäftsleute arbeiteten. Er ignorierte die von Frauen besetzten Büros und konzentrierte sich auf die Männer, wobei er die Namen auf der Liste abhakte, während er vorankam. Coop hielt seine Augen nach dem schicken Schuh von dem Foto offen.

In dieser Abteilung wurden keine Jeans getragen. Khakis waren die legerste Kleidung. Die meisten Männer trugen Anzughosen mit Hemd und Krawatte. Eine erstklassige Umgebung für Businessschuhe. Coop nickte und kritzelte auf seinen Notizblock, damit es so aussah, als würde er Gebäudemerkmale notieren. Sie beendeten den Abschnitt, abgesehen von ein paar Angestellten, die heute nicht im Büro waren. Coop hatte drei Namen eingekreist. Alle drei trugen Anzugschuhe mit Quasten.

Als Nächstes gingen sie in die Rechtsabteilung. Coop traf

auf eine Mischung aus leger und geschäftlich gekleideten Männern. Coop kreiste vier weitere Namen ein.

Es war kurz vor der Mittagspause, als sie fertig waren, und Bernie schlug eine Pause in der Cafeteria vor. Bei einer weiteren köstlichen und kostenlosen Mahlzeit beklagten sie sich über die zweifelhafte Methode, mit der sie die Schuhe ausfindig machen wollten. »Das Problem ist, dass viele Leute nicht jeden Tag die gleichen Schuhe tragen, sodass wir jemanden übersehen könnten, der auf der Liste stehen sollte«, sagte Coop.

Bernie nickte, während er auf einem Bissen seines Sandwiches herumkaute. »Der Ansatz, das Filmmaterial des Tages durchzusehen und zu versuchen, jemanden mit demselben Schuh zu finden, ist wahrscheinlich die bessere Methode.«

»Ja, aber es besteht die Möglichkeit, dass wir den Kerl auf diese Weise auch nicht finden würden. Wir konzentrieren uns auf die Gegend um die Küche, weil wir dort die Schuhe gesehen haben.«

»Das ergibt Sinn. Überprüfen Sie auch die Ausgänge! Der Typ musste an dem Tag ja auch gehen. Ich bin mir nicht sicher, wie viel Sie finden werden, aber einen Versuch ist es wert.« Er nahm eine zweite Serviette zur Hand. »Ich lasse die Kameraleute ein Auge auf die Schuhe werfen, und wenn wir so etwas entdecken, werden wir den Namen des Mitarbeiters herausfinden und Ihnen Bescheid geben.«

Coop stimmte zu, und nach einer flüchtigen Prüfung des Fitnessraums, der Kindertagesstätte und des Hausmeisterbereichs begab er sich in die Bereiche Forschung und wissenschaftliche Unterstützung. Die meisten Männer in diesen Abteilungen trugen Jeans und Freizeitschuhe. Er entdeckte zwei Männer, die Anzugschuhe trugen, aber nicht die Art, nach der sie suchten.

Er reichte Bernie seinen Ausweis und bedankte sich mit einem Handschlag, bevor er Feierabend machte. Bernie versprach, Coop einen Bericht über die eingekreisten Namen zu mailen. Er dachte, das würde Coop helfen, sie am Tag des Mordes durch das Gebäude zu verfolgen. Coop hielt im Büro an, gab AB die eingekreisten Namen zur Überprüfung, überprüfte seine Nachrichten und holte Gus ab.

Coop und Gus mussten am Mittwochmorgen früh aufstehen. Coop druckte den Zugangsbericht von Bernie für die sieben Männer mit den Quastenschuhen aus und sah sich das Videomaterial des Tages an.

Zunächst einmal fand er Chandler auf Video und verfolgte ihn mit mehreren Kameras, um einen guten Blick auf seine Schuhe zu werfen. Noch mehr schlechte Nachrichten. Es sah so aus, als ob Chandlers Schuhe dem Bild aus der Küche ähnelten. Es war schwierig, sie zu beurteilen, aber er war zuversichtlich, dass Bens Techniker die beiden Bilder miteinander vergleichen könnten.

Es war ein langwieriger und ermüdender Prozess, der nur durch das Mittagessen und einen Spaziergang mit Gus unterbrochen wurde, um seine Nacken- und Schulterschmerzen zu lindern. Er verbrachte den ganzen Tag mit Suchen und Sichten und fand am Ende nichts, was einen der Männer, die er untersuchte, endgültig belastete, nur ein weiteres Indiz gegen Chandler.

Er rief Chandler an und bat ihn, ihm seine Schuhe zu bringen, die denen auf dem Foto, das er ihm gezeigt hatte, ähnlich waren. Chandler stimmte ohne zu zögern zu und zeigte keinerlei Anzeichen von Sorge oder Schuld. Coop erklärte, er werde Bens Techniker einige Vergleiche anstellen lassen, und mit etwas Glück könnten sie Chandler ausschließen, wenn die Schuhe nicht übereinstimmen.

Nach seinem Gespräch mit Chandler rief er Ben an und musste ihm eine Nachricht hinterlassen, aber er gab ihm den Überblick über Chandlers Schuhe und bat ihn, dass jemand sie abholen und mit dem Videomaterial vergleichen sollte.

Er richtete seine Aufmerksamkeit auf die Besucher aus den Protokollen, die Bernie geschickt hatte, konnte aber nicht erkennen, welche Art von Schuhen sie trugen. Bens Leute würden das Filmmaterial vergrößern müssen, um einen besseren Blick zu bekommen. Er überprüfte die Liste der männlichen Angestellten und strich einige weg, die am Tag des Mordes unterwegs gewesen waren, um sich die Arbeit zu erleichtern. Ihm graute vor dem Gedanken, Hunderte von Mitarbeitern durchforsten zu müssen.

Als AB am späten Nachmittag die Post brachte, entdeckte er einen Brief von seiner Mutter mit einer Absenderadresse in Vermont. Er klopfte den Umschlag auf seinen Schreibtisch. Seine Augen brannten, begleitet von einem dumpfen Schmerz auf seiner Stirn. Er beschloss, den Brief ungeöffnet zu lassen und sich für den Abend auf den Heimweg zu machen.

Als er zu Hause ankam, wuselte Camille bereits im Esszimmer herum. »Oh, Coop, hast du vergessen, dass ich heute Abend den Buchclub hier habe?«

Coop stieß einen langen Seufzer aus und sagte: »Ja, das habe ich vergessen. Ich hole mir etwas und gehe dir aus dem Weg.«

»Du siehst müde aus. Hattest du einen schlechten Tag?«

»Es war ein langer Weg, und ich habe keine Fortschritte gemacht. Eher das Gegenteil von Fortschritt. Einfach frustrierend.«

»Mrs. Henderson hat einen Aufstrich gemacht. Nimm dir einen Teller! Du bist herzlich eingeladen, dich zu uns zu setzen. Die Damen hören immer gerne von deiner Arbeit.«

Er ließ sich auf einen Stuhl an der Theke fallen, während sie Trauben auf ein Käsetablett legte. »Ich bin heute Abend nicht wirklich in der Stimmung. Mom hat mir heute einen Brief aus dem Knast geschickt.«

Camille unterbrach ihre Arbeit. »O nein. Was hat sie gesagt?«

Er zuckte mit den Schultern. »Ich weiß es nicht. Ich habe beschlossen zu warten, bis ich nicht mehr so müde bin, um mich damit zu beschäftigen. Ich kann dir versprechen, dass es nicht gut sein wird.«

»Nun, vielleicht hatte sie Zeit zum Nachdenken. Es könnte eine Entschuldigung sein.«

Coop schenkte ihr ein schwaches Lächeln. »Du bist süß. Naiv, aber süß.«

Es läutete an der Tür. »Äh, oh, ich bin noch nicht ganz fertig.« Sie bat mit einem verzweifelten Gesichtsausdruck um Hilfe.

»In Ordnung. Ich mache die Tür auf und unterhalte sie, bis du fertig bist.«

Als Coop die Tür öffnete, strömte eine Handvoll von Camilles Freunden in das Foyer. Eula Mae, Beulah und Twyla Fay umringten ihn. Sie umarmten ihn, drückten ihm Küsschen auf die Wange und plauderten, ohne ihn zu Wort kommen zu lassen.

Weitere Damen trafen ein, und Coop bot ihnen an, Getränke zu bringen. Er brachte ihnen ein Tablett mit Getränken, während sie ihm Fragen zu seinem letzten Fall stellten. Nachdem er ihnen ein paar Höhepunkte erzählt hatte, entschuldigte er sich mit dem Hinweis, dass er noch zu arbeiten habe.

Während Coop sich einen Teller mit Leckereien vom Buffet füllte, entlockte Gus den Damen ein paar weitere Häppchen. Coop machte eine Geste und Gus folgte ihm vom Clubtreffen weg in seinen Flügel des Hauses. Der Hund landete mit einem Seufzer auf seinem Stuhl.

Coop setzte sich an seinen Schreibtisch und sah sich die Videoaufzeichnungen von *Borlund* an, während er etwas aß. Auf Bernies Vorschlag hin konzentrierte er sich auf die Ausgänge und beobachtete genau, wie die Arbeiter das Gebäude verließen, in der Hoffnung, einen Schuh mit Quasten zu entdecken.

Er kritzelte drei mögliche Sichtungen auf seinen Notizblock. Er würde *Borlund* besuchen müssen, um die Angestellten zu identifizieren und zu sehen, ob er ein schärferes Bild in ihrem System erhalten könnte oder ob Bens Techniker es verbessern konnten.

***

Den Donnerstag verbrachte Coop bei *Borlund*, um Hilfe bei der Auswertung des Videomaterials zu erhalten. Bernie konnte die drei Männer identifizieren, die Coop am Tag des Mordes beim Verlassen des Gebäudes gesehen hatte. Sie arbeiteten alle in der Verwaltung, und Coop konnte sie befragen.

Alle drei zeigten sich kooperativ und waren fassungslos, als sie erfuhren, dass sie zum Kreis der Verdächtigen gehörten. Keiner gab zu, am Tag des Mordes Kontakt zu Neil gehabt zu haben. Keiner von ihnen hatte eine persönliche Beziehung zu Neil, und keiner von ihnen war auf dem Filmmaterial zum Zeitpunkt der mutmaßlichen Überdosierung von Neils Essen in der Nähe des Essenstabletts oder des Küchenbereichs zu sehen.

Coop befragte sie zu ihren Beziehungen zu den Ärzten des CX-232-Teams. Sie alle erklärten, die Wissenschaftler zu kennen, aber nur flüchtig. Sie hatten das Labor nie besucht. Sie hatten im Rahmen ihrer Routineaufgaben Akten in Neils Büro abgegeben, aber keiner war am Tag des Mordes in seinem Büro gewesen. Sie erklärten sich alle bereit, die Schuhe, die sie an diesem Tag getragen hatten, zur Analyse einzureichen.

Auf dem Heimweg schaute er in seinem Büro vorbei und gab AB die drei Namen zur Recherche. »Ich glaube nicht, dass sie etwas damit zu tun haben, aber ich möchte sichergehen, dass wir alle Möglichkeiten ausschöpfen.« Er holte seine Post aus dem Schreibtisch und legte den ungeöffneten Brief seiner Mutter in die Hand.

Nachdem er sich ein Glas süßen Tee eingeschenkt hatte, ließ er sich in die Kissen der Couch sinken. Gus drängte sich an seine Seite und legte seinen pelzigen Kopf auf Coops Knie. Coop warf den Umschlag neben ihn.

Er trank einen Schluck aus seinem Glas und lehnte seinen Kopf an die plüschige Kopfstütze. »Dieser Fall macht mich wahnsinnig. Ich kann anscheinend keinen Zusammenhang herstellen.«

»Ich weiß. Ich dachte, wir würden in den Hintergründen eines dieser Wissenschaftler etwas finden, das uns zum Mörder führen würde. Glaubst du immer noch, dass Chandler unschuldig ist?«

»Die Beweise verdichten sich, das muss ich dir lassen. Er zeigt keine Anzeichen von Schuld und ist sehr offen, wenn es darum geht, zu kooperieren. So dumm es auch klingen mag, ich glaube nicht, dass er es getan hat. Ich übersehe etwas. Hoffentlich ist es nicht, dass mein Mandant schuldig ist.«

»Er wirkte so aufgewühlt, als er zu uns kam.«

»Ja, das war er. Ich glaube, er ist in seine Arbeit vertieft.

Das ist seine Komfortzone, also bin ich sicher, dass er sich darauf konzentriert. Er ist klug genug, um zu wissen, dass die Polizei es beweisen würde, wenn er darin verwickelt ist. Seine Bereitschaft, seine Schuhe zu teilen, und das Gespräch mit seinem Anwalt lassen mich an seine Unschuld glauben.«

»Der Chandler, den ich aus der Schule kenne, würde nie jemandem etwas antun. Ich hoffe, er ist nicht schuldig.«

»Ich auch, AB. Wir müssen nur herausfinden, was wir übersehen haben.«

Sie warf einen Blick auf den Umschlag. »Wie ich sehe, hast du den Brief noch nicht geöffnet.«

Er fuchtelte damit in der Luft herum. »Wie wäre es, wenn du ihn für mich öffnest und ihn liest? Gib mir nur die wichtigen Punkte. Ich bin nicht in der Stimmung für die Tiraden, von denen ich vermute, dass sie da drin stehen.«

Er warf ihn AB zu. Sie fing ihn in der Luft auf. »Bist du sicher?«

Er nickte, streichelte Gus mit einer Hand und trank einen Schluck aus seinem Glas.

Sie zuckte mit den Schultern und öffnete den Umschlag. Coop beobachtete, wie ABs Augen über die Seite wanderten. Ihre Augenbrauen hoben sich mehrmals, und er sah, wie sie die Zähne in ihre Unterlippe schlug. Sie beendete die letzte Seite und faltete die Blätter zusammen.

»Sie ist verärgert. Es ist nichts Produktives dabei, nur ihre übliche Tirade. Sie kann nicht glauben, dass du sie im Gefängnis gelassen hast. Sie glaubt, ihre Anwältin sei korrupt und Teil des Systems, das sie im Gefängnis sehen will.«

Coop schloss seine Augen und stieß einen langen Seufzer aus. »Also keine Entschuldigung, hm?« Er grinste.

Ihre Lippen verzogen sich. »Nur, wenn sie unsichtbare Tinte benutzt hat.«

»Das ist keine Überraschung. Tante Camille dachte, sie schreibt vielleicht, um sich zu entschuldigen.«

»Sie ist eine Süße, aber nein. Nur wütendes Getöse. Vielleicht beruhigt sich Marlene in einer Woche oder so.«

»Du und Tante Camille müsst Mitglieder des Optimistenclubs sein. Ich gehöre zum Club der Realisten. Sie wird sich nicht ändern. Sie ist eine egoistische Frau, die nur daran interessiert ist, was andere für sie tun können. Sie hat ihr Leben verpfuscht und wird nie die Verantwortung für etwas übernehmen.«

»Ich kann dir nicht widersprechen. Es tut mir leid, Coop. Lass sie nicht an dich heran!« Sie steckte den Umschlag in einen Aktenordner in ihrer Schublade, griff nach ihrer Handtasche und reichte Coop die Hand. »Komm, lass uns von hier verschwinden! Morgen wird es besser sein.«

Er hob sich von der Couch und fragte: »Versprochen?«

KAPITEL ZEHN

Coops Freitagmorgen begann mit einem Stapel Ahornspeckpfannkuchen, Ben gegenübersitzend. Nachdem sie über aktuelle Ereignisse gesprochen und Coop ihm von der Hasspost seiner Mutter erzählt hatte, drehte sich das Gespräch um den Fall Chandler.

»Wir haben Chandlers Schuhe abgeholt, und sie arbeiten an einer Analyse. Das Filmmaterial ist nicht gut, also wird es schwierig. Es spielt ihm nicht in die Karten, so viel ist sicher. Es fällt uns schwer, jemand anderen mit einem Motiv in Verbindung zu bringen.« Er aß einen Bissen und fügte hinzu: »Ich habe die Techniker gebeten, sich die Besucheraufnahmen anzusehen, die du mir geschickt hast. Ich weiß nicht, wann sie damit fertig sind, aber es steht auf der Liste.«

Coop nickte zustimmend. »Verstehe. Es ist sehr unwahrscheinlich. AB und ich haben nach Hintergründen geforscht und sind zu keinem Ergebnis gekommen.«

»Du scheinst nur noch mehr Beweise gegen den Kerl aufzudecken.« Ben aß seinen letzten Pfannkuchen auf. »Ich gebe zu, dass er kooperativ ist und sein Anwalt Chandlers Version des Gesprächs über die Übernahme bestätigt hat.«

»Ich weiß nicht, was ich von all dem halten soll. Ich gebe zu, die Beweise lassen mich an ihm zweifeln. Mein Gefühl sagt mir, dass er es nicht getan hat. Er konnte es nicht tun. Nicht der Typ, den wir kannten.«

Bens Handy summte, und er beendete den Anruf eilig und schob sich aus der Sitzecke. »Ich muss los. Wir sehen uns später.« Er winkte Myrtle zu, als er nach draußen eilte und davonraste.

»Der Junge arbeitet zu viel«, sagte Myrtle, als sie die Box für AB und die Rechnung überreichte.

»Manchmal denke ich, das ist nur ein Trick, damit ich sein Frühstück bezahle.« Coop lachte, als er mehrere Scheine aus seinem Geldbeutel zog und sie oben auf die Rechnung legte. Er streifte seine Jacke über sein T-Shirt des Tages. Auf dem marineblauen Stoff standen weiße Buchstaben mit den Worten *Mach dir keine Vorwürfe, lass mich das machen.*

»Ich wünsche dir einen schönen Tag und ein schönes Wochenende. Grüße AB von mir!«, sagte Myrtle, sammelte das schmutzige Geschirr ein und steckte das Trinkgeld ein.

Coop stellte das Frühstück von Gus und AB an ihrem Schreibtisch ab. Er vertiefte sich in die Hintergrundberichte über die mit dem Fall verbundenen Personen. Er beendete den zweiten Bericht, und sein Telefon klingelte mit einem Anruf von Arlo, dem Chefkoch bei *Borlund.*

Coop nahm den Anruf entgegen und sagte AB nach einem kurzen Gespräch, dass er sich auf den Weg zu *Borlund* machte. Er warf seinen Notizblock und seine Arbeitsmappe auf den Sitz des Jeeps und raste über die Straßen.

Er meldete sich am Schalter an und holte sich einen Besucherausweis, bevor er sich auf den Weg in die Cafeteria machte. Er fand Arlo in seinem Büro mit Marco, dem nicht anwesenden Küchenmitarbeiter, der auf einer Kreuzfahrt gewesen war.

Arlo schloss die Tür und die drei drängten sich in dem kleinen Raum zusammen. Der Küchenchef stellte Coop vor und sagte: »Marco ist erst heute wieder zur Arbeit gekommen, und wir haben ihn über den Tod von Mr. Borden informiert. Als er ging, hatten wir keine Ahnung, dass es sich um Mord handelte. Wie auch immer, Marco hat sich an etwas erinnert, und ich dachte, wir sollten Sie anrufen, wie Sie gesagt haben.«

Coop nickte begeistert. »Ja, ich habe schon einige Spuren verworfen, neue Informationen wären toll. Woran erinnern Sie sich?«

Marco sagte: »Ich habe dem Chef gerade gesagt, dass ich mich an diesem Morgen an etwas Seltsames erinnere. Ich habe gesehen, dass das Tablett so aufgestellt war wie immer. Wir haben kleine Namensschilder, die wir für Mr. Hollund und Mr. Borden verwenden. Jeder von ihnen hat eine andere Vorliebe für ein bestimmtes Gericht, also stellen wir kleine Schilder neben die Teller. Auf diese Weise bekommen sie das Salatdressing, das sie mögen, und solche Sachen.«

Coop gestikulierte sein Verständnis. »Verstanden, das ergibt Sinn.«

»Jedenfalls habe ich bemerkt, dass jemand Koriander oben auf Mr. Hollunds Suppe getan hat.«

»Ich nehme an, das war ein Problem?«

Marco und Arlo nickten beide. »Mr. Hollund hasst Koriander. Wir ersetzen ihn immer durch Petersilie. Ich dachte mir, wer auch immer sie darauf getan hat, hat sie einfach auf die falsche Seite gestreut. Ich habe die Namensschilder vertauscht, damit Mr. Borden die Suppe mit Koriander und Mr. Hollund die Petersilie bekommt.«

Coop runzelte die Stirn. »Okay, die Suppen wurden also hier in der Küche ausgetauscht. Wann war das?«

»Hmm«, sagte Marco. »Ich habe sie ausgewechselt, kurz bevor Jake mit den Tellern kam. Dann ist er gegangen, es war also kurz bevor er mit dem Tablett wegging. Ich war froh, dass ich es noch entdeckt hatte.«

»Wissen Sie, wer die Suppen auf dem Tablett durcheinandergebracht hat?«

Arlo sagte: »Nach meinen Gesprächen mit dem Personal am nächsten Tag war es Nick. Er ist ein Küchenhelfer. Zu diesem Zeitpunkt wussten wir nichts von der Verwechslung. Alles, was er tat, war, die Schalen zum Tablett zu bringen, nachdem Zach sie gefüllt hatte.«

»Richtig. Ich weiß die Information zu schätzen. Mal sehen, ob Nick sich an irgendetwas oder jemanden erinnert, der bei dem Tablett stand, als er die Suppe abstellte. Ich möchte nicht zu viel Aufmerksamkeit erregen. Meinen Sie, Sie können mit Nick reden, ohne dass er die Augenbrauen hochzieht?«

Arlo nickte zuversichtlich. »Klar doch.«

»Ich muss zurück in die Küche«, sagte Marco. »Brauchen Sie sonst noch etwas von mir?«

Coop streckte seine Hand aus: »Danke, Marco, Sie waren eine große Hilfe. Ich werde der Sache nachgehen, und wenn ich mehr Informationen brauche, melde ich mich. Bitte behandeln Sie das alles vertraulich.«

»Ich verstehe. Ich werde kein Wort sagen. Ich stehe immer noch unter Schock, weil Mr. Borden ermordet wurde.«

Coop wartete, bis Marco gegangen war, und schloss dann die Tür. »Ich habe ein Bild, das Sie sich ansehen und mir sagen sollen, was Sie davon halten. Es wurde von der Kamera in der Küche aufgenommen und ist nicht besonders gut, aber es zeigt jemanden, der neben dem Tablett mit dem Essen elegante Schuhe trägt. Wir glauben, dass jemand in die Küche kam und die Suppe auf dem Tablett manipuliert hat.«

Er schob das Foto auf den Schreibtisch und Arlo schielte darauf. »Ich weiß nicht, wer das ist, aber ich kann Ihnen sagen, dass es keiner meiner Mitarbeiter ist. Diese Art von Schuhen ist bei uns nicht erlaubt. Alle müssen rutschfeste Schuhe tragen.«

»Sie erkennen weder die Schuhe noch sonst etwas?«

Arlo schüttelte den Kopf. »Ich fürchte nicht.«

»Ist es denkbar, dass sich jemand unbemerkt hinein- und hinausschleichen könnte? Wie Sie auf dem Foto den Wagenbereich sehen, sehen alle gleich aus. Weiße Kittel, wie sie alle Ihre Mitarbeiter tragen, und die Duschkappen auf dem Kopf. Uns ist nichts aufgefallen, bis wir uns auf die Schuhe konzentriert haben.«

»Wow. Ich hätte gerne gedacht, dass wir einen Außenstehenden bemerken würden, aber das haben wir offensichtlich nicht. In der Küche ist immer viel los, die Leute laufen herum. Wir haben noch nie über Sicherheit nachgedacht. Unser ganzes Augenmerk liegt darauf, dass das Mittagessen fertig wird. Es ist die geschäftigste Zeit des Tages. Wenn er hinein- und hinausgeschlichen wäre, hätten wir wahrscheinlich nichts bemerkt, es sei denn, er hätte etwas getan, um unsere Aufmerksamkeit zu erregen.«

Coop nickte. »Ja, das dachten wir auch.« Er schob die Fotos zurück in seine Akte. »Wir müssen das geheim halten. Ich will nicht, dass jemand unserem Mann verrät, dass wir eine Spur haben.«

»Ich werde nichts sagen. Ich werde sehen, ob Nick uns mehr sagen kann. Es gibt nichts, was mich vermuten lässt, dass er etwas damit zu tun haben könnte. Ich denke, er hat wahrscheinlich nicht aufgepasst, als er die Suppen auf das Tablett gestellt hat.«

»Das ergibt Sinn. An jedem anderen Tag wäre das keine große Sache. Sagen Sie mir einfach Bescheid, wenn Sie etwas wissen. Ich brauche auch eine Kopie der Akten der beiden, damit wir einen Hintergrundbericht über sie erstellen können.« Coop stand auf und fügte hinzu: »Ich werde noch ein bisschen länger im Gebäude sein. Rufen Sie mich einfach auf dem Handy an, wenn Sie etwas herausgefunden haben.«

Arlo versprach, Amanda innerhalb einer Stunde Kopien der Akten zukommen zu lassen. Coop verließ die Küche und machte sich auf den Weg zu Chandlers Büro. Er war im Labor, also wartete Coop, während Amanda sich mit ihm in Verbindung setzte. Während er wartete, gingen ihm die neuesten Informationen von Marco durch den Kopf wie Wäsche im Trockner. *Unser Killer hat also den falschen Mann erwischt. Ich frage mich, ob er es wieder versuchen wird.*

Chandler kam an und begrüßte Coop mit: »Was gibt's Neues?«

»Ich komme gerade aus der Küche, wo ich einige neue Informationen erfahren habe.« Coop erklärte, was Marco ihm erzählt hatte. Er beobachtete, wie die Erkenntnis Chandler traf.

Chandler stammelte: »Du glaubst also ... die tödliche Dosis war für mich bestimmt?«

Coops Kopf neigte sich zu einem langsamen Nicken. »Ja, das habe ich auch schon in Erwägung gezogen. Ich werde Marco überprüfen und sehen, ob es irgendetwas gibt, das ihn mit der Sache in Verbindung bringt, aber mein Gefühl sagt Nein. Wenn er der Mörder wäre, hätte er sich dumm stellen und nichts sagen können.«

Chandler fuhr sich mit der Hand an die Stirn. »Jetzt müssen wir herausfinden, wer mich tot sehen will.«

»Das ist im Moment nur eine Arbeitstheorie, aber ja. Arlo und Marco wissen von dem Suppenfehler, aber ich überlasse es dir, ob du deine Sicherheitsabteilung einbeziehen willst. Ich wollte, dass du wachsam bist und über jeden nachdenkst, der ein Motiv hat. Nochmals, die Liste der Verdächtigen beschränkt sich auf die Personen, die Zugang zu CX-232 haben.« Er hielt inne und fügte hinzu: »Oder die überzeugt worden sein könnten, für jemand anderen darauf zuzugreifen.«

Chandler schüttelte mehrmals den Kopf. »Niemand aus meinem Team würde so etwas tun. Ich hätte nicht gedacht, dass sie fähig sind, Neil zu töten, und ich glaube ganz sicher nicht, dass sie mich töten würden.« Er stand auf und schritt um den Konferenztisch herum. »Das ist verrückt.«

»Gibt es eine Möglichkeit, dass ein Konkurrent CX-232 in die Hände bekommen hat?«

Seine Lippen bildeten eine dünne Linie. »Ich kann mir keinen Weg vorstellen.«

»Wer würde von deinem Tod profitieren?«

»Abgesehen von einigen Spenden für wohltätige Zwecke habe ich alles meinen Eltern und, wenn sie nicht mehr da sind, meinen Geschwistern vermacht. Ich habe weder eine Frau noch Kinder.«

»Wie ist dein Verhältnis zu deiner Familie?«

»Ich sehe sie nicht oft.« Er ließ sich auf einen Stuhl fallen. »Amanda erwähnte gestern, dass wir hin und wieder Droh-E-Mails und -briefe bekommen. Sie dachte, es könnte ein Motiv dahinterstecken. Normalerweise kommen sie von Familienmitgliedern von Menschen, die eines unserer Medikamente einnehmen und gestorben sind oder eine unerwünschte Nebenwirkung hatten. Die Anwälte haben uns gesagt, dass wir darauf nicht antworten sollen. Vielleicht sollten wir sie durchsehen und schauen, ob etwas Wertvolles dabei ist?«

»Das werde ich tun. Ist dir an diesen Briefen nichts aufgefallen, was dich nervös gemacht hat?«

Er zuckte mit den Schultern. »Ich habe mich schlecht gefühlt, aber nicht nervös. Ich kann mich nicht erinnern, dass jemand mit dem Tod gedroht hat, nur mit rechtlichen Schritten. Ich bin in dieses Geschäft eingestiegen, um Menschen zu helfen, nicht, um ihnen zu schaden. Ich weiß, dass jedes Medikament ein Risiko birgt, aber ich bin der Meinung, dass der Nutzen das Risiko bei Weitem überwiegt. Ich würde niemals absichtlich ein Produkt auf den Markt bringen, von dem ich weiß, dass es Menschen schadet, egal wie viel Geld ich damit verdienen könnte. Ich habe es Amanda überlassen, mich auf alles aufmerksam zu machen, was ich wissen sollte. Neil hat wahrscheinlich einige der gleichen Briefe.« Chandler drückte eine Taste auf seinem Telefon und bat Amanda, die Datei abzurufen.

Coop kritzelte auf seinem Notizblock herum. »Wir werden die Akte durchgehen und ich werde mit Melissa sprechen, bevor ich gehe.«

Nach einem kurzen Klopfen an der Tür kam Amanda mit einer Akte herein und legte sie auf den Konferenztisch. Chandler blätterte die Papiere durch und überprüfte jedes Dokument. Sie reichte Coop die Personalakten, die er von Arlo angefordert hatte.

Während er las, klingelte das Handy von Coop. Arlo war in der Leitung und berichtete über seine Erkenntnisse. Coop machte sich Notizen in seiner Akte und bedankte sich bei ihm, bevor er die Verbindung beendete. »Arlo sagte, er sei sicher, dass das Platzieren der Suppe ein Versehen war. Nick hat nicht richtig aufgepasst. Er kannte den Unterschied zwischen

Petersilie und Koriander nicht. Marco änderte es, als er es sah, und sagte nichts. Arlo ist überzeugt, dass es einfach ein Fehler war. Ich werde es mir ansehen, aber ich stimme ihm zu.«

»Ich hatte noch nie Probleme mit jemandem vom Küchenpersonal. Ehrlich gesagt kann ich mich nicht daran erinnern, mit irgendjemandem hier bei der Arbeit ein Problem gehabt zu haben. Nun, eigentlich mit niemandem. Ich wüsste nicht, wer mir etwas antun wollte.« Er nahm seine Brille ab und rieb sich den Nasenrücken. »Und Neils Tod ist mir jetzt bewusst. Er ist gestorben, weil er meine Suppe bekommen hat.«

»Gib nicht dir die Schuld! Nur der Mörder trägt die Schuld daran. Wir müssen uns darauf konzentrieren, herauszufinden, wie der Mörder Zugang zu CX-232 bekommen hat.« Coop nahm ein weiteres Blatt Papier aus seiner Akte. »Diese drei Männer wurden am Tag von Neils Ermordung gesehen und trugen Schuhe wie die, die ich dir zuvor gezeigt habe. Ist einer von ihnen für dich von Interesse? Kennst du einen von ihnen?«

Chandler überflog die Liste. »Ich weiß, dass sie in der Verwaltung arbeiten. Wenn ich mich recht erinnere, arbeiten sie mit Verträgen und der Einhaltung von Vorschriften.«

»Das ist richtig. Ich habe mit allen von ihnen gesprochen und wir überprüfen ihren Hintergrund, aber nichts deutet darauf hin, dass sie in einen Mord verwickelt sind. Keine finanziellen Sorgen oder Glücksfälle. Kein Zugang zum Labor. Keine Besuche im Labor.«

Chandler schüttelte weiterhin den Kopf. »Ich kann mich nicht an irgendwelche Schwierigkeiten erinnern, die wir mit einem dieser Männer hatten.« Er reichte Coop die Akte mit den Drohbriefen und sagte: »Ich habe sie durchgelesen, und die meisten Drohungen sind ziemlich versteckt. In einigen wird erwähnt, dass sie hoffen, dass ich auf die gleiche Weise sterbe wie ihre Angehörigen, indem ich mich mit meiner eigenen Medizin vergifte. Ich habe es als Trauer und Wut abgetan. Ich verstehe, dass sie verärgert sind.«

Coop nahm die Akte. »Wir werden sie trotzdem überprüfen. Die Erwähnung einer Vergiftung ist ein rotes Tuch. Jetzt, da wir wissen, dass du das eigentliche Ziel warst, musst du auf der Hut sein. Hast du zu Hause ein Sicherheitssystem?«

Er nickte und sagte: »Ja. Ich sollte wohl besser dafür sorgen, dass ich es immer einschalte. Ich bin nicht gut darin. Ich werde Bernie von dieser Theorie erzählen. Ich habe volles Vertrauen in ihn.«

»Das ist gut. Ich bin froh, dass du ihm vertrauen kannst. Bleib wachsam und benutze die Alarmanlage!«

»Ich glaube, ich gehe jetzt zum Mittagessen hinaus«, sagte er mit einem leichten Kichern, das sein Unbehagen nicht ganz verbergen konnte.

»Könnte eine gute Idee sein, bis wir die Sache geklärt haben.« Coop stand auf, um zu gehen. »Vergiss nicht, du kannst mich anrufen, wenn du Probleme hast. Ob Tag oder Nacht, mein Handy ist immer an.«

Coop kam an Neils Büro vorbei und fragte Melissa nach Droh-E-Mails oder -briefen, die sie für Neil gesammelt hatte. »Oh, die haben wir alle an Chandlers Büro weitergeleitet. Er hatte bereits damit begonnen, sie zu sammeln, also haben wir alles, was wir erhalten haben, dorthin geschickt. Die meisten von ihnen schienen harmlos zu sein. Ich glaube, es ging ihnen mehr um Geld als um irgendetwas anderes.« Sie hielt inne und fügte hinzu: »Glauben Sie, dass das etwas mit Neils Tod zu tun hat?«

»Bin mir nicht sicher. Ich betrachte nur alle Aspekte.«

Coop und AB verbrachten den Rest des Nachmittags damit, die Akte mit den Drohbriefen und E-Mails durchzugehen. AB erstellte einen ausführlichen Hintergrundbericht über Marco und Nick, den Küchenhelfer, der die Suppe falsch bestreut hatte.

Ihre Personalakten waren unauffällig. Keiner der beiden hatte jemals Schwierigkeiten gehabt. Nick hatte eine zufriedenstellende Beurteilung und war erst seit einem Jahr dort tätig. Marco hatte glänzende Beurteilungen und war im Laufe der Jahre befördert worden.

AB überprüfte ihre Finanzen und warf einen flüchtigen Blick auf die Profile in den sozialen Medien. »Kein Hinweis darauf, dass einer von ihnen dafür bezahlt wurde, die Suppe zu manipulieren. Sie leben nicht über ihre Verhältnisse und es gibt keine Posts oder Witze darüber, dass sie bei der Arbeit unglücklich sind.«

»Mal sehen, ob wir eine Verbindung zwischen den Hassbriefen in Chandlers Akte und einem Mitarbeiter von *Borlund* herstellen können. Vielleicht hat jemand langfristig geplant und sich eingeschlichen.« Er warf einen Blick auf seinen Notizblock und fügte hinzu: »Das Gleiche sollten wir mit den männlichen Besuchern am Tag des Mordes machen. Ich kann ihre Schuhe nicht erkennen und möchte sie auf mögliche Verbindungen überprüfen.«

»Das wird einige Zeit dauern, aber ich fange schon mal an. Ich lasse mir von Madison und Ross helfen.«

Coop sah auf die Uhr. »Ben ist auf dem Weg. Ich habe ihm gesagt, dass ich neue Informationen habe. Es ist schon spät. Genieße dein Wochenende, AB! Ab Montag können wir richtig loslegen.«

Sie packte ihre Sachen zusammen und gab Gus einen Kuss, bevor sie ging. Als sie gerade ihre Tür öffnete, fuhr Ben auf den Parkplatz hinter dem Büro. »Er wartet auf dich«, rief sie, während sie zum Abschied winkte.

Ben, der Tüten von einem chinesischen Restaurant mitbrachte, kam durch die Hintertür und rief einen Gruß. Gus kam um die Ecke gestürmt, seine Nase in der Luft, dem Duft von Frühlingsrollen und Sesamhühnchen folgend.

Coop gesellte sich zu ihm in die Küche und erzählte ihm bei einem großen Teller mit ihren Lieblingsgerichten das Neueste von dem Suppentausch bei *Borlund*. Er schilderte, was er wusste, und erzählte ihm von den Drohbriefen, die Chandler gesammelt hatte. »Ich bin mir nicht sicher, ob es überhaupt einen Zusammenhang gibt, aber wir gehen der Sache nach. Da unser geheimnisvoller Mann die für Chandler bestimmte Suppe manipuliert hat, wette ich, dass er das Ziel war.«

Ben verschluckte sich an seinem Essen und trank einen langen Schluck aus seinem Becher. »Unser Mann hat den falschen Mann erwischt? Das ist eine Wendung, die ich nicht kommen sehen habe. Ich werde Kate und Jimmy am Montag damit beauftragen, die Sache aus diesem Blickwinkel zu betrachten.« Er nahm eine weitere Gabel Reis. »Ich frage mich, wer Chandler tot sehen will.«

KAPITEL ELF

Am Sonntagabend ertönte auf Coops Telefon die Melodie von Perry Mason und kündigte einen Anruf von Ben an. »Hey Coop, ich bin mit Chandler in der Notaufnahme.«

»Was ist passiert?«

»Er war joggen und wurde fast von einem Auto überfahren. Er wollte, dass ich dich anrufe. Er sagte, es könnte mit der neuesten Theorie über die Vergiftung zu tun haben.«

»Ich bin gleich da.« Er ließ Gus bei Tante Camille zurück und rannte die paar Blocks zum Krankenhaus. Ihn schauderte es, als er durch die Glastüren ging. Er hasste Krankenhäuser, und die Erinnerung an seine eigene Notaufnahmeerfahrung hinter diesen Türen war noch frisch in seinem Gedächtnis.

Er wurde in einen Behandlungsraum geführt und fand Ben vor der Tür. »Was denkst du?«

»Das kann man nicht mit Sicherheit sagen. Er ist in der Nähe seines Hauses gejoggt. Keine Straßenkameras in der

Gegend. Es war fast dunkel. Er sagt, er habe einen Motor aufheulen hören und musste ausweichen. Er hat eine Menge Schürfwunden, einen stark verstauchten Knöchel und ein gebrochenes Handgelenk.«

Coop zog eine Grimasse. »Überhaupt keine Spuren?«

»Keine. Wir überprüfen die Straßenkameras an den Hauptstraßen, die aus seinem Viertel herausführen, und suchen nach Aufnahmen von Überwachungskameras, aber bis jetzt haben wir nichts. Er weiß nur, dass es eine dunkle Limousine war. Er ist nicht das, was man einen Autokenner nennt, also kein Hinweis auf die Marke.«

»Ist es okay, wenn ich ein paar Minuten zu ihm gehe?«

»Sicher, er hat eine Aussage gemacht. Ich habe ihm gesagt, dass wir ihn nach Hause fahren, aber das kannst du auch machen, wenn du willst.«

»Ja, ich werde ihn nach Hause bringen. Vielleicht kann er irgendwo bleiben, bis wir das geklärt haben.«

Ben winkte ihm zu und gesellte sich zu zwei Streifenbeamten, die an Chandlers Unfallort gewesen waren.

Coop klopfte an die Glastür, und Chandler winkte ihn herein. »Hey, Chandler. Wie geht's dir?« Er betrachtete den Gips am Handgelenk seines Klienten und die Schrammen an seinen Armen und im Gesicht. Seine Jogginghose war zerrissen und lag auf dem Bett. Das Blut von der frischen Schürfwunde an seinem rechten Knie rann an seiner Wade hinunter und endete in dem Verband, der seinen Knöchel bedeckte. Sein linkes Knie war aufgeschürft. »Verängstigt, zittrig und glücklich. Danke, dass du gekommen bist. Ben sagte, er würde dich anrufen.«

»Ja, ich habe gerade mit ihm gesprochen. Ich habe ihm gesagt, dass ich dich nach Hause fahre, wenn sie dich entlassen.«

»Ich warte darauf, dass die Krankenschwester

zurückkommt und nach mir sieht. Der Arzt ist gerade gegangen und hat gesagt, dass keine Gehirnerschütterung vorliegt.«

»Ben sagte, du erinnerst dich nicht an viel, nur daran, dass es ein dunkles Fahrzeug war. Hatte es Licht an?«

»Nein, hatte es nicht. Ich habe es gar nicht gesehen, bis es direkt hinter mir war. Ich hörte es nur und schaute hinter mich, und da war es. Ich musste ausweichen, stolperte über den Bordstein und fiel auf die Knie. Offenbar hat mein Handgelenk die Wucht abbekommen.« Er hielt seinen Arm hoch. »Das ist unangenehm.«

»Kommst du bei dir zu Hause zurecht? Kannst du woandershin gehen, bis das alles geklärt ist?«

»Ich könnte in ein Hotel gehen, denke ich.« Er lehnte seinen Kopf gegen die Kissen hinter ihm. »Ich bin lieber zu Hause. Meinst du, ich brauche mehr Sicherheit?«

»Ich bin mir nicht sicher. Hast du Kameras in deinem Haus installiert?«

Er schüttelte den Kopf. »Nein, nur den Alarm.«

»Vielleicht solltest du über Kameras nachdenken. Du kannst sie von deinem Telefon aus überwachen, wenn du nicht zu Hause bist. Ich kann dir den Namen eines seriösen Installateurs geben.«

»Das klingt nach einem guten Vorschlag. Wenn er morgen damit anfangen könnte, wäre das großartig.«

Coop nickte und tippte auf die Tasten seines Telefons. »Ich habe ihm gerade eine SMS geschickt. Trevor ist ein guter Kerl, und ich habe ihm gesagt, dass du es eilig hast. Ich bin sicher, er meldet sich gleich morgen früh bei dir.« Coop steckte sein Handy zurück in die Tasche. »Kannst du von zu Hause aus arbeiten? Kannst du dir eine Weile freinehmen und untertauchen?«

»So wie ich mich im Moment fühle, *muss* ich mir ein paar

Tage freinehmen. Ich kann zu Hause etwas arbeiten. Nichts, was mit CX-232 zu tun hat. Die Akten sind unter Verschluss, aber wie ich schon sagte, bin ich dabei, ein neues Projekt zu beginnen. Ich könnte die Zeit zum Nachdenken nutzen.«

»Was willst du mit einem neuen Geschäftspartner machen?«

»Jetzt, da ich keinen Investor mehr brauche, habe ich eine Idee. Ich habe mit dem Gedanken gespielt, einen erstklassigen Geschäftsmanager einzustellen. Auf diese Weise könnte ich hundert Prozent der Anteile an dem Unternehmen behalten. Ich möchte nicht in Eile jemanden finden und dann feststellen, dass er keine gute Wahl ist.«

Coop nickte. »Das klingt nach einer guten Option. Es ist besser, sich mit einer so wichtigen Entscheidung Zeit zu lassen.«

»Das Geld der Versicherung ist gebunden, bis diese Untersuchung abgeschlossen ist. Das ist frustrierend, aber ich weiß, dass es am Ende klappen wird.«

»Wir haben uns den Kopf zerbrochen, um herauszufinden, wer von deinem Tod profitieren würde. Nichts deutet darauf hin, dass deine Familie dir Schaden zufügen würde. Keiner der Ärzte in deinem Team hat ein Motiv. Du hast doch keine romantischen Probleme, oder?«

Chandler zuckte mit den Schultern. »Nein, leider habe ich nicht viel Privatleben. Ich bin viel zu sehr auf die Arbeit konzentriert. Deshalb hat meine Ehe auch nicht funktioniert.«

»Was ist mit deiner Ex-Frau? Bekommt sie etwas im Falle deines Todes?«

Er schüttelte den Kopf. »Nein, wir haben uns lange vor meinem Erfolg getrennt, und es war eine ziemlich einfache Scheidung. Keine Kinder, kein großes Vermögen. Wir sind beide gegangen. Es war einvernehmlich.«

»Keine verborgene Vergangenheit? Affären? Kinder, von denen du nichts weißt?«

Er grinste und seine Lippenwinkel hoben sich. »Nein, ich bin nicht so aufregend. Keine richtigen Beziehungen. Mein letztes Date ist Jahre her. Nichts Langfristiges. Ich bin sozusagen ein Workaholic.«

»Ich habe in deinem Personalhandbuch gelesen, dass Mitarbeiter, die mit vertraulichen Informationen und Betriebsgeheimnissen arbeiten, stichprobenartig einem Lügendetektortest unterzogen werden. Was würdest du davon halten, dein Team einem Lügendetektortest zu unterziehen?«

»Oh, wow. Das wäre das erste Mal. Unter diesen Umständen würden sie es sicher verstehen. Wahrscheinlich wären sie nicht überglücklich, aber ich kann mir nicht vorstellen, dass sie unkooperativ wären.«

»Ich werde das mit deiner Personalabteilung abklären. Ich greife nach Strohhalmen, aber ich frage mich langsam, ob nicht einer von ihnen bestochen oder auf irgendeine Weise benutzt wird.«

Das Gespräch wurde von einer Krankenschwester unterbrochen, die die schwersten Wunden verband. Sie hatte Entlassungspapiere dabei, die Chandler, so gut es ging, mit seiner linken Hand unterschrieb.

Coop half ihm in den Jeep und fuhr ihn zu seinem Haus in der Nachbarschaft von Belle Meade. Coop half ihm die Treppe hinauf und brachte ihn hinein. Nachdem er Chandler mit seinen Medikamenten und allem, was er brauchte, versorgt hatte, schaute sich Coop das Haus von außen an. Es befand sich in einer Sackgasse und war eingezäunt, aber keineswegs eine Festung. Nachdem er sich vergewissert hatte, dass alle Eingänge sicher waren, ging er wieder hinein. »Ich werde morgen nach dir sehen. Ruf mich an, wenn du etwas brauchst. Ich bin ja nicht so weit weg.« Coop vergewisserte sich, dass die Alarmanlage aktiviert war, als er ging.

Am Montag kam Coop bei Chandler vorbei und brachte Kaffee und Gebäck mit. Trevor hatte sich bereits mit Chandler in Verbindung gesetzt und würde sein System aufrüsten und Kameras für ihn installieren. Coop nippte einige Minuten lang an seinem Kaffee und betrachtete die vielen blauen Flecken und Schrammen am Körper seines Klienten.

»Du siehst aus, als hättest du einen Kampf verloren. Wie geht es dir?«

»Wunden. Überall«, sagte Chandler und kippte seine Tasse mit einer unbeholfenen Bewegung seiner linken Hand nach oben.

»Wenn du etwas aus dem Büro brauchst oder Besorgungen machen musst, kann ich es dir bringen.«

Chandler schenkte Coop ein schwaches Lächeln. »Das ist nett von dir. Ich weiß zu schätzen, was du tust.« Er mühte sich, die Tasse auf den Beistelltisch zu stellen. »Ich habe keinen großen Freundeskreis.«

»Ich habe auch nur zwei Freunde, aber sie sind die besten. Auf Ben und AB kann ich mich immer verlassen. Und ich habe meine Tante. Ohne sie wäre ich verloren.«

»Du hast Glück, Coop. Ich sitze hier schon die ganze Nacht allein und merke, dass ich mir ein Leben außerhalb meiner Arbeit aufbauen muss. Ich muss besser mit meiner Familie in Kontakt bleiben. Ich habe gestern Abend meine Eltern angerufen.«

»Das klingt nach einem guten Anfang. Vielleicht wird dir eine kleine Auszeit guttun.«

»Das ist wahrscheinlich das erste Mal in meinem Leben, dass ich nicht zur Arbeit gehe. Ich bin selten krank und gehe immer zur Arbeit, egal was passiert. So wie ich mich im Moment fühle, möchte ich nur hier sitzen und mich nicht bewegen.«

Coop lachte. »Ich verstehe dich. Bleib nur nicht zu lange still, sonst kannst du dich später nicht mehr bewegen. Es ist besser, ein bisschen herumzulaufen. Du hast ja deine Krücken und die Gehhilfe, falls du sie brauchst.«

»Ja, ich habe die Gehhilfe für kurze Strecken benutzt. Dadurch fühle ich mich wie ein Invalide. Ich muss mir ein paar Filme ansehen, sonst werde ich noch verrückt. Mein Kopf ist zu benebelt, um viel zu denken, also werde ich mich für heute ausruhen.«

»Ruf mich an, wenn du etwas zu essen geliefert bekommen möchtest. Ich bin ein Meister für Essen zum Mitnehmen.« Coop winkte ihm zu und begegnete Trevor, als der gerade kam. Er folgte ihm wieder hinein, um ihn vorzustellen, und schlich sich davon, während Chandler die Feinheiten seines Anwesens erklärte.

Coop fuhr zum West Revier zu Ben. Gus folgte Coop und verzögerte seine Ankunft in Bens Büro, weil er von den Polizisten, die ihn kannten, unbedingt gestreichelt werden wollte. Ben war wie immer am Telefon. Coop trank seinen Kaffee aus und wartete.

Als Ben auflegte, fragte er: »Irgendwelche Neuigkeiten?«

»Nicht wirklich. Ich habe gestern Abend mit Chandler gesprochen und war heute Morgen bei ihm. Er ist ziemlich angeschlagen. Ich habe ihm gesagt, dass ich für die Ärzte in seinem Team einen Lügendetektortest veranlassen will.«

Bens Brauen wölbten sich. »Das könnte dem einen oder anderen nicht gefallen.«

»Das habe ich mir gedacht. Ich bin auf dem Weg, um mit jemandem bei Borlund darüber zu sprechen, wie man das koordinieren könnte. Chandler sagt, sie hätten das noch nie gemacht, obwohl es in den Arbeitsverträgen so steht.«

»Ich habe nachgefragt, ob es Neuigkeiten von den Kaimaninseln gibt.« Ben schüttelte genervt den Kopf. »Aber nichts. Das Wegwerfhandy, das wir in Neils Auto gefunden haben, hat nur eine andere Nummer angerufen. Ein anderes Wegwerfhandy.«

»Gibt es eine Chance, es zu finden?«

»Bis jetzt Sackgasse. Die Vorwahl ist aus Washington, aber das bedeutet nicht viel. Das Telefon ist im Moment inaktiv und wurde seit der letzten Verbindung mit Neil nicht mehr benutzt. Wir arbeiten daran, herauszufinden, wo es gekauft wurde.«

»Die Ex-Frau lebt in Seattle. Da könnte es eine Verbindung geben. Ich werde mich mit ihr in Verbindung setzen und sehen, was sie uns sagen kann.«

Ben nickte. »Gute Idee. Wir haben ihr Telefon und ihr Konto überprüft, aber nichts gefunden, was auf einen Kontakt oder eine Reise hinweist.«

»Vielleicht hat sie jemanden angeheuert. Ich werde es versuchen und dir Bescheid geben, wenn ich etwas herausfinde, das eine weitere Untersuchung wert ist«, schlug Coop vor.

»Klingt gut. Das wäre ein großer Durchbruch, wenn wir mit einer dieser Spuren etwas erreichen könnten.«

»Ich habe die Akte mit allen Droh-E-Mails von *Borlund*. Das wird eine Menge Zeit in Anspruch nehmen, um sie durchzugehen.« Coop rollte mit den Augen. »Ich bin mir nicht sicher, ob es die Mühe wert ist.«

»Schick uns die Dateien, und wir werden sehen, was die Techniker tun können, um die Suche zu beschleunigen. Sie können die Suche so programmieren, dass nach Schlüsselwörtern gesucht wird.«

»Wird gemacht. Ich habe Trevor zu Chandler nach Hause geschickt, damit er die Sicherheitsvorkehrungen verbessert und Kameras installiert. Nur, um auf der sicheren Seite zu sein.«

»Was auch immer vor sich geht, muss mit dem Unternehmen zusammenhängen. Der Verkauf. Das neue Medikament«, sagte Ben.

»Ich werde darum bitten, die Lügendetektortests beobachten zu dürfen, und in der Zwischenzeit werde ich weiter die Kameraaufzeichnungen durchgehen. Ich würde gerne genau diese Schuhe vom Tag des Mordes finden.«

»Die Techniker überprüfen immer noch Chandlers Schuhe. Die Qualität des Filmmaterials ist nicht gut.«

»Nach einem Gespräch mit den Männern, die diese Art von Schuhen am Tag des Mordes trugen, glaube ich nicht, dass sie etwas damit zu tun haben, aber wir überprüfen sie auf Verbindungen zum wissenschaftlichen Team.«

»Vielleicht werden die Lügendetektortests oder die Androhung von Lügendetektortests etwas auslösen.«

»Das hoffe ich auch. Ich werde dich auf dem Laufenden halten.«

***

Obwohl die Theorie, dass Chandler das Ziel war, für Coop am wichtigsten war, musste er die Spuren um Neil ausschöpfen. Sein Wegwerfhandy mit einer Vorwahl aus Washington könnte eine Verbindung zu seiner Ex-Frau sein. Am Dienstag setzte sich AB mit Neils Ex-Frau Carol in

Verbindung und vereinbarte für Coop ein Videomeeting am späten Nachmittag. Als die Verbindung hergestellt war, sah Coop eine dunkelhaarige Frau auf seinem Bildschirm. Carol arbeitete in der Werbung und rief von ihrem Büro aus an. Coop bedankte sich bei ihr, dass sie sich die Zeit genommen hatte, mit ihm zu sprechen.

»Ich helfe gerne. Ich war fassungslos, als ich hörte, dass Neil gestorben ist. Das ist das erste Mal, dass ich höre, dass es eine Mordermittlung gibt. Ich kann es nicht glauben.«

»Wann hatte Neil das letzte Mal Kontakt mit Ihnen?«

»Oh, wow. Es ist Jahre her. Wir sind schon seit über zwanzig Jahren geschieden. Wir haben zu jung geheiratet, und es hat einfach nicht funktioniert. Wir haben es nicht durchdacht. Wir waren beide auf dem College und dachten, wir wären Seelenverwandte. Ich habe von ihm gehört, als er noch in Kalifornien lebte, aber seit er weggezogen ist, habe ich nicht mehr mit ihm gesprochen.«

Er fragte sie, ob sie die Telefonnummer vom Wegwerfhandy wiedererkenne. Sie schüttelte den Kopf und sagte: »Nein, das kommt mir überhaupt nicht bekannt vor.«

»Kennen Sie jemanden, der Neil etwas antun wollte? Hatte er eine Fehde oder ein Problem mit jemandem aus der Vergangenheit?«

Carol kannte niemanden aus Neils Vergangenheit, der einen Groll gegen ihn hegen könnte. Ihr fiel niemand ein, der mit Neil aus ihrer gemeinsamen Zeit im Streit gelegen hätte.

»Hatte er Freunde oder kannte er außer Ihnen noch andere Leute in Washington?«

Die Frau runzelte nachdenklich die Stirn. »Mir fällt niemand ein, mit dem er hier eine Beziehung hatte. Es ist aber schon so lange her; er könnte hier Freunde gehabt haben, von denen ich nichts weiß.«

»Er hat nie erwähnt, dass er Washington besucht oder Sie aufgesucht hätte, als er dort eine Konferenz besucht hat?«

Sie schüttelte erneut den Kopf. »Nein, ich habe nie Besuch von ihm bekommen, und er hat nie erwähnt, dass er hier an Konferenzen teilnimmt. Das letzte Mal, als wir miteinander sprachen, sagte er, dass er Kalifornien für einen Job in Nashville verlassen würde.«

»Kennen Sie seinen Partner, Chandler Hollund?«

Sie schüttelte den Kopf. »Nein, ich habe ihn nie getroffen. Ich war noch nie in Nashville.«

»Sie hatten keine gemeinsamen Kinder, richtig?«

»Das ist richtig. Ich habe vor etwa fünfzehn Jahren wieder geheiratet und habe zwei Kinder mit meinem Mann.«

»Wie würden Sie Ihre Scheidung beschreiben?«, fragte er.

»Oh, sie war einfach und respektvoll. Wir hatten nicht viel und gingen getrennte Wege. Wir hatten eine Wohnung gemietet, also kein wirkliches Vermögen. Er hatte ein Auto, und ich hatte ein Auto. Wir haben uns den Haushalt geteilt, und das war's. Meine Eltern lebten hier oben, also zog ich zurück und fing von vorne an.«

»Kam Neil mit seiner Familie zurecht? Standen sie sich nahe?«

»Seine Eltern waren immer zuvorkommend, standen uns aber nicht sehr nahe. Neil hatte nie ein besonders enges Verhältnis zu seiner Familie. Sie schienen nicht die herzlichsten Menschen zu sein. Er hatte eine Schwester, und ich weiß, dass sie einen Sohn hat. Soweit ich weiß, ist sie geschieden, und der Sohn war immer wieder in Schwierigkeiten, aber das ist schon lange her.«

»Wenn Ihnen noch etwas einfällt oder Sie auf etwas stoßen, das mit Neil zu tun hat, melden Sie sich bitte bei mir.« Er gab ihr seine Handynummer und bedankte sich noch einmal, bevor er die Verbindung beendete.

Er ging in den Empfangsbereich, als AB gerade ihren Computer ausschaltete. »Hattest du Glück?«, fragte sie.

»Nö. Sie hat nicht mehr mit Neil gesprochen, seit er ausgezogen ist. Ich glaube nicht, dass sie lügt. Sie hat Chandler nie getroffen. Ben kann bei ihr nachforschen und sie überprüfen, aber ich denke, sie ist eine Sackgasse. Ich verlasse mich darauf, dass die Lügendetektortests unsere Ärzte verunsichern werden. Ich habe halb erwartet, dass die Drohung damit jemanden dazu bringen würde, sich heute zu melden.«

Die Lügendetektortests waren für Mittwochmorgen angesetzt. Der Prüfer war ein erfahrener Fachmann, mit dem Coop bereits in früheren Fällen zusammengearbeitet hatte. Die Tests wurden in einem Bürogebäude auf dem Vanderbilt-Campus durchgeführt.

Coop befand sich hinter einem venezianischen Spiegel, von dem aus er das Verfahren beobachten konnte. Die Ergebnisse wurden an den Computer des Prüfers und an einen Computer in dem Raum, in dem sich Coop hinter dem Einwegglas befand, übermittelt.

Coop hatte sich am Dienstag mit Harry, dem Prüfer, getroffen und zusammengefasst, was er von den Tests zu erfahren hoffte. Mit Coops Hilfe stellte Harry eine Reihe von Fragen zusammen, die für alle Wissenschaftler verwendet werden sollten.

Harry arbeitete sich durch die Teammitglieder und stellte banale Fragen, bevor er mit den eigentlichen Tests begann. Coop beobachtete den ersten Test und bemerkte, dass Dr.

Devi während des gesamten Verfahrens ruhig blieb. Sie blieb emotionslos, als sie gefragt wurde, ob sie jemals CX-232 aus dem Sicherheitslabor entfernt hätte. Ein Funken Unsicherheit blitzte in ihren Augen auf, als sie gefragt wurde, ob sie gezwungen worden wäre, das Medikament im Auftrag einer anderen Person zu entnehmen. Harry fuhr fort und fragte, ob sie gezwungen oder erpresst worden wäre, um Zugang zu dem Medikament zu erhalten. Es war klar, dass sie die Fragen im Zusammenhang mit ihrer Arbeit und der unbefugten Entnahme des Medikaments oder dem Verkauf des Medikaments erwartet hatte, aber ihr Gesichtsausdruck verriet, dass sie von den Fragen zum persönlichen Zwang überrascht war.

Mac, der Informatiker, saß als Nächster auf dem Stuhl. Coop war sein entspanntes Auftreten aufgefallen, als er ihn bei *Borlund* befragt hatte, und er machte den gleichen lässigen Eindruck, als Harry die Untersuchung begann. Seine Stirn legte sich in Falten, als Harry zu den Nötigungsfragen kam, aber Mac fuhr mit seiner entspannten Stimme fort.

Dr. Swenson betrat den Raum und zeigte Nervosität. Schweißperlen glitzerten über ihren Lippen, und ihre Zunge fuhr heraus, um ihre trockenen Lippen zu befeuchten, als Harry die Monitore anschloss. Sie beruhigte sich ein wenig, als er die Routinefragen stellte, und kam in einen Rhythmus.

Dr. Harris traf ein und unterhielt sich höflich mit Harry, bevor die Befragung begann. Sie wirkte selbstbewusst und wankte nicht, als sie nach einer Nötigung gefragt wurde. Sie hatte Coop von der Diagnose ihrer Verwandten erzählt und schien nicht so verärgert über die Fragen zu sein wie die anderen. Coop kritzelte eine Notiz, um Harry daran zu erinnern, dass sie das Teammitglied war, das Coop ein zweites Mal befragt hatte, weil ihre Familie an Alzheimer erkrankt war.

Dr. Miller war der letzte Termin vor ihrer Mittagspause. Coop überprüfte seine Schuhe und stellte fest, dass er die braunen Schnürschuhe trug, die er schon einmal an ihm gesehen hatte. Er war ein düsterer Typ und führte keinen Small Talk. Er beantwortete die Fragen auf mechanische Art und Weise und zeigte sich nicht überrascht, als die Fragen nach Bestechungen oder Nötigungen gestellt wurden.

Nach der Untersuchung las Coop die Notizen durch, die er gemacht hatte, und wartete auf Harry. Sobald Dr. Miller gegangen war, kam Harry durch die Tür. »Bereit für eine Mittagspause, Coop?«

»Mehr als bereit. Wir treffen uns um halb drei wieder hier. Ich werde Mittagessen holen und es Chandler bringen, und dann bringe ich ihn für seinen Test mit.« Coop hielt an einem Feinkostladen und holte sich sein Essen. Er fand Chandler angezogen und wartend vor. Trevor war gerade dabei, das Kamerasystem zu optimieren und Chandler zu zeigen, wie er es mit seinem Handy überwachen konnte.

Nach einem schnellen Mittagessen fuhr Coop Chandler zum Campus und half ihm, das Gebäude zu betreten. Harry schloss die Monitore an und begann mit seinen Fragen. Chandler antwortete ohne zu zögern und blieb während des gesamten Prozesses ruhig und gelassen.

Als er fertig war, packte Harry seine Sachen zusammen und versprach, seinen Bericht morgen früh per E-Mail zu schicken. Coop setzte Chandler bei sich zu Hause ab und holte Gus aus dem Büro. Er ließ seinen Notizblock mit zwei eingekreisten Namen auf seinem Schreibtisch liegen. Zwei der Ärzte in Chandlers Team hatten auf die Frage, ob sie schon mal gebeten worden waren, das als CX-232 bekannte Medikament zu beschaffen, mit Ja geantwortet. Der eine war Dr. Harris, der andere war eine Überraschung.

KAPITEL ZWÖLF

Die Mitarbeiter von *Harrington and Associates* verbrachten den Donnerstagvormittag mit Recherchen und überprüften die Verbindungen zwischen den Drohnachrichten und den Wissenschaftlern in den sozialen Medien. Sie untersuchten die Hintergründe der Besucher und suchten nach Verbindungen zwischen ihnen und einem der Wissenschaftler.

Coops Konferenztisch war mit Akten und Papierkram bedeckt. Die Papiere, die er sicher aussondern konnte, legte er auf einen Stapel auf dem Sideboard. Das Küchenpersonal machte den größten Teil der weggeräumten Akten aus. Auch die von Melissa, Neils Assistentin, stellte er auf das Sideboard.

Coop machte eine Pause und füllte seine Tasse in der Küche nach, wobei er ein wenig Kaffee auf sein lustiges T-Shirt spritzte. Sein Shirt mit der Aufschrift *Sei froh, dass ich kein Zwilling bin!* war dunkelbraun. Coop wischte die Flecken weg und war dankbar, dass es nicht eines seiner weißen T-Shirts war. Obwohl er Dutzende in seiner Sammlung hatte, hütete er sie. Als er das letzte Mal eines mit Löchern getragen hatte, hatte AB ihn wochenlang gedrängt, es wegzuwerfen. Sie hatte ihn erst überzeugen können, nachdem sie tagelang das Internet durchforstet und einen Ersatz gefunden hatte.

Während er sich sein Hemd abtupfte, rief AB von ihrem Schreibtisch aus. »Harry hat gerade seinen Bericht gemailt. Ich lege ihn auf deinen Schreibtisch.«

Coop schnappte sich einen Snickerdoodle von dem Teller auf dem Tisch und eilte in sein Büro. Er überflog den Bericht, blätterte durch die üblichen Haftungsausschlüsse und kam zum Kern der Analyse. Harry erstellte für jeden Prüfling einen eigenen Bericht und eine Gesamtzusammenfassung. Seiner Meinung nach gab es keine Hinweise auf eine Täuschung seitens Chandler oder seiner Teammitglieder. Er stellte fest, dass die Reaktionen auf die Fragen zur Nötigung höchstwahrscheinlich überraschend waren und dass auf der Grundlage der von ihm zur Bewertung der Antworten verwendeten Punktezahl keiner von ihnen gelogen hatte.

Dr. Devi war die andere Ärztin, die angegeben hatte, dass sie nach der Beschaffung des neuen Medikaments gefragt worden war. Sie wurde daraufhin gefragt, ob sie aufgrund der Anfrage etwas unternommen hätte, was sie verneint hatte. Auch auf die Frage nach der Mitnahme des Medikaments aus dem Sicherheitslabor hätte es keinen Hinweis auf Täuschung gegeben.

Coop wollte die Informationen mit Chandler teilen, bevor er mit Dr. Devi sprach. AB kam durch seine Bürotür. »Ich habe es gerade fertig gelesen. Was hältst du von Dr. Devis Antwort?«

»Bin mir nicht sicher. Wir müssen mit ihr sprechen und ihre Antwort ein wenig untersuchen.«

»Ich habe eine Kopie an Ben geschickt, damit er Bescheid weiß.«

»Wie weit bist du?«

»Wir sind noch nicht einmal annähernd fertig. Ich denke, es wird noch einige Tage dauern, bis wir es durchgegangen sind.«

»Ich fahre zu Chandler und dann wahrscheinlich zu *Borlund*, um der Antwort von Dr. Devi auf den Grund zu gehen. Ich werde Gus für den Tag hier lassen.«

Noch im Bademantel begrüßte Chandler Coop und führte ihn ins Wohnzimmer. »Dr. Devi hat mir den ganzen Morgen SMS geschrieben und mich angerufen. Sie sagte, sie müsse etwas erklären, bevor ich den Lügendetektorbericht bekomme.«

Coop nahm eine Tasse Kaffee entgegen, und als er den ersten Schluck nahm, konnte er feststellen, dass er koffeinhaltig war. Er ließ die verbotene Flüssigkeit in seinem Mund verweilen, bevor er sie herunterschluckte. Er betrachtete die Tasse in Standardgröße und dachte sich, dass es nur ein paar Esslöffel mehr waren, als er sich jeden Tag gönnte.

»Deshalb bin ich hier. Ich wollte dich wissen lassen, was wir herausgefunden haben, und deine Meinung dazu hören.« Er zeigte Chandler den Bericht und erklärte, dass Dr. Devi auf die Fragen nach der Beschaffung von CX-232 reagiert hatte, es aber keinen Hinweis darauf gäbe, dass sie etwas davon aus dem Sicherheitslabor entfernt hatte.

»Soll ich sie anrufen und fragen, was sie sagt?«

»Wenn es dir recht ist. Ich könnte mich mit ihr treffen, wenn du das möchtest.«

Chandler drückte seine Schläfen zusammen. »Ich habe nie an jemandem aus dem Team gezweifelt. Ich bin nur ratlos.«

Coop nickte. »Lass mich mit ihr reden und ein paar Antworten bekommen. Ich werde ihr sagen, dass es dir nicht gut geht und du mich gebeten hast, einzugreifen.«

Chandler ließ sich in den Sessel zurücksinken, in dem er saß, und seufzte. »Das ist wahrscheinlich das Beste. Ich fange an, an meiner Fähigkeit zu zweifeln, Menschen zu beurteilen.«

Coop verbrachte einige Zeit bei Chandler, versuchte, ihn von den aktuellen Umständen abzulenken, und besorgte ein paar Dinge für ihn. Nachdem er den Patienten mit Snacks und einer Serie, die er Chandler empfohlen hatte, versorgt hatte, machte er sich auf den Weg zu *Borlund*.

In der Annahme, dass Dr. Devi im Labor sein würde, fragte er Amanda, ob er Chandlers Konferenzraum benutzen könne. Sie rief Dr. Devi, die innerhalb weniger Minuten eintraf.

Ihre Augen waren groß und müde. Er bot ihr einen Stuhl an und sagte: »Chandler hat Ihre SMS erhalten. Ich habe ihn erst heute Morgen besucht, und er ist heute nicht in der Lage, ein Gespräch zu führen.«

Sie nickte verständnisvoll. »Ich muss ihm etwas erklären. Ich wollte ihn kontaktieren, bevor er den Bericht über die Untersuchungen erhält.«

»Er bat mich, mit Ihnen zu sprechen. Ich habe auch eine Kopie des Berichts von gestern erhalten.«

Sie ließ die Schultern sinken. »Ich habe die Fragen wahrheitsgemäß beantwortet. Ich weiß, dass wir mit Ja oder Nein antworten mussten, aber ich konnte keine Erklärungen abgeben. Ich wollte, dass Dr. Hollund versteht, warum ich auf die Frage nach der Beschaffung von CX-232 mit Ja geantwortet habe.«

»Die Ergebnisse des Prüfers deuten auf keine Täuschung Ihrerseits hin. Er war der Meinung, dass Sie Ihre Antworten wahrheitsgemäß gegeben haben. Ich bin froh, Ihre Erklärung zu hören, und gebe diese Information gern an Chandler weiter. Er versucht, sich auszuruhen und zu stärken, damit er bald wieder arbeiten kann.«

»Jaja. Wir alle möchten, dass er wieder an die Arbeit geht. Ich will nicht, dass er an meiner Loyalität ihm gegenüber oder zu unserem Projekt zweifelt. Ich stamme aus Indien, ebenso wie mein Mann. Wir haben dort noch Familie. Wir sind beide Ärzte. Viele unserer unmittelbaren Familienmitglieder leben hier in Amerika, aber ich habe einen Onkel, der noch in Indien lebt. Er hat mehrere Kinder und Enkelkinder. Vor allem einer von ihnen ist weder fleißig noch erfolgreich. Er ist ein Ganove. Er bittet immer um Geld und meint, er verdiene mehr.«

Sie drehte eines der glänzenden Armbänder, die sie an ihrem Handgelenk trug. »Mein Vater unterhält sich mit meinem Onkel, und er spricht gerne über unser Leben hier in Amerika. Er neigt dazu, mit unseren Erfolgen zu prahlen. Am Ende des Sommers erhielt ich einen Anruf von Ranjan, einem entfernten Cousin von mir. Er verlangte, dass ich einige der von uns entwickelten und in der Entwicklung befindlichen Medikamente beschaffe und nach Indien bringe, damit er sie an Leute verkaufen kann, die gefälschte Medikamente herstellen wollen.« Sie schüttelte verzweifelt den Kopf. »Ranjan lebt mit anderen wie ihm zusammen. Sie verdienen ihren Lebensunterhalt nicht durch Arbeit, sondern indem sie stehlen und Menschen bedrohen. Sie haben schon Touristen von der Straße geholt und Geld für ihre sichere Rückkehr verlangt.«

Sie schüttelte den Kopf. »Ich habe natürlich Nein gesagt. Ich würde nichts für ihn stehlen und habe ihm gesagt, dass das, was er tut, falsch ist. Er sagte, mein Onkel und meine Tante, seine Urgroßeltern, wären verletzt, wenn ich das nicht für ihn tun würde.« Sie holte tief Luft. »Ranjan sagte mir, dass die Schläger, mit denen er zusammenarbeitet, schreckliche Dinge tun würden.«

Coop fragte: »Ist Ihrem Onkel oder seiner Familie etwas zugestoßen?«

Sie schüttelte den Kopf. »Nein. Ich rief meinen Vater an und sagte ihm, er müsse mit seinem Bruder sprechen und ihm Ranjans schrecklichen Plan und seine kriminellen Verstrickungen erklären. Mein Vater und ich haben ihnen Geld geschickt, damit sie schnell verschwinden können. Mein Vater hat versucht, meinen Onkel davon zu überzeugen, Ranjan bei der Polizei zu verpfeifen.«

Coop fragte sie nach dem Datum des Anrufs und der Geldüberweisung sowie nach dem Namen und den Kontaktdaten ihres Vaters und den vollständigen Namen ihres Onkels und ihres Cousins. Er machte sich Notizen, als sie sich an die Fakten erinnerte, und nannte die Nummer ihres Sparkontos.

Er studierte ihr Gesicht und sah die Angst und Traurigkeit in ihren Augen. »Es tut mir leid für Ihre Familie. Ich bin sicher, es ist stressig und schwer für Sie.« Sie nickte, während die Tränen drohten. »Nur um das klarzustellen, das war das einzige Mal, dass Sie gebeten wurden, CX-232 von *Börlund* zu beschaffen?«

Sie runzelte die Stirn. »Ja! Ja! Das war das einzige Mal. Ich wusste, dass es nichts mit der Vergiftung von Mr. Borden zu tun hatte, aber ich wollte ehrlich sein.«

»Und Sie haben diesen Vorfall mit Ihrer Familie nie jemandem hier auf der Arbeit erzählt?«

Sie schaute nach unten und schüttelte den Kopf. »Nein«, flüsterte sie. »Ich habe mich geschämt. Ranjan ist ein Schandfleck. So ist meine Familie nicht. Wir sind harte Arbeiter und ehrliche Menschen.«

»Ich verstehe. Ich werde Chandler über die Umstände informieren. Es war richtig, wahrheitsgemäß zu antworten.«

»Wir warten auf Nachricht von meinem Onkel. Er hat schließlich zugestimmt, die Polizei zu kontaktieren, aber er befürchtet, dass sie die Stadt, in der sie leben, verlassen müssen. Sie werden vor Ranjans Freunden nicht mehr sicher sein. Mein Vater hat angeboten, ihnen bei der Umsiedlung zu helfen.«

Coop stand auf und öffnete die Tür für Dr. Devi. »Ich hoffe, dass sich die Dinge für Ihren Onkel und seine Familie zum Guten wenden. Nochmals, es tut mir leid für Ihren Ärger.«

Er folgte ihr nach draußen und bedankte sich bei Amanda, bevor er zurück ins Büro ging. Gus begrüßte ihn an der Tür mit einem wilden Schwanzwedeln. Coop fand AB am Konferenztisch sitzend vor, umgeben von Berichten und Akten.

»Und, wie ist es gelaufen?«, fragte sie.

»Sie hatte eine plausible Erklärung für ihre Antworten. Könntest du ihren Finanzbericht heraussuchen und mich einen Blick darauf werfen lassen? Ich brauche die Kontoauszüge für das Sparkonto.« Während AB in den Ordnern wühlte, erzählte er ihr von Dr. Devis entferntem Cousin und seinen Erpressungsversuchen.

AB huschte zu ihrem Schreibtisch und kam mit einem Bericht zurück. »Ich habe das Sparkonto nicht. Es läuft auf den Namen ihres Mannes.« Sie blätterte durch die Seiten und fuhr mit dem Finger eine Liste von Transaktionen ab. »Hier ist eine Überweisung auf ein Konto bei der gleichen

Bank von Ende August.« Sie buchstabierte den Nachnamen des Kontoinhabers.

Er nickte. »Das ist ihr Vater. Es stimmt also.«

»Jetzt sind wir wieder am Anfang«, sagte sie und blies sich die Ponyfransen aus den Augen.

Am Freitagmorgen erhielt Coop eine SMS von AB, in der sie mitteilte, dass sie krank wäre und den Tag über zu Hause bleiben müsste. Coop kam noch vor Ben bei *Peg's* an. Er genoss das kräftige und warme Getränk, nach dem er sich wie nach Sauerstoff sehnte, während er wartete.

Er ließ Myrtle seinen Kaffee nachschenken, als Ben zur Tür hereinkam. »Hey, tut mir leid, dass ich zu spät bin. Die Kinder konnten ihre Hausaufgaben nicht finden.« Er griff nach dem Zuckerstreuer. »Es wird einer dieser Tage.«

»Ja, AB ist heute krank.«

»Oh, oh. Das bedeutet, dass du heute ohne Aufsicht eines Erwachsenen bist.« Ben lachte, als Myrtle kam, um ihre Bestellungen aufzunehmen.

»Habt ihr euch schon entschieden?«, fragte sie. »Wir haben diese Crêpes, die AB so sehr mag.«

»Sie ist zu Hause und fühlt sich heute nicht wohl.«

»Ach, das arme Kind. Ich gebe eine Bestellung für Hühnersuppe auf, und du kannst sie ihr bringen.« Sie nahm die Bestellungen auf und überließ es den beiden, bei ihrem wöchentlichen Frühstückstreffen die Probleme der Welt zu lösen.

»Wir haben bei der Ex-Frau nachgeforscht und können nichts finden, was sie mit dem Wegwerfhandy oder Neil in Verbindung bringt. Ich denke, sie ist sauber«, sagte Ben.

»Das überrascht mich nicht. Sie hat keine Anzeichen

gezeigt, dass sie lügt, als wir online gesprochen haben.« Er schüttelte genervt den Kopf. »Wir stoßen einfach auf eine Mauer nach der anderen.«

Coop erläuterte die Ergebnisse der Lügendetektortests und die Situation von Dr. Devi, bevor Myrtle mit ihren Frühstückstabletts eintraf. »Ich werde heute in Chandlers Fall nicht viel vorankommen. Wenn AB nicht da ist, muss ich ein paar Berichte für einen Scheidungsfall und einen Betrug bei der Arbeiterunfallversicherung erstellen. Setzt dich der Staatsanwalt schon unter Druck, den Fall abzuschließen?«

Ben wischte sich den Mund ab und schüttelte den Kopf. »Nein, noch nicht. Ich bin nicht zuversichtlich, dass wir einen anderen Verdächtigen als Chandler vorweisen können. Er ist unser bester Verdächtiger, aber du hast genug Indizien aufgedeckt, um Zweifel zu wecken. Zu diesem Zeitpunkt ist der Fall kein Selbstläufer.«

»Das ist eine Erleichterung. Ich möchte der Sache auf den Grund gehen, damit ich mich auf eine andere Arbeit konzentrieren kann.«

Myrtle kam mit einer Tüte mit einer Box zum Mitnehmen zurück. »Da ist genug Suppe drin, um AB über das Wochenende zu bringen. Ich habe noch ein paar Biscuits dazugelegt, falls sie etwas Nahrhafteres braucht. Sag ihr, ich hoffe, es geht ihr bald besser.«

»Das werde ich tun. Danke für den Vorschlag mit der Suppe.« Er nahm die Rechnung entgegen.

»Du benimmst dich heute. Ohne das Mädchen, das auf dich aufpasst, wirst du sicher viel Ärger bekommen.« Sie zwinkerte ihm zu.

Ben schmunzelte und Coop sagte: »Warum denken alle, dass ich nicht allein zurechtkomme?«

Ben deutete auf Coops Brust, auf der auf seinem grünen

T-Shirt stand: *Ich kann gut mit anderen zusammenarbeiten, solange sie mich in Ruhe lassen.*

»Du bist nur neidisch auf meine Sammlung. Gib es zu!«

Ben folgte Coop zu seinem Jeep und steckte Gus ein Stück Pfannkuchen zu, das er für ihn in eine Serviette eingewickelt hatte. »Oh, armer Kerl. Ohne AB wirst du heute wahrscheinlich verhungern.« Er schenkte Coop ein schiefes Grinsen und stieg in seinen Crown Victoria ein.

Coop stellte die Tüte auf den Boden der Beifahrerseite und beobachtete, wie die Nase des Hundes dem Duft der Suppe folgte. Huhn in jeder Form war Gus' Lieblingsessen. Er und Tante Camille waren so weit, dass sie das Wort buchstabieren mussten, sonst wurde Gus zu aufgeregt, wenn sie über Hühnchen sprachen.

Er machte einen Umweg zu ABs Haus und parkte dort. Er schickte ihr eine SMS, um sie wissen zu lassen, dass er draußen war und ein Carepaket für sie hatte. Ein paar Minuten später kam sie zur Tür, in eine schwere Decke gehüllt und hustend.

Er reichte ihr die Tüte. »Myrtle versichert mir, dass dies ein magisches Heilmittel sei.«

Sie schenkte ihm ein schwaches Lächeln und krächzte: »Ich könnte eine große Dosis Magie gebrauchen.«

Coop sagte ihr, sie sollte anrufen, wenn sie noch etwas brauche. »Ruh dich etwas aus!« Gus hatte sein Gesicht gegen das Fenster gepresst und wimmerte. »Gus vermisst dich«, sagte er.

Sie machten sich auf den Weg ins Büro und machten ein Feuer und eine Kanne Kaffee. Da AB nicht da war, beschloss er, zu schummeln und richtigen Kaffee zu trinken. Er würde ihn brauchen, um den Tag zu überstehen. Coop kramte in ABs Stapel und fand die Akten, die er noch fertigstellen musste. Er sammelte sie ein und stapfte in sein Büro.

Er arbeitete mehrere Stunden an den Berichten, während er das Telefon beantwortete und E-Mails prüfte. Als er den Abschlussbericht abheften wollte, stellte er fest, dass er keine Heftklammern mehr hatte. Er wusste, dass AB einen Vorrat in ihrer Schublade aufbewahrte.

Er öffnete die Schublade und fand die Schachtel zusammen mit einem Stapel Briefe, die an ihn adressiert waren. Auf dem Absender war der Name seiner Mutter gekritzelt, neben den Angaben des Bezirksgefängnisses in Vermont.

Er zog sie heraus und nahm die Schachtel mit den Heftklammern. Er legte die Umschläge auf die Kante seines Schreibtisches und konzentrierte sich auf die anstehende Aufgabe. Während er die Berichte abtippte, wanderte sein Blick zu den Briefen. Sie verhöhnten ihn. Er wandte sich ab, entschlossen, seine Arbeit zu beenden.

Er entschied sich, den Kühlschrank für das Mittagessen zu durchforsten, und wärmte sich eine Suppe auf, wobei er sich wünschte, er hätte vorher daran gedacht, Myrtles Suppe auch für sich selbst zu bestellen. Er aß an seinem Schreibtisch, während er arbeitete. Sosehr er auch versuchte, sich auf die anstehenden Aufgaben zu konzentrieren, schweiften seine Gedanken zu den Briefen, die AB ihm vorenthalten hatte.

Er wusste, dass sie versuchte, ihn zu beschützen. »Glaubt sie, dass ich nicht noch mehr Schelte von meiner Mutter verkrafte?«, fragte er Gus. Der Hund stellte seine Ohren auf, legte aber seinen Kopf auf die Stuhllehne.

Er schloss die Akten und steckte die Unternehmensberichte in einen Briefumschlag, nachdem er sie elektronisch übermittelt hatte. Auf seinem Mobiltelefon lief die Musik von Perry Mason.

»Hey, was ist los, Ben?«

»Ich habe Karten für das Predators-Spiel morgen Abend. Willst du mitkommen?«

Coops Stimmung hellte sich auf. »Das klingt großartig. Wie wär's, wenn wir zuerst zu Abend essen, auf meine Kosten?« Sie verabredeten, sich vor dem Spiel in einem ihrer Lieblingsgrillrestaurants in der Innenstadt zu treffen. Coop warf einen Blick auf die Uhr und stellte fest, dass er sich beeilen musste, um die Post noch abzuschicken.

Er machte sich auf den Weg durch das Büro, löschte das Licht, schaltete den Kopierer und die Kaffeemaschine aus und drehte die Heizung herunter. Mit Gus auf den Fersen machte er sich auf den Weg zur Alarmzentrale an der Hintertür. Er wollte gerade den Code eingeben, als er sich an die Briefe erinnerte.

Er eilte zurück, schnappte sie und steckte sie in seine Jackentasche. Nachdem er die Post abgegeben hatte, hielt er an und holte die Pizza, die er für heute Abend bestellt hatte. Tante Camille war zu einem ihrer Clubtreffen gegangen, und er hatte Mrs. Henderson gesagt, sie sollte sich keine Sorgen um das Abendessen machen.

Er holte den Pizzakarton, den Gus mit der Intensität eines Bombenspürhundes inspizierte, und machte sich auf den Weg nach Hause ins Wochenende. Er schaltete den Fernseher ein und legte ein paar Pizzastücke auf einen Teller, bevor er sich ein kaltes Bier holte.

Er schickte eine SMS an AB, um sich nach ihr zu erkundigen, während er sich auf einen Abend mit sinnlosem Fernsehen und Junkfood einrichtete. Er verputzte sein letztes Stück Pizza und verstaute den Rest im Kühlschrank. Gus schlief bereits auf der Couch neben ihm.

Er blätterte durch die Kanäle auf der Suche nach einer Flucht aus der Realität. Sein Telefon piepte, und er überflog die Antwort-SMS von AB. Sie fühlte sich besser und hatte fast den ganzen Tag geschlafen. Sie bestätigte die Superkraft der Suppe und bedankte sich nochmals bei ihm.

Seine Finger schwebten über den Tasten und er überlegte, ob er sie nach den Briefen fragen sollte. Er schickte ihr eine kurze SMS, in der er ihr mitteilte, dass er die Briefe in ihrer Schublade gefunden, aber nicht geöffnet hatte.

Sein Telefon piepte erneut, und er lächelte, als er die Nachricht las.

Ich wollte warten, bis wir mit dem Fall fertig sind. Ich habe nicht damit gerechnet, dass es gute Nachrichten wären, und dachte, du hast im Moment genug um die Ohren. Warte auf mich, bitte! Ich werde sie mit dir lesen.

Es war ihm unmöglich, länger als eine Minute auf AB wütend zu sein. Er antwortete und versprach, zu warten, bis sie dabei sein konnte, und das Ganze mit einem Sonntagsessen zu beenden, wenn sie dazu in der Lage wäre.

Ihre Antwort war typisch AB.

Ich müsste schon im Krankenhaus liegen, um das Sonntagsessen zu verpassen. Ich werde da sein.

Coop lehnte seinen Kopf an das bequeme Leder und lächelte. Ihm wurde klar, dass er die Briefe nicht ohne sie lesen würde.

KAPITEL DREIZEHN

Die Wochenendpläne für Coop bestanden nur aus Spaß. Zur Abwechslung mal keine Arbeit. Coop verbrachte einen faulen Samstagmorgen mit Tante Camille. Ihr Club plante für nächsten Monat eine extravagante Gala, und sie freute sich darauf, Coop die Einzelheiten mitzuteilen.

Er hörte ihr zu, wie sie das Abendessen und die Spendenaktion beschrieb, die sie mitorganisierte. Er und Gus machten einen Spaziergang in den Park. Als er seine Hand in seine Tasche steckte, spürte er das Gewicht der Briefe seiner Mutter. Er schob sie tiefer in die Tasche und griff stattdessen nach einem Ball.

Gus tobte durch das Gras, jagte dem Ball nach und brachte ihn zu seinem Herrchen zurück. Der Hund machte sich einen Spaß daraus, Coop zu ärgern, indem er jedes Mal seinen Kopf bewegte, wenn Coop nach dem Ball griff. Nach einer Stunde des Ringens und Lachens mit Gus war jede Sorge über die Beziehung zu seiner Mutter verflogen.

Nachdem er ein paar kleinere Arbeiten im Haus erledigt

hatte, machte er sich für den Abend mit Ben fertig. Er fand Tante Camille in ihrem Wohnzimmer, wo Gus auf dem Kissen neben ihr saß. Sie schaute über ihre Lesebrille hinweg: »Du siehst aus wie ein offizielles Teammitglied in deinem Gold und Marineblau.«

Er setzte seine Cap auf und sagte: »Ich bin weg. Du bist ein guter Junge für Tante Camille«, sagte er und klopfte Gus auf den Kopf.

»Oh, wir haben große Pläne. Er wird mir bei der Auswahl der Tischdekoration und des Menüs für unsere Gala helfen. Stimmt's, Gus?« Sie streichelte sein Ohr.

Die sanften braunen Augen des Hundes flehten Coop an. »Tut mir leid, Großer. Du kannst heute Abend nicht mitkommen.« Der Hund stieß einen Seufzer aus und legte seinen Kopf an Camilles Bein.

Coop machte sich auf den Weg in die Innenstadt und fand einen Parkplatz. Er wusste, dass er sich mit fast zwanzigtausend anderen Fans um einen Platz streiten würde. Er und Ben parkten beide in der Garage des Gerichtsgebäudes.

Coop ging die paar Blocks zum Restaurant und schlängelte sich durch den Barbereich, der voller lauter Fans war, die sich auf das Spiel vorbereiteten. Er fand Ben an einem Tisch. Sie stopften sich mit kräftigen Portionen geräucherter Rinderbrust und Pulled Pork voll, dazu gab es jede Menge Beilagen und literweise süßen Tee.

Je näher die Spielzeit rückte, desto voller wurde der Platz. Sie bezahlten ihre Rechnung und machten sich auf den Weg durch die überfüllten Straßen zur *Bridgestone Arena*. Jen hatte Ben Karten für die *Predators* für zehn Spiele geschenkt. Im Grunde hatte sie Coop dasselbe Geschenk gemacht, da sie kein eingefleischter Eishockeyfan war und bei den meisten Spielen freiwillig ihren Platz zur Verfügung stellte.

An allen Eingängen bildeten sich lange Schlangen. Ben musste sich beim Sicherheitsdienst melden, da er bewaffnet war. Ben ging nie ohne seine Waffe irgendwohin, und er war technisch gesehen jede Minute des Tages auf Abruf. Er sah einen der Sicherheitsleute, den er kannte, und winkte ihm zu. Clyde hatte sich aus dem Polizeidienst zurückgezogen und arbeitete in Teilzeit in der Arena. »Hey, Chief, wie geht's?« Er schüttelte Coop die Hand, als sie zum Sicherheitsbüro gingen.

Sie unterhielten sich einige Minuten lang mit einigen der anderen Beamten, während Clyde Bens Waffen und seine Daten in das Formular eintrug. »Du trägst heute Abend keine Waffe, Coop?«, fragte er.

Coop hob die Hände: »Nein, ich bin heute Abend sauber.« Clyde schob Coop durch den Metalldetektor und führte Ben um ihn herum, während er sie zum VIP-Eingang der Arena begleitete.

»Viel Spaß beim Spiel«, sagte Clyde, als er sie zu ihren Plätzen führte.

Sie hatten eine großartige Aussicht, denn sie saßen im ersten Block direkt neben dem Eis, nur ein paar Reihen weiter oben, konnten aber das gesamte Geschehen sehen. Obwohl die Spielzeit nur sechzig Minuten betrug, waren sie über zwei Stunden im Stadion. Die *Predators* gewannen, und wenn keine Katastrophe passierte, würden sie über die *Arizona Coyotes* triumphieren.

Unter dem lauten Jubel der Fans winkte Ben Coop zu sich, und sie gingen die Treppe hinauf, um sich vor den Tausenden von Eishockeyfans einen Weg nach draußen zu bahnen. Ben war kein Freund von Menschenmassen, aber seine Liebe zum Eishockey übertrumpfte seine Abneigung gegen große, schreiende Menschenmassen, von denen die meisten mit Bier vollgepumpt waren.

Sie schlängelten sich durch die Arena und nach draußen, wo es an diesem knackigen Tag geradezu eisig war. Die Straßen waren weniger bevölkert, und sie hörten den lauten Jubel nur, wenn sie an Restaurants oder Bars vorbeikamen, in denen sich Fans zum Feiern versammelten.

Als sie die Häuserblocks zum Gerichtsgebäude durchquerten, traten zwei junge Männer aus einer dunklen Gasse. Einer von ihnen schwang ein Messer und sagte: »Gebt uns euer Geld!«

Ben sah Coop an. Coop warf mit einer schnellen Bewegung die Hände hoch. »Sei nicht dumm!«, sagte er.

Die beiden wurden durch Coops Bewegungen abgelenkt, und Ben zog seine Waffe und sagte: »Polizei. Lass das Messer fallen und nimm die Hände hoch!«

Der unbewaffnete Mann wandte seinen Blick von Coop ab, als er Ben hörte, was Coop einen Moment Zeit zum Handeln gab. Er stürmte nach vorne und schlug den jungen Mann gegen die Schulter, sodass er zu Boden ging. Coop drehte ihn dann um und setzte sich auf seinen Rücken.

Der Angriff lenkte die Aufmerksamkeit des Mannes mit dem Messer auf sich, der sich umdrehte und zusah. Ben stürzte nach vorne, schlug dem jungen Mann das Messer aus der Hand und schleuderte ihn gegen die Hauswand. »Ihr habt euch heute Abend die falschen Leute ausgesucht«, sagte er, während er ihn abtastete und ihm Handschellen anlegte.

Er benutzte sein Telefon, um Verstärkung zu rufen, und innerhalb weniger Minuten hielt ein Streifenwagen mit Blaulicht auf dem Gehweg. Die Beamten legten dem Mann, den Coop überwältigt hatte, Handschellen an. Ein weiterer Streifenwagen traf ein und nahm den Verdächtigen in Gewahrsam, dem Ben die Handschellen angelegt hatte. Ben fand Handys, Kreditkarten, Schmuck und ein Bündel Bargeld bei seinem Möchtegern-Räuber, und als die

Beamten Coops Angreifer durchsuchten, fanden sie noch mehr davon.

Ben sah sich die Gasse an und entdeckte mehrere Müllcontainer. »Durchsucht die Container und den Boden. Macht ein paar Lichter an. Ich glaube, sie haben die Brieftaschen weggeschmissen.«

Nachdem er seinen Jeep geholt hatte, folgte Coop Ben zur Polizeiwache, um eine Aussage zu machen. Er kam erst gegen Mitternacht nach Hause. Bei Tante Camille war das Licht aus, und Gus schlief neben Coops Tür und wartete auf ihn.

Das Adrenalin, das ihn in den letzten Stunden, während und nach dem Handgemenge mit den beiden Ganoven, angetrieben hatte, begann zu schwinden. Gus folgte ihm in seinen Flügel des Hauses und ließ sich auf sein Bett plumpsen. Coop tat das Gleiche ein paar Minuten später.

***

Am Sonntagmorgen wachte Coop durch den Geruch von frisch gebrühtem Kaffee auf. Er hatte acht Stunden lang durchgeschlafen. Das war ein unerwartetes Geschenk. Er fand Gus mit Tante Camille in der Küche. Er war überzeugt, dass der Hund kochen könnte, wenn er Daumen hätte.

Tante Camille hatte bereits gegessen, stellte aber einen Teller für Coop bereit. »Habt ihr euch gestern Abend amüsiert?«, fragte sie und stellte seine übergroße Lieblingstasse Kaffee vor ihn hin.

»Das Abendessen war gut, und das Spiel hat viel Spaß gemacht. Wir hatten tolle Plätze. Die Aufregung kam erst nach dem Spiel.«

Während er aß, unterhielt er sie mit einer detaillierten Beschreibung ihrer Begegnung mit den Straßenräubern. Als er zu dem Teil kam, in dem der Ganove ein Messer schwang, schnappte Tante Camille nach Luft. »O mein Gott, Cooper. Ihr hättet verletzt werden können.«

»Nicht mit Ben an meiner Seite. Er hat immer mindestens zwei Pistolen bei sich. Der Kerl ist so cool wie Eis. Es war ein *Takedown* wie aus dem Lehrbuch. Wir waren ein tolles Team. Schade, dass es nicht auf Video aufgenommen wurde.«

Sie schüttelte den Kopf und lächelte. »Diese Hooligans haben sich mit den falschen Typen angelegt.«

Ihr Gespräch drehte sich um einige von Onkel Johns denkwürdigsten Geschichten. »Erinnerst du dich daran, als er vier Dutzend offene Haftbefehle an einem Tag vollzogen hat?«, fragte Tante Camille.

Coop grinste. »Ja, er hat sie alle angerufen, um ihnen mitzuteilen, dass sie einen Preis gewonnen haben und ihn persönlich abholen müssen. Das war unbezahlbar.«

Sie verweilten am Tisch und Coop sah, wie die Augen seiner Tante funkelten, als sie von ihrem verstorbenen Mann sprach. »Dein Onkel wäre so stolz auf dich, Coop.«

Er tätschelte ihre Hand und sagte: »Das bedeutet mir sehr viel. Ich wünschte nur, er wäre noch an meiner Seite.«

Nach einem Besuch im Fitnessstudio zog Coop sein T-Shirt mit dem Spruch *Möge der Kaffee stark und der Montag kurz sein* an, das ihm sein Bruder zu Weihnachten geschenkt hatte. Als er im Büro ankam, fand er AB vor, die sich den Rücken am Feuer wärmte, mit einem verschmitzten Grinsen im Gesicht.

Gus hüpfte zu ihr und wartete darauf, geknuddelt zu werden. Coop zog seine Jacke aus, und sie sagte: »Nettes Shirt. Perfekt für heute.«

Er wirbelte herum wie ein Model auf einem Laufsteg. »Was macht dich an diesem frühen Montagmorgen so schlau?«

»Ich glaube, ich habe eine Verbindung gefunden.«

Coops Augen flackerten vor Interesse. »Erzähl!«

»Ich habe die Profile in den sozialen Medien durchforstet und nach Verbindungen zwischen den Personen in unserem Verdächtigenpool und den Wissenschaftlern gesucht. Heute Morgen bin ich endlich auf etwas gestoßen. Einer der Besucher bei *Borlund* am Tag des Mordes – Scott Rayburn. Laut Protokoll ist er aus dem Bundesstaat Tennessee. Er überprüft die Einhaltung der Vorschriften und war im Verwaltungsbereich, um eine Art Betriebsprüfung durchzuführen. Jedenfalls ist einer der Hausmeister, Brett, als Freund von Scott aufgeführt. Und nicht nur das, Scott hat auch einen Freund, der den gleichen Nachnamen trägt wie einer unserer Hassmailer, Mr. Benning.«

Sie fuhr fort zu erklären, dass sie keine direkten Verbindungen zwischen den Hassmailern und jemandem bei *Borlund* gefunden hatte, sondern damit begonnen hatte, in deren Freundeskreisen zu forschen. Sie entdeckte eine Person namens Cole Benning, der ein Neffe des Hassmailers war. »Cole ist ein Social-Media-Freund des Prüfers, der die Einrichtung am Morgen von Neils Ermordung besuchte.«

Coop blinzelte, als er versuchte, dem zu folgen. Coop war kein Nutzer von sozialen Medien. Er verabscheute das Konzept, aber es hatte sich bei vielen seiner Ermittlungen als eine Fundgrube für Informationen erwiesen.

»Okay, ich glaube, ich habe es verstanden. Wir müssen also den Betriebsprüfer hinzuziehen und herausfinden, was er uns sagen kann, und uns mit Cole Benning unterhalten, um zu sehen, wie tief sein Hass auf Borlund ist.«

»Ich werde mich mit ihnen in Verbindung setzen und Termine für dich vereinbaren«, schlug sie vor.

Coop fand ein Foto von Scott Rayburn im Internet und scannte die Kameraaufzeichnungen von *Borlund*, bis er ihn fand. Er beobachtete, wie er um neun Uhr neunundzwanzig das Gebäude betrat, und sah ihn am Sicherheitsschalter.

Dann entdeckte er ihn in der Cafeteria. Coop durchsuchte die Kameras nach einem Blick auf die Ausgabeschlange und sah, wie Scott sich ein Gebäck und eine Tasse Kaffee nahm. Ein paar Minuten später verließ er die Cafeteria und ging in Richtung der Herrentoilette. Coop nahm seine Spur wieder auf, als er aus der Toilette kam und die Haupttreppe in der Lobby benutzte.

Er überwachte die Kameras und sah, wie Scott das Verwaltungsgebäude im zweiten Stock betrat. Eine Stunde und zehn Minuten später verließ Scott die Suite und nahm erneut die Treppe. Vier Minuten später meldete er sich am Sicherheitsschalter ab und verließ das Gebäude um elf Uhr sieben.

Er schickte Ben eine SMS, um ihn über die Ergebnisse auf dem Laufenden zu halten, und bat seine Techniker, Scott Rayburn ausfindig zu machen und einen Blick auf seine Schuhe zu werfen. AB erschien in der Tür und sagte: »Du bist heute Nachmittag mit Scott in seinem Büro verabredet. Brett beginnt seine Schicht bei *Borlund* heute Nachmittag um drei, also kannst dort vorbeigehen, wenn du fertig bist, und ihn überraschen.«

Seine Lippen verzogen sich zu einem listigen Lächeln. »Ich mag, wie du denkst, AB.« Sie verbrachten den Rest des Vormittags damit, die Social-Media-Profile von Scott und Brett zu durchsuchen. Sie fanden nichts Verdächtiges und keine weiteren Verbindungen zwischen anderen Personen, die mit *Borlund Sciences* verbunden waren.

Coop ließ Gus bei AB zurück und fuhr ein paar Meilen nördlich der Innenstadt zu einem unscheinbaren Bürogebäude. Der Regierung ging vor Jahren der Platz in den staatlichen Gebäuden aus und sie verlegte einige Abteilungen in gemietete Büros. Das Arbeitsministerium beanspruchte mehrere Stockwerke des Gebäudes.

Coop fand Scotts Büroräume und wurde zu einer Sitzecke in der Mitte des Raumes geführt. Coop stellte sich vor und erklärte, dass er mit der Polizei und Mr. Hollund zusammenarbeitete, um den Tod von Neil Borden zu untersuchen. Scott führte Coop in einen kleinen Konferenzraum am Rande des Labyrinths von Arbeitsplätzen.

»Ich habe von seinem Tod in der Zeitung gelesen und war fassungslos, als ich erfuhr, dass es sich um einen Mord handelt. Wie kann ich helfen?«, fragte Scott und bot Coop einen Stuhl an. »Ich habe Mr. Borden und Mr. Hollund nie getroffen. Mein Hauptansprechpartner dort ist Paula in der Lohnbuchhaltung.«

»Ich schaue mir die Leute an, die am Tag des Mordes im Gebäude waren. Sie waren an diesem Morgen dort.«

»Ja, ich habe die Prüfung, die wir vor ein paar Monaten durchgeführt haben, weiterverfolgt.«

»Wie ist Ihre Einschätzung?«, fragte Coop.

»Hm? Oh, gut. Keine Probleme. Die haben ein tolles Personal.«

»Erzählen Sie mir von Ihrem Besuch bei *Borlund* an diesem Tag. Wo sind Sie in dem Gebäude hingegangen? Mit wem haben Sie gesprochen, als Sie dort waren?«

Scott lehnte sich auf seinem Stuhl zurück und runzelte die Stirn. »Mal sehen, ich war zuerst hier im Büro und würde schätzen, dass ich gegen halb zehn dort ankam. Ich meldete mich beim Sicherheitsdienst an und ging nach oben, um Paula zu treffen. Ich habe mit dem Mann am Sicherheitsschalter und der Empfangsdame in der Buchhaltung gesprochen, außerdem mit Paula. Ich glaube, das war's.«

»Waren Sie in der Cafeteria oder in anderen Bereichen?«

Seine Augen weiteten sich. »O ja. Ich habe in der Cafeteria angehalten. Die haben tolles Gebäck. Ich habe mir eins und einen Kaffee geholt, bevor ich nach oben gegangen bin.«

»So, das war's. Sicherheitsdienst, Cafeteria, nach oben zu Paula, und dann waren Sie fertig?«

Scott nickte. »Das ist alles, woran ich mich erinnere.«

»Haben Sie den Aufzug benutzt? Die Toilette?«

»Kein Aufzug. Ich versuche, die Treppe zu benutzen.« Er klopfte sich auf den Bauch. »Ich muss mich bewegen, wann ich kann, besonders wenn ich dieses Gebäck esse.« Er lachte und fügte dann hinzu: »Oh, ich habe die Herrentoilette am Ende des Flurs neben der Cafeteria benutzt.«

Coop kritzelte alles auf einen Zettel. »Woher kennen Sie Brett Adams?«

»Brett? Er ist einer der Eltern in der Fußballmannschaft meines Kindes.«

»Sind Sie oft mit ihm zusammen?«

Scott legte seine Stirn in Falten. »Nein, ganz und gar nicht.«

»Haben Sie ihn jemals bei *Borlund* besucht?«

Scotts Augen leuchteten anerkennend auf. »Ah, ich vergaß, dass er dort arbeitet. Das ist richtig. Nein, ich habe Brett nie bei der Arbeit besucht.«

»Ihre Beziehung zu Brett beschränkt sich also auf Ihre Interaktionen bei Fußballspielen?«

»Genau. Ja, genau. Wir laufen uns dort über den Weg. Begrüßen uns und plaudern über die Kinder. Die Eltern bringen abwechselnd Snacks zum Training und so weiter. Manchmal nehmen wir andere Kinder mit. Das ist das Ausmaß meiner Beziehung zu Brett.«

»Sie sind also Freunde in den sozialen Medien, weil …« Coop ließ den Satz offen.

»O ja. Alle Eltern stehen miteinander in Verbindung, da es eine einfache Möglichkeit ist, sich zu informieren und auf dem Laufenden zu bleiben. Der Trainer hat eine Seite für die Mannschaft. Alle Eltern sind dort vertreten.«

Coop nickte. »Okay, wie ich schon sagte, wir überprüfen alle.«

»Ich schätze, das tun Sie«, sagte Scott lachend. »Wenn Sie jemals einen Job als Rechnungsprüfer wollen, lassen Sie es mich wissen. Sie haben offensichtlich ein Auge für Details.«

Coop lachte und fragte dann: »Sie haben auch eine Social-Media-Verbindung zu Cole Benning. Woher kennen Sie ihn?«

»Cole und ich spielen in einer Softball-Liga für Männer. Wir fangen erst im Mai wieder an.«

»Kennen Sie ihn schon lange?«

»Ein paar Jahre. Wir haben in der Ü-Vierzig-Liga zusammen in der gleichen Mannschaft gespielt. Ich kenne ihn nicht sehr gut, nur durch die Mannschaft.«

»Kennen Sie seine Familie? Vor allem einen Onkel namens Richard Benning?«

Scott schüttelte den Kopf. »Ich glaube nicht.« Er zuckte mit den Schultern. »Er könnte zu einem unserer Spiele gekommen sein. Ich kann es nicht mit Sicherheit sagen.«

»Haben Sie Cole jemals über *Borlund* sprechen hören? Dr. Hollund oder Mr. Borden?«

Scotts Augen zeigten Verwirrung, und er schüttelte den Kopf. »Nein, niemals.«

»Cole hat Sie nie über Ihre Arbeit in Bezug auf *Borlund* befragt?«

»Nein, Sir. Es ist nie zur Sprache gekommen.« Er runzelte die Stirn und fragte: »Was hat Cole mit Ihren Ermittlungen zu tun?«

»Wahrscheinlich nichts. Wir sind nur vorsichtig und untersuchen alles, was wir finden.«

Er dankte Scott für seine Mitarbeit und ließ ihn fassungslos im Konferenzraum sitzen. »Ich bin sicher, dass ich Sie nicht daran erinnern muss, dies vertraulich zu behandeln«, sagte Coop, als er zur Tür ging.

»Ja, natürlich. Das ist kein Problem.«

Coop lenkte den Jeep zurück in Richtung seines Büros und bog zu *Borlund* ab. Es war nach drei, also wusste er, dass Brett bei der Arbeit sein würde. Er hielt in Bernies Büro an und sagte ihm, dass er sich mit dem Hausmeister treffen müsste.

Bernie ging zu seinem Computer und scrollte durch einige Kameras. »Er ist in der Cafeteria. Um diese Tageszeit ist es dort menschenleer. Das sollte ein guter Treffpunkt sein.«

Coop stimmte zu und machte sich auf den Weg. Er fand Brett, der Tische und Stühle abwischte. »Hey, Brett, ich weiß nicht, ob Sie sich an mich erinnern.«

»Klar doch. Wie geht's Ihnen?«

»Gut, danke. Ich habe noch ein paar Fragen an Sie.«

»Sicher, setzen Sie sich!« Er wies ihn auf einen sauberen Tisch in der Nähe des Kamins.

»Wir überprüfen jeden, der am Tag von Neils Ermordung im Gebäude war. Uns ist aufgefallen, dass Scott Rayburn zu Besuch war, und wir haben auch erfahren, dass Sie über die sozialen Medien mit Scott in Verbindung stehen. Können Sie uns Ihre Beziehung zu Scott erklären?«

»Klar, sein Kind spielt mit meinem Fußball.«

»Hat er Sie jemals auf Ihre Arbeit hier in *Borlund* angesprochen oder Sie über irgendwelche Abläufe hier ausgefragt?«

Ein Ausdruck der Verwirrung huschte über Bretts Gesicht. »Nein. Er hat *Borlund* nicht einmal erwähnt. Wir sind nicht eng befreundet, nur verbunden wegen der Fußball-Sache. Alle Eltern sind über eine Teamseite verbunden.«

»Okay, ich musste es nur mal überprüfen. Danke für Ihre Zeit.«

Es war bereits Feierabend, als Coop vor dem Büro parkte. Er fand AB und Gus vor, die auf ihn warteten. »Ich habe mir Cole Benning angesehen. Er arbeitet an der Vanderbilt. In der Hausmeisterei. Ich habe etwas nachgeforscht, und er soll morgen arbeiten. Er fängt um sieben Uhr an.« Sie schaltete ihren Computer aus und sammelte ihre Sachen ein. »Ich dachte, du wolltest ihm keine Zeit lassen, sich eine Geschichte auszudenken.«

»Ich rufe Ben an und frage ihn, ob er bei dem Gespräch dabei sein will.« Er setzte sich neben den Kamin und Gus nahm eine Position neben ihm ein, in Reichweite zum Kuscheln. »Ich glaube nicht, dass da etwas dran ist.« Er fasste seine Gespräche mit Brett und Scott zusammen. »Wir werden sehen, was Cole über seinen Onkel und die Drohungen zu sagen hat.«

»Ich hatte gehofft, dass du von einem von ihnen etwas in Erfahrung bringen würdest. Ich schätze, das bedeutet, dass ich mich weiter durch alle Profile wühlen sollte.«

»Mal sehen, wohin Cole uns führt. Dann werden wir

entscheiden, wie wir weitermachen. Danke für all die harte Arbeit, AB.«

Sie bückte sich, nahm das Gesicht des Hundes in ihre Hände und sah Gus in die Augen. »Gute Nacht, mein Lieblingshund.« Sie stupste Coop auf dem Weg an ihnen vorbei an die Schulter. »Wir sehen uns morgen.«

Gus sah sie voller Bewunderung an, bevor er zu seinem Herrchen blickte. Coop konnte schwören, dass der Hund ihm zugezwinkert hatte. »Sie mag mich auch, weißt du«, sagte er. Gus legte den Kopf schief und warf Coop einen verwirrten Blick zu.

KAPITEL VIERZEHN

Am nächsten Morgen kam Kate mit einer Schachtel von ABs französischer Lieblingsbäckerei in Coops Büro vorbei. AB schenkte ihr eine Tasse Kaffee ein, und die drei setzten sich an den Küchentisch.

»Wir haben den Onkel überprüft und haben ihn nicht in unserem System – keine Strafzettel, nichts. Seine Frau ist vor ein paar Jahren gestorben, nur ein paar Wochen bevor er diesen Brief geschrieben hat«, sagt Kate.

»Hast du einen Blick in ihre Akte geworfen?«, fragte Coop.

Kate nickte, während sie einen Bissen von ihrem Croissant herunterschluckte. »Ja. Sie war Diabetikerin. Schon seit Jahrzehnten. Sie starb an Komplikationen und lag zum Zeitpunkt ihres Todes im Krankenhaus. Sie hatte *Borlunds* Medikament etwa ein Jahr lang genommen.«

»Lass uns Cole suchen und sehen, was er uns sagen kann«, sagte Coop und aß den Rest seines Kaffee-Eclairs auf. Gus versuchte gar nicht erst, Coop zu folgen, sondern stellte sich neben den Tisch, den Blick auf die Bäckereischachtel gerichtet, und wartete.

Kate fuhr und parkte neben dem Hausmeisterbüro. Sie fanden den Eingang schnell, und Kate stellte sich und Coop vor. Sie sagte: »Wir sind auf der Suche nach Cole Benning.«

»Ich hoffe, er ist nicht in Schwierigkeiten«, sagte der ältere Mann.

»Nein, Sir. Ich hoffe nur, dass er uns bei einer Untersuchung helfen kann, an der wir gerade arbeiten«, sagte Kate. »Es sollte nicht lange dauern.«

Der Mann sah auf einem Zettel nach und sagte: »Ich rufe ihn an und lasse ihn herkommen. Wir haben einen kleinen Konferenzraum, den Sie nutzen können.«

Kate und Coop warteten etwa eine Viertelstunde, bevor ein Mann in einem Schutzanzug durch die Tür kam. »Ich bin Cole Benning. Stuart sagte, Sie wollten mich sprechen?«

»Ja, es tut uns leid, dass wir Sie bei Ihrer Arbeit stören. Es wird nur ein paar Minuten dauern«, sagte Kate und stellte die beiden vor.

Cole nahm Platz, und Kate erklärte, dass sie mitten in der Mordermittlung von Neil Borden steckten. »Wir hoffen, dass Sie uns helfen können.«

Er runzelte die Stirn. »Ich weiß nicht, wer Neil Borden ist.«

»Ihr Onkel, Richard Benning, hat diesen Brief an Mr. Bordens Firma *Borlund Sciences* geschrieben.« Sie schob eine Kopie des Briefes über den Tisch.

Cole las ihn durch und schüttelte den Kopf. »O ja. Onkel Richard war sich sicher, dass das Medikament Tante Doris getötet hat. Er hat sich so darüber aufgeregt, dass er den Pharmakonzern verklagen wollte.«

»Glaubt er das jetzt immer noch?«, fragte sie.

»Ich weiß es nicht. Ich habe meinen Vater schon lange

nicht mehr darüber reden hören. Soweit ich weiß, hat der Arzt versucht zu erklären, dass es nicht an den Medikamenten lag. Wir dachten, dass Onkel Richard damals ausgerastet ist. Es fiel ihm schwer, ihren Tod zu akzeptieren.«

Kate nickte Coop leicht zu. »Ihr Onkel hat Sie also nie gebeten, ihm zu helfen, sich an *Borlund* zu rächen?«, fragte er.

Cole schüttelte den Kopf. »Nein. Ich sehe Onkel Richard nicht oft. Meine Eltern sind letztes Jahr nach Florida gezogen. Sie kommen ein- oder zweimal im Jahr hierher, und dann sehe ich ihn. Ich habe ihm nie nahegestanden.«

Kate sah auf ihre Notizen. »Woher kennen Sie Scott Rayburn?«

»Er ist in meinem Softball-Team.«

»Treffen Sie sich auch außerhalb des Teams mit ihm?«, fragte sie.

Er sah verwirrt aus. »Nein. Ich habe ihn seit dem Ende der Saison letztes Jahr nicht mehr gesehen. Wir fangen im Mai wieder an. Was hat er mit der Sache zu tun?«

»Im Moment noch nichts. Sein Job führte ihn am Tag des Mordes zu *Borlund Sciences*, also überprüfen wir alle seine Verbindungen, die mit dem Opfer in Verbindung stehen. Da Ihr Onkel einen Drohbrief geschrieben hat und Sie ihn kannten, mussten wir mehr Informationen bekommen«, erklärte Kate die Notwendigkeit, eine gründliche Untersuchung durchzuführen.

»Sie waren noch nie bei *Borlund Sciences*?«, fragte Coop.

»Nein. Ich könnte Ihnen nicht einmal sagen, wo es ist«, sagte er.

»Könnten wir die Kontaktinformationen Ihres Vaters bekommen? Ich würde ihn gerne anrufen und nach Richard befragen«, sagte Kate und reichte ihm einen Stift und ihr Notizbuch.

Cole schrieb ein paar Zeilen und schob den Zettel zurück zu Kate. Sie sah ihn sich an und sagte: »Danke für Ihre Zeit. Wir melden uns, wenn wir noch etwas brauchen.«

Cole nickte und schüttelte ihnen die Hand. »Ich glaube wirklich nicht, dass Onkel Richard etwas tun würde. Er brauchte nur jemanden, dem er die Schuld geben konnte.«

Kate rief am Nachmittag an, nachdem sie mit Coles Vater gesprochen hatte. Er hatte Coles Schilderung von Richards Geisteszustand bekräftigt. Sie beendete das Telefonat mit den Worten: »Ich kann da nichts erkennen. Der alte Mann war wütend und schlug um sich, aber ich glaube nicht, dass er etwas mit Neils Tod zu tun hat.«

Coop saß in seinem Büro und starrte auf sein Whiteboard. All die vielversprechenden Hinweise hatten nichts ergeben. Sein Handy klingelte, und er sah den Namen seines Bruders auf dem Display.

Er lächelte und antwortete: »Hey, Jack.«

Als Coop zuhörte, wich die Freude auf seinem Gesicht der Sorge. Er nickte und kritzelte etwas auf seinen Notizblock. »Okay, ich werde sehen, was ich tun kann. Ich rufe dich an, sobald ich etwas arrangiert habe.«

Er legte auf, stapfte den Flur entlang zu ABs Schreibtisch und ließ sich auf die Couch fallen. »Jack hat gerade angerufen. Dad ist beim Schneeschaufeln ausgerutscht und hat sich das Knie verletzt. Er ist jetzt bei ihm im Krankenhaus.«

»O nein. Armer Kerl. Soll ich dir einen Flug buchen?«

»Schau nach, was es gibt. Ich gehe nach Hause und sage

Tante Camille Bescheid und warte auf weitere Nachrichten von Jack. Ich halte dich auf dem Laufenden.« Er winkte Gus zu, und sie verließen das Büro.

Sie fanden Camille in ihrem Wohnzimmer. Coop erklärte ihr die neuesten Nachrichten aus Nevada. Während er sprach, rief Jack wieder an. Er hörte zu und stellte einige Fragen, bevor er die Verbindung beendete.

»Jack sagte, dass die Ärzte die Schwellung abklingen lassen wollen, bevor sie operieren. Sie sagten, sie könnten es arthroskopisch reparieren, was seine Genesung ein wenig erleichtern würde. Er wird eine Menge Physiotherapie machen müssen, um das Knie zu stärken.«

»Armer Charlie. Glaubst du, wir können ihn überreden, hierherzukommen, um sich zu erholen?«

Coop zog eine Grimasse. »Ich weiß es nicht. Er hasst es zu reisen. Aber Jack und Molly arbeiten beide. Sie werden nicht in der Lage sein, tagsüber bei ihm zu bleiben.« Er fuhr sich mit den Fingern durchs Haar.

»Ich würde nichts lieber tun, als Charlie zu helfen. Ich weiß, dass er zögern wird, aber ich habe die Mittel, ein Privatflugzeug zu chartern, um ihn hierherzubringen. Er müsste sich nicht mit dem ganzen Tamtam am Flughafen herumschlagen. Es wäre einfach und schnell. Du könntest hinfliegen und ihn hierherbringen.« Ihre Augen blitzten vor Freude, als sie über diesen Plan nachdachte.

»Das ist sehr nett von dir, Tante Camille. Ich bin mir nicht sicher, ob ich ihn überzeugen kann, aber er wird Jack nicht zur Last fallen wollen. Er wird auch nicht kooperativ sein, wenn es darum geht, in ein Rehabilitationszentrum zu gehen. Das wäre vielleicht seine beste Option.«

Sein Telefon piepte mit einer SMS von AB. Sie schickte ihm die Fluginformationen für die nächsten Tage. Er sah sich die Optionen an und schickte ihr eine SMS zurück. »Ich werde morgen fliegen und sehen, ob wir beide ihn von deinem Plan überzeugen können. Wie auch immer, ich will bei der Operation dabei sein.«

Camille streichelte Gus, während sie sprach. »Erinnerst du dich an Dolly vom Gartenclub? Ihre Enkelin ist Physiotherapeutin. Ich werde sie anrufen und fragen, ob sie zu uns kommen und die Therapie hier durchführen kann. Ich bezahle, wenn es nötig ist, und wir sagen Charlie, dass die Kosten von seiner Versicherung übernommen wurden.« Sie zwinkerte Coop zu und schob sich ihre strassbesetzte Lesebrille auf die Nase, während sie in ihrem Adressbuch blätterte.

Coop lachte und beugte sich hinunter, um sie auf die Wange zu küssen. »Du hast deine Berufung als Projektmanagerin verfehlt.«

»Ich freue mich, wenn Charlie uns besucht, und er war schon so lange nicht mehr hier. Ich hasse es, dass er verletzt ist, aber ich würde mich sehr freuen, wenn er hier wäre.« Sie tippte mit dem Finger auf das Adressbuch. »Ich werde das blaue Gästezimmer für ihn vorbereiten. Es liegt am nächsten zu deinem Flügel, also wird das der beste Platz für ihn sein. Mrs. Henderson und ich werden dafür sorgen, dass er gute, gesunde Mahlzeiten bekommt, um den Heilungsprozess zu beschleunigen.«

»Ich bin mir sicher, dass es ein paar Monate Therapie braucht. Vielleicht kann ich Dad im März oder April nach Hause fahren und ihn dort besuchen. Das könnte helfen, ihn zu überzeugen.«

Sie nickte und nahm den Hörer ab. »Gute Idee. Ich rufe jetzt Dolly an und frage, was ich für die Therapie tun kann.«

Coop ging in sein Büro und rief Jack an. Er erklärte ihm Tante Camilles Plan. Jack war der Meinung, dass es schwer zu verkaufen sein würde, stimmte aber zu, dass er nicht arbeiten *und* sich um seinen Vater kümmern könnte.

»Der Arzt hat gesagt, dass sie am Donnerstag operieren werden. Er sollte nicht über Nacht bleiben müssen. Sie sprachen davon, ihn in eine Reha-Einrichtung zu schicken. Dad wollte mit dieser Idee nichts zu tun haben.« Er seufzte. »Ihn dorthin zurückzuschicken, wo er jemanden hat, der sich um ihn kümmert, ist wahrscheinlich die beste Lösung.«

Coop gab ihm die Flugdaten und seine Ankunftszeit in Reno. Jack versprach, bei seiner Ankunft auf ihn zu warten.

Coop holte einen Koffer aus dem Abstellraum und packte seine Sachen. Gus, der verzweifelt aussah, weil er wusste, dass die große Tasche eine Reise bedeutete, starrte Coop an. »Ich werde nicht lange weg sein, Kumpel. AB und Tante Camille werden dich total verwöhnen. Mach dir keine Sorgen!«

Nach einem langen, aber ereignislosen Reisetag verließ Coop den Flughafen und fand seinen Bruder wartend am Bordstein. Jack begrüßte ihn mit einer Umarmung und warf sein Gepäck in den Kofferraum, bevor er sich auf den Weg zum Freeway machte. Coop schickte AB eine SMS, um ihr mitzuteilen, dass er gelandet war. Er fühlte sich schuldig, weil er so schnell weggefahren war und AB mit den Ermittlungen allein gelassen hatte. Sie war mehr als fähig und würde ihn über alle neuen Entwicklungen informieren, aber er hasste es, sie mit der Sache allein zu lassen.

Die beiden Brüder nutzten die dreißigminütige Fahrt, um die neuesten Informationen über den Zustand ihres Vaters zu besprechen. Jack sagte: »Molly und ich haben den Vorschlag gemacht, dass er sich bei dir und Camille erholt.«

Er erzählte, dass sein Vater den Vorschlag sofort abgelehnt hatte.

»Molly und ich haben ihm gegenüber angedeutet, dass es schwierig sein wird, seine Betreuung, unsere Jobs und die Kinder unter einen Hut zu bringen. Wenn du noch einmal betonst, wie viel Freizeit Camille hat und wie sehr sie ihn bei sich haben möchte, hilft das vielleicht.«

Coop war mit Jacks Idee einverstanden, ihren Vater mit Hilfe von Schuldgefühlen nach Nashville zu bringen. Als sie das Tal verließen und den Hügel hinauf nach Carson City fuhren, fragte er: »Glaubst du, dass Dad hier in guten Händen ist?«

Jack nickte. »O ja. Wir haben hier einige der besten Orthopäden. Das liegt vor allem an den Skifahrern in Tahoe. Er hat einen erstklassigen Mann, und das Krankenhaus ist großartig. Ich habe den Arzt dazu gebracht, die Operation etwas später am Tag anzusetzen, sodass Dad über Nacht bleiben kann und wir ihn dann hoffentlich am Freitag mit dir zusammen in ein Flugzeug setzen können.«

»Tante Camille hat einen Flugplan für uns. Sie ist großartig.«

Jack parkte und führte Coop zu dem modernen Gebäude. Sie gingen die Treppe hinauf zu Charlies Zimmer, und Coop bewunderte die herrliche Aussicht, die man von den riesigen Glaswänden des Krankenhauses aus hatte.

Charlie lag im Bett, sah fern und aß Pudding. Coop ergriff seine Hand und fragte: »Wie geht's dir, Dad?«

Charlie machte keinen Hehl aus seiner Verärgerung über die Umstände, in denen er sich befand. Er war wütend auf sich selbst, weil er gestürzt war, und ärgerte sich über alle anderen, weil er im Krankenhaus festsaß. »Jack hat dir gesagt, dass wir einen Plan haben, um dich nach Nashville zu bringen. Tante Camille hat ein Zimmer vorbereitet und einen Physiotherapeuten bestellt, der direkt zu uns nach Hause kommt, um dich zu behandeln. Sie hat alles arrangiert.«

»Ich weiß nicht, Coop«, sagte Charlie. »Ich wäre lieber in meinem eigenen Haus.«

»Ich weiß, Dad. Das Problem ist, dass Jack und Molly arbeiten, und sie haben die Kinder. Du müsstest in eine Reha-Klinik gehen, und ich weiß, dass du das nicht willst.«

Charlie schüttelte angewidert den Kopf. »Ich gehe nicht in so einen Laden. Niemals.«

»Nun, ich denke, damit ist die Sache erledigt. Wir werden am Freitag zurück nach Nashville fliegen. Das ist kein Problem. Camille hat ein Flugzeug, das uns abholt. Dann bringen wir dich unter und beginnen am Montag mit deiner Therapie. Der Therapeut wird dich am Wochenende besuchen.«

»Coop sagte, er würde dich in ein paar Monaten zurückbringen und dich besuchen, wenn die Kinder im April Ferien haben.«

»Zurückbringen hört sich gut an. Ich hasse dieses ganze Getue mit dem Fliegen heutzutage.« Coop merkte, dass sein Vater sich für die Idee erwärmte.

»Tante Camille arbeitet mit Mrs. Henderson an den Menüs. Glaub mir, du wirst von ihrer Küche verwöhnt werden.« Coop lächelte und reichte seinem Vater ein Glas Wasser. »Einige der besten Desserts, die du je probiert hast«, fügte Coop hinzu.

Er sah, wie sein Vater einwilligte und ein Lächeln zeigte. »Ich liebe ihren Pekannusskuchen.«

Coop atmete leise auf und war erleichtert. Er mochte es nicht, seinen Vater zu manipulieren, aber er wusste, dass der beste Platz für ihn bei Tante Camille war. Dort würde er nie ohne Gesellschaft oder Hilfe sein. Camille würde begeistert sein.

Charlie griff nach Coops Hand. »Danke fürs Kommen.« Er drückte sie. »Ihr Jungs solltet etwas essen gehen. Ich werde mich für morgen etwas ausruhen.«

Jack wandte sich an seinen Vater. »Es wird ganz einfach sein, Dad. Der Doktor sagt, er hat schon Tausende operiert. Er kann es mit einer Spinalanästhesie machen, also du bist nicht einmal ganz ausgeknockt.«

Charlie nickte und schloss die Augen. »Wir sehen uns morgen, Jungs.«

Jack und Coop verließen das Krankenhaus und hielten zum Abendessen in einem Lokal nicht weit von Jacks Haus entfernt. »Ich muss mich mit AB in Verbindung setzen, bevor es noch später wird«, sagte Coop und ließ Jack etwas für ihn bestellen, während er im Auto blieb und seine Anrufe tätigte.

AB meldete sich nach dem ersten Klingeln. Sie fragte nach seinem Vater und versicherte ihm, dass sie Tante Camille wissen ließe, dass er in Reno angekommen war. »Nichts Neues in dem Fall. Ich durchkämme immer noch die sozialen Medien und bin bisher nicht weitergekommen.«

»Hast du mit Ben gesprochen?«

»Ja, ich habe ihm gesagt, was los ist. Er sagte, ich solle mir keine Sorgen machen. Der Staatsanwalt ist nicht erpicht darauf, aufgrund der Indizien Anklage zu erheben, vor allem wegen all der seltsamen Dinge, die wir über Neil herausgefunden haben. Er setzt Ben unter Druck, mehr Beweise zu finden.«

»Leichter gesagt als getan, fürchte ich.« Er sagte ihr, dass er am Freitag mit seinem Vater zurückfliegen würde und sie am Wochenende alles nachholen würde.

Dann rief er Tante Camille an. Er sagte ihr, Charlie hätte

sich ergeben und sie würden am Freitag nach Nashville zurückfliegen. »Ich glaube, das Versprechen deiner Mahlzeiten war der letzte Tropfen.«

Mit sichtlicher Freude in der Stimme fragte sie: »Wann werdet ihr hier sein?«

»Oh, das hängt davon ab, wann sie ihn aus dem Krankenhaus holen. Ich denke, dass wir hier nicht vor Mittag rauskommen.«

»Ihr habt ja die Nummer, um den Dienst anzurufen, wenn ihr den Fahrplan kennt. Es sollte weniger als fünf Stunden dauern, um hierherzukommen. Ich schicke Mr. Henderson mit dem Auto, um euch am Flughafen abzuholen. Wir warten mit dem Abendessen auf euch.«

Er versprach, ihr Bescheid zu geben, wenn sie auf dem Weg waren.

»Gib Charlie eine Umarmung von mir. Sag ihm, dass er mich glücklicher gemacht hat als ein Schwein in einem Schlammloch an einem heißen Sommertag.«

Coop unterdrückte ein Lachen. »Das werde ich tun. Sag Gus, dass ich ihn bald sehen werde. Wir sehen uns Freitag.«

Charlies Operation war ein Erfolg. Das Büro des Chirurgen hatte sich mit einem Orthopäden von der Vanderbilt in Verbindung gesetzt, der Coop von seinem Arzt empfohlen worden war. Charlie sollte sich nächste Woche bei dem neuen Arzt vorstellen und so bald wie möglich mit seiner Rehabilitationstherapie beginnen.

Am Freitagmorgen war Charlie besserer Laune. Coop und Jack waren in Charlies Haus gewesen und hatten seine Sachen zusammengepackt. Jack versprach, das Haus im Auge zu behalten und sich um die anstehenden Dinge zu kümmern, während er weg war.

Sie erreichten den Flughafen noch vor Mittag und benutzten einen Rollstuhl, um Charlie in das Privatflugzeug zu bringen. Sie waren die einzigen beiden Passagiere in der gut ausgestatteten Kabine. Eine Flugbegleiterin bot ihnen Getränke und Essen an.

Während das Flugzeug flog, nahm Charlie einen Schluck von seiner Limonade und sagte: »Daran könnte man sich gewöhnen.« Die beiden unterhielten sich ein paar Minuten lang, aber es war klar, dass die Anstrengung Charlie erschöpft hatte. Er schlief bald ein, und Coop deckte ihn mit einer weichen Decke zu.

Zwischen ein paar kurzen Nickerchen dachte Coop über Chandlers Fall nach. Er wiederholte das Thema, das sie behandelt hatten, und kritzelte in seinem Notizblock, um in den Schnörkeln und Entwürfen eine Erleuchtung zu finden. Charlie schlief den ganzen Flug über.

Das Flugzeug landete auf dem kleinen Flughafen unweit von Camilles Haus. Der Flugbegleiter half Charlie, in das wartende Fahrzeug zu gelangen, wo Coop Mr. Henderson sah. »Mr. Cooper, wie geht es Ihnen?«, fragte der freundliche Mann, der schon so lange bei Tante Camille zu Hause war, wie Coop sich erinnern konnte.

»Sehr gut. Danke, dass Sie uns abholen.«

»Ihre Tante hat den Geländewagen geschickt. Sie dachte, es wäre einfacher für Mr. Charlie.«

Sie halfen Charlie, sich einzurichten, und Coop lud das Gepäck in den Kofferraum. Mr. Henderson plauderte, während er die kurze Strecke vom John C. Tune Airport zum Anwesen von Camille fuhr.

Tante Camille, Gus und AB begrüßten sie an der Tür. Der Duft von gebratenem Fleisch lag in der Luft, und Coops

Magen knurrte. Mr. Henderson half Charlie ins Haus. AB und Coop schleppten den Gepäckstapel hinein, und Gus trabte hinter Coop her.

Der Esstisch war für das Abendessen gedeckt, und es gab eine Neuerung im Zimmer. Ein schicker Ledersessel mit einer Fernbedienung stand in einer Ecke. Mr. Henderson und Coop halfen Charlie in den Sessel, und Camille demonstrierte ihm die Knöpfe der Fernbedienung, mit der sich die Beinstütze und die Rückenlehne verstellen ließen und die Person aus dem Sessel gehoben wurde, um das Aufstehen zu erleichtern.

Charlie war von der Technik fasziniert. »Na, das ist ja was. So etwas habe ich noch nie gesehen.« Er ließ sich in das weiche Leder fallen, und Mrs. Henderson erschien mit einem Tablett, das sie auf eine andere neue Vorrichtung stellte. Es war ein Tisch auf Rädern, wie man ihn im Krankenhaus benutzte, um Patienten im Bett essen zu lassen.

Charlie sah zufrieden aus, als er den Schmorbraten und das Kartoffelpüree mit der reichhaltigen Soße betrachtete. Camille wuselte durch den Raum und vergewisserte sich, dass Charlie warm genug war, bevor sie sich auf einen Stuhl setzte.

Der Tisch war umgestellt worden, damit Charlies neuer Stuhl Teil des Gesprächskreises sein konnte. Er sprach pausenlos über das Flugzeug und wie einfach die Reise gewesen war und wie sehr er Camilles Großzügigkeit zu schätzen wusste.

»Mach dir keine Gedanken darüber. Ich freue mich, dich hier zu haben. Wir werden jede Menge Spaß haben.«

AB und Coop besprachen den Fall und fassten ihn für Charlie noch einmal zusammen. Tante Camille brachte zum Nachtisch einen Pekannusskuchen. Sie reichte Charlie einen Teller und lächelte strahlend. »Es ist so aufregend, wenn die beiden hier sind und einen Fall zu lösen haben.« Sie reichte Coop und AB die Teller. »Es macht mir einfach Spaß, euch bei der Arbeit zu helfen.« Sie drehte sich zu Charlie. »Ich habe ihnen bei ihrem letzten Fall geholfen, weißt du. Das war ein richtiger Knaller.«

Coop und AB räumten das Geschirr ab, während Camille Charlie mit einer ausgeschmückten Version ihrer Rolle in Coops letztem Mordfall verwöhnte. Charlie spielte ihr direkt in die Hände, stellte ihr Fragen und staunte über die pikanten Stellen. AB reichte Coop einen Teller für die Spülmaschine und sagte: »Es ist wunderbar, sie wieder so glücklich zu sehen.«

Coop hörte das Lachen aus dem Esszimmer und sagte: »Wie in alten Zeiten.«

KAPITEL FÜNFZEHN

Coop verbrachte das Wochenende damit, die Sachen für seinen Vater zu organisieren, und fuhr mit ihm durch die Nachbarschaft, auch auf dem Weg zum Büro, um ihn daran zu gewöhnen. Coop umging die Einfahrt von Tante Camille und fuhr zum Park. »Gus und ich gehen gerne in den Park, wenn das Wetter mitspielt. Sobald du etwas mobiler bist, kannst du mitkommen.«

Die Physiotherapeutin Annie kam am Samstagnachmittag nach Hause. Sie untersuchte Charlie und vereinbarte Termine für den nächsten Monat. Sie würde jeden Wochentag kommen, und eine Krankenschwester würde zweimal pro Woche nach ihm sehen.

Mrs. Henderson und Tante Camille kümmerten sich um Charlie und sorgten dafür, dass er das ganze Wochenende über gut gefüttert und unterhalten wurde. Coop war sich nicht sicher gewesen, ob er die ständige Interaktion tolerieren würde, aber Charlie schien es zu genießen. Für Coop war es ein Trost, seinen Vater entspannt und glücklich zu sehen, was es ihm leichter machte, ihn am Montagmorgen zu verlassen.

AB war bereits bei der Arbeit, als Coop und Gus eintrafen. Er holte nach, was er letzte Woche verpasst hatte, und unterschrieb die Unterlagen, die AB auf seinem Schreibtisch hinterlassen hatte. Er reichte ihr eine Akte und drehte sich um, als er hörte, wie die Eingangstür geöffnet wurde.

Eine Frau in den Vierzigern begrüßte sie mit einem schwachen Lächeln. »Sie müssen Mr. Harrington sein?«

»Ja, Ma'am. Bitte nennen Sie mich Coop, und das ist Annabelle. Alle nennen sie AB. Wie können wir Ihnen helfen?«

»Ich bin Darla. Darla Fontaine. Ich bin Kundin im *Bella's*.«

Coop runzelte die Stirn, und AB nickte verständnisvoll und sagte: »Im Salon?«

Darla nickte. »Ja, das stimmt. Die Damen schlugen mir vor, Sie aufzusuchen. Ihre Tante Camille ist eine ihrer Lieblingskundinnen. Sie sagten, Sie hätten Daisy in der Vergangenheit geholfen und könnten auch mir helfen.«

»Wir werden unser Bestes tun«, sagte Coop und fragte sich, in was ihn seine Tante diesmal hineingezogen hatte. Er führte Darla in sein Büro und stieß Gus von seinem Stuhl und aus der Tür. AB brachte eine Kanne Tee herein und setzte sich zu ihnen an den Konferenztisch.

»Ich weiß nicht, wo ich anfangen soll«, sagte Darla. »Es ist mir peinlich, hier zu sein.«

»Das muss Ihnen nicht peinlich sein. Warum sagen Sie uns nicht, welches Problem Sie haben, damit wir es für Sie lösen können?«

Sie holte tief Luft. »Es geht um meinen Sohn. Er ist verschwunden. Sie müssen mir helfen, ihn zu finden.«

Coop nahm einen Stift in die Hand und hielt ihn über einen Notizblock. »Fangen wir mit ein paar Details an. Wie alt ist Ihr Sohn?«

»Er ist zwanzig. Die Polizei sagt, sie kann nichts tun. Er ist ein Erwachsener.«

»Ich verstehe.« Er bat sie um den Namen und eine Personenbeschreibung und drängte sie, die Geschichte des Verschwindens ihres Sohnes von Anfang an zu erzählen. Darla erklärte, ihr Sohn Tyler hätte das Clark College besucht, aber in den Semesterferien abgebrochen. Seit einer Woche hatte man nichts mehr von ihm gehört. Er war zur Arbeit gegangen und nicht mehr nach Hause gekommen.

Er hatte einen Teilzeitjob in einem Lebensmittelladen und war wieder bei Darla eingezogen, als er die Schule abgebrochen hatte. Coop fragte: »Wirkte er deprimiert oder unglücklich?«

Sie zuckte mit den Schultern: »Er schien ein wenig verloren. Als wüsste er nicht, was er tun sollte.«

Darla holte ein gefaltetes Stück Papier aus ihrer Handtasche und schrieb Tylers Finanzdaten und Sozialversicherungsnummer auf, während Coop seine Fragen fortsetzte. »Gibt es Verwandte oder Freunde, zu denen er gehen würde?«

Darla schüttelte den Kopf. »Ich habe jeden kontaktiert, der mir einfällt. Ich habe Tyler online eine Nachricht geschickt, ihm eine SMS geschickt, ihn hunderte Male angerufen. Und nichts. Keine Antwort. Ich habe sein Handy in einer Schublade in seinem Zimmer gefunden. Er geht nie ohne es irgendwohin.«

»Was ist mit seinem Vater?«

»Er lebt in Wyoming und hat Tyler seit Jahren nicht mehr gesehen. Ich habe ihn angerufen und ihm gesagt, dass er vermisst wird, nur für den Fall, dass er von ihm hört.«

Coop fertigte Kopien von Tylers Fotos an und notierte alle von ihr gemachten Angaben sowie den Namen des Polizeibeamten, der den von ihr eingereichten Bericht aufgenommen hatte. Darla fragte nach den Kosten und Coop sagte: »Ich hoffe, dass wir schnell eine Spur zu Ihrem Sohn finden können.« Er nannte ihr eine Zahl, die weniger als die Hälfte dessen betrug, was er hätte berechnen müssen, und sah die Erleichterung in ihren Augen. Er erklärte ihr, dass er ihr einen Preisnachlass gewährte und sie selbst entscheiden könnte, ob sie nach der ersten Arbeit weitermachen wollte.

Sie stellte einen Scheck aus und überreichte ihn ihm. »Vielen Dank, Mr. Harrington. Ich weiß es zu schätzen, dass Sie mir einen Deal anbieten. Ich habe nicht viel Geld, aber Tyler …«, begann sie zu weinen.

Er stand auf, legte ihr eine Hand auf die Schulter und half ihr vom Stuhl. »Machen Sie sich keine Sorgen. Manchmal brauchen junge Männer Zeit für sich. Das könnte alles sein, was mit Tyler ist.«

AB folgte Darla in den vorderen Bereich und versprach, sie anzurufen, sobald sie Neuigkeiten hätten. Sie nahm die Notizen von Coop und begann mit der Suche nach dem jungen Mann.

Coop rief bei der Polizei an und sprach mit dem Beamten. Er wusste, was der Officer sagen würde, aber er wollte den Kontakt herstellen. Tyler war kein bekannter Drogenkonsument und hatte keine psychischen Probleme. Er galt nicht als Bedrohung für irgendjemanden und war nicht vorbestraft. Die Polizei konnte nicht viel tun, da er bereits volljährig war.

Er ließ den Officer wissen, dass die Mutter seine Dienste in Anspruch genommen hatte, und der fügte die Information dem Polizeibericht hinzu. Coop wollte der Polizei zu verstehen geben, dass die Mutter besorgt genug war, um für Informationen über ihren Sohn zu bezahlen.

Er setzte sich zu AB an den Schreibtisch, die gerade Tyler durch das System laufen ließ. »Sieht aus, als hätte Tyler eine weitere Kreditkarte. Eine neue, von der seine Mutter nichts wusste.« Sie reichte Coop eine Seite aus ihrem Drucker.

»Sieht so aus, als würde er durch das ganze Land reisen. Motels und Tankstellen.«

»Er ist in Texas. Hat heute einen Kauf außerhalb von Dallas getätigt.« AB tippte weiter auf ihrer Tastatur.

»Er hat wahrscheinlich ein Wegwerfhandy in einem dieser Läden gekauft. Keine Möglichkeit, ihn zu erreichen.«

»Wir könnten auf eine andere Motelgebühr warten und heute Abend dort anrufen. Nach seinem Zimmer fragen. Erklären, wie besorgt seine Mutter ist. Vielleicht können wir ihn überzeugen, sich mit ihr in Verbindung zu setzen.«

Coop nickte. »Das ist so ziemlich das Einzige, was wir tun können. Überprüfe, dass er es ist und nicht jemand, der seine Karte benutzt. Behalte die Karte im Auge und überwache sie.«

»Ich habe einen Termin nach der Arbeit, ich kann heute Abend nicht bleiben«, sagte AB.

»Kein Problem. Ich kann hierbleiben.« Coop kratzte Gus unter seinem Kinn. »Wir sagen Tante Camille, dass es später wird.«

Während er darauf wartete, dass Tyler zum Tanken oder für ein Motel anhielt, vertiefte er sich in die Fallakten zu Neils Mord. Nachdem er sie durchgelesen hatte, rief er Chandler an. »Hey, Chandler. Wie geht's dir?«

»Ein bisschen besser. Es ist nur schwer, sich fortzubewegen. Der Bluterguss verblasst, das ist gut.«

»Es tut mir leid, dass ich letzte Woche nicht hier war. AB hat gesagt, sie hat das mit meinem Vater erklärt.«

»Natürlich. Das ist kein Problem.«

»Hattest du irgendwelche Sicherheitsprobleme oder hast du etwas auf der Kamera festgehalten?«

Chandler lachte. »Nur ein paar Viecher mitten in der Nacht. Ich habe fast einen Herzinfarkt bekommen, als der Alarm mich geweckt hat.«

»Das ist eine gute Nachricht. Du brauchst nicht noch mehr Aufregung. Wir sind hier wirklich aufgeschmissen. Alle Spuren, die wir verfolgt haben, haben nichts ergeben. Bist du sicher, dass nicht jemand von der FDA oder ein Konkurrent darin verwickelt sein könnte?«

»Ich verstehe nicht, wie. Die Mitarbeiter der Zulassungsbehörde waren nie allein mit dem Medikament. Unsere Konkurrenten waren nie im Labor. Jemand von innen hätte ihnen das Medikament geben müssen.«

»Oder jemand bezahlt jemanden, der dich ausschaltet. Die Konkurrenz eliminieren. Ohne dich würde *Borlund* zusammenbrechen.«

»Wenn mir etwas zugestoßen wäre, hätte Neil einen anderen leitenden Wissenschaftler für die Forschung gewinnen können. CX-232 ist bereits in der Pipeline. Meine Arbeit daran ist fast abgeschlossen. Mein Team könnte ohne Probleme damit weitermachen.«

»Denke einmal darüber nach! Welcher deiner Konkurrenten würde profitieren, wenn du ausscheiden würdest?«

»Ich gebe dir Bescheid, aber ich kann es mir beim besten Willen nicht vorstellen.«

Nachdem AB gegangen war, überwachten Coop und Gus Tylers Kreditkarte, und nur wenige Minuten nach sieben

Uhr sah er eine Abbuchung von einem Motel in Albuquerque. Coop überprüfte das Motel und rief bei der Rezeption der bescheidenen Motelkette an.

Coop fragte nach einem Manager und erklärte, er wäre ein Privatdetektiv aus Nashville, der an dem Fall einer vermissten Person arbeite. Er nannte Tylers Namen und sagte: »Wir haben gerade gesehen, dass die Abbuchung von seiner Kreditkarte erfolgt ist. Ich möchte überprüfen, ob es sich tatsächlich um Tyler handelt, und könnten Sie mich dann mit seinem Zimmer verbinden. Seine Mutter ist sehr besorgt um ihn.«

Es dauerte ein paar Minuten, um den Manager zu überzeugen, aber Coop faxte ein Foto von Tyler zusammen mit seinem Führerschein. Er wartete in der Warteschleife, während der Manager die Dokumente prüfte. Einige Minuten später meldete sich der Manager und sagte: »Der junge Mann auf dem Foto ist die gleiche Person, die hier allein eingecheckt hat. Er gab an, dass nur eine Person im Zimmer sei. Ich werde Sie jetzt durchstellen.«

Coop hörte das laute Klicken der Durchwahl und wartete dann darauf, dass Tyler abnahm. Nach dreimaligem Klingeln hörte er eine zaghafte Stimme sagen: »Hallo?«

»Tyler, mein Name ist Coop Harrington. Ich rufe im Namen Ihrer Mutter an. Sie ist sehr besorgt um Sie und hat mich beauftragt, Sie zu finden. Ich bin ein Privatdetektiv aus Nashville.«

»Woher ... woher wissen Sie, wo ich bin?«, fragte Tyler.

»Wir haben Ihre neue Kreditkarte verfolgt. Sieht aus, als würden Sie quer durchs Land fahren. Geht es Ihnen gut, Tyler?«

»Jaja, mir geht's gut. Ich, äh, musste nur mal weg.«

»Könnten Sie Ihre Mutter anrufen? Sie macht sich

Sorgen und hat Sie nicht erreichen können. Sie haben Ihr Telefon zurückgelassen.«

Tyler seufzte und sagte mehrere Sekunden lang nichts. Coop befürchtete, dass er den Anruf unterbrechen würde. »Tyler, ich verstehe das. Ich habe Ihrer Mutter gesagt, dass Männer manchmal einfach eine Auszeit brauchen. Sie will nur sichergehen, dass es Ihnen gut geht. Sie hat sich Sorgen gemacht, Sie könnten entführt worden sein.«

»Nein, mir geht es gut. Ich überlege, ob ich zu meinem Vater gehen soll. Ich bin mir nicht sicher. Ich weiß nicht, was ich tun soll.«

»Brauchen Sie Geld? Kommen Sie zurecht?«

»Ich habe etwas Geld gespart und etwas mitgenommen. Mir geht es gut.«

»Läuft Ihr Wagen? Sind Sie in Schnee gekommen?«

»Ja, darüber mache ich mir Sorgen. Ich habe versucht, eine Route zu finden, um das zu vermeiden.«

»Vielleicht können Sie Ihren Vater anrufen und ihm sagen, dass Sie kommen. Vielleicht kennt er die beste Route oder trifft Sie sogar. Sie sollten keine Bergpässe nehmen, wenn Sie sich in der Gegend nicht auskennen.«

Mit so leiser Stimme, dass Coop sich anstrengen musste, um ihn zu hören, fragte Tyler: »Glauben Sie, er würde kommen?«

»Da bin ich mir sicher. Ich kann den Anruf für Sie tätigen, wenn Sie wollen.«

Coop wartete auf Tylers Antwort. »Ja, ich denke, das ist eine gute Idee.«

»Geben Sie mir Ihre Nummer und ich rufe Ihren Vater an. Ich werde auch Ihre Mutter wissen lassen, dass es Ihnen gut geht. Sie wird von Ihnen hören wollen.«

Tyler gab ihm die Nummer. »Es tut mir leid. Ich werde sie anrufen.«

»Sie holen sich etwas zu essen, und ich rufe Ihren Vater an und gebe ihm Ihre Nummer. Sie können mit ihm einen Plan ausarbeiten. Wenn Sie versprechen, Ihre Mutter anzurufen, halte ich mich zurück und überlasse sie Ihnen.«

»Ja, Sir. Ich rufe sie an, sobald wir hier aufgelegt haben. Geben Sie mir zehn Minuten.«

Coop legte auf und rief die Nummer an, die Darla ihm für ihren Ex-Mann in Wyoming gegeben hatte. Er erreichte Mr. Fontaine und erklärte, er arbeitete für Darla und hätte Tyler ausfindig gemacht. Nachdem er Tylers Telefonnummer und Aufenthaltsort mitgeteilt hatte, trennte er die Verbindung und machte sich auf den Weg durch das Büro, um den Abend zu beenden.

Er sah auf die Uhr und trommelte mit den Fingern auf den Schreibtisch. Sein Versprechen gegenüber Tyler stand im Widerspruch zu seiner Verpflichtung gegenüber seiner Mandantin. Er gab Tyler so viel Zeit, wie er konnte. Er wählte Darlas Nummer, und sie ging gleich nach dem ersten Klingeln ran. »Darla, hier ist Coop Harrington. Ich rufe nur an ...«

Ihre aufgeregte Stimme unterbrach ihn. »Oh, Mr. Harrington. Ich danke Ihnen. Ich danke Ihnen. Ich kann Ihnen einfach nicht genug danken. Tyler hat gerade angerufen und mir gesagt, dass er zu seinem Vater fährt. Er will dort eine Weile bleiben, um die Dinge zu klären.« Er hörte ein unterdrücktes Schluchzen. »Ich bin so erleichtert, dass er noch lebt. Ich werde versuchen, ihm etwas Freiraum zu lassen. Solange ich weiß, dass er in Sicherheit ist, ist das alles, was zählt.«

»Ich bin froh, dass wir ihn gefunden haben. Ich wünsche Ihnen beiden das Beste.« Er erklärte, er habe mit Mr. Fontaine gesprochen und dieser habe zugestimmt, sich mit Tyler in Verbindung zu setzen und ihn unterwegs zu treffen. Er hielt es für das Beste, ihn nach Wyoming zu führen.

Sie bedankte sich immer wieder von ganzem Herzen. Coop ließ sie weiterreden und wünschte ihr einen schönen Abend. Er machte sich auf den Weg zur Hintertür, Gus dicht hinter ihm. »Nun, alter Freund, das war ein glückliches Ende für den Tag.« Coop stellte den Alarm ein und Gus beobachtete ihn schwanzwedelnd.

Am nächsten Nachmittag besuchte Darla das Büro und hatte einen riesigen Korb mit selbstgebackenen Keksen, Brownies und anderen kalorienhaltigen Snacks dabei. Von seinem Fenster aus sah Coop sie parken und machte sich hinter verschlossenen Türen rar. AB nahm das Dankesgeschenk mit Anmut und aufrichtiger Wertschätzung entgegen.

»Sagen Sie Mr. Harrington, ich stehe für immer in seiner Schuld. Seine Tante spricht immer davon, was für ein großartiger Detektiv er ist, und jetzt glaube ich ihr.« Sie winkte, als sie ging, und noch einmal, als sie an ihrem Auto stand.

Coop wartete, bis sie weggefahren war, bevor er seine Bürotür öffnete. Er fand AB in der Küche, wo sie die Leckereien inspizierte. Sie hatte einen riesigen Keks in der Hand und nahm einen Bissen. »Das ist lecker.«

Er betrachtete das Geschenk und stibitzte einen Keks. »Wir müssen diese Sicherheitsbewertungen abschließen.« Viele ihrer Kunden beauftragten *Harrington and Associates* mit der Bewertung ihrer Sicherheitsverfahren. Madison und Ross machten sich einen Spaß daraus, verdeckt zu ermitteln und die Sicherheitsvorkehrungen in mehreren großen Firmen in der Gegend zu durchbrechen.

»Richtig. Eine davon sollte uns mehr Arbeit verschaffen. Madison und Ross konnten in mehrere Bereiche des Unternehmens eindringen. Sie werden Empfehlungen für Verbesserungen haben wollen. Die andere war nicht schlecht.«

»Okay, lass uns versuchen, diese Woche damit fertigzuwerden. Ich habe mit Chandler gesprochen, und es gibt nichts Neues von seiner Seite. Der Fall ist ins Stocken geraten. Ich glaube nicht, dass der Staatsanwalt etwas unternehmen wird, also haben wir ein wenig Spielraum. Wir müssen jemanden finden, der ein Motiv hat.«

»Übrigens, Tante Camille wollte, dass ich dich heute Abend zum Essen einlade. Mrs. Henderson macht Brathähnchen. Zum Nachtisch gibt es Kokosnusskuchen und Schokoladensahnetorte.«

»Drei Dinge, denen ich nicht widerstehen kann. Ich werde da sein, danke.« Sie nahm eine Akte von ihrem Schreibtisch und reichte sie Coop. »Ich werde an der Zusammenfassung arbeiten, und du kannst die Empfehlungen ausarbeiten.« Die Berichte nahmen den ganzen Nachmittag in Anspruch, und bald war es an der Zeit, das Büro zu schließen.

AB holte einen kleinen Stapel Umschläge von ihrem Schreibtisch. »Das Neueste von deiner Mutter«, sagte sie und reichte sie Coop.

»Oh, danke. Ich denke, ich sollte sie bald mal lesen.« Er winkte Gus zu sich, und sie folgten AB zu Camilles Haus. Als sie eintraten, hörten sie Gelächter und die Geräusche der Küche, die die Vorbereitungen des Essens machten.

Coop warf die Briefe auf das Buffet und machte sich auf den Weg in die Küche. Sein Vater saß auf einem Stuhl und beobachtete Camille und Mrs. Henderson. Tante Camille war die Erste, die Coop und AB entdeckte. »Oh, gut, dass ihr heute Abend pünktlich fertig seid. Wie geht es dir, AB? Schön, dass du uns Gesellschaft leistest.«

»Ich konnte dem Menü nicht widerstehen«, sagte sie und umarmte Camille. »Können wir helfen?«

»Wir sind hier fast fertig. Wie wär's, wenn du und Coop Charlie auf seinen Sessel im Esszimmer helfen würdet?«

Coop ging zu seinem Vater und half ihm auf, und AB machte ihnen den Weg zum Esszimmer frei. »Wie war deine Therapie, Dad?« Er reichte Charlie die Fernbedienung für den Sessel.

»Gut. Tut ein bisschen weh. Annie hat mir gesagt, dass das gut ist.« Er lachte und fügte hinzu: »Sie ist ein Knaller. Hat ihre Berufung als Drill-Sergeant verpasst.«

Coop lächelte und drehte den Tisch vor seinem Vater. »Das ist gut. Bloß nicht faulenzen!«

Camille und Mrs. Henderson trugen Teller und Schüsseln an den Tisch und AB schenkte der Gruppe süßen Tee ein. Mrs. Henderson wünschte allen einen schönen Abend und entschuldigte sich.

Camille richtete Charlie einen Teller und stellte ihn vor ihn hin, bevor sie den Tisch abräumte. Coop hatte gerade seinen ersten Bissen Kartoffelpüree genommen, als sie keuchend sagte: »Oh, ich war heute im *Bella's*. Du bist das Gesprächsthema im Laden, Coop. Darla hat allen erzählt, wie du ihren Sohn gefunden hast. Sie hält dich für einen echten Superhelden.«

»Ach, das war doch gar nicht so schwer. Ich bin nur froh, dass es dem Kind gut geht.«

»Sie hat sogar gefragt, ob du Single bist«, zwinkerte sie Coop nicht gerade subtil zu.

Er rollte mit den Augen. »Oh, Mann. Genau das, was ich nicht brauche. Sag ihr, ich bin vergeben.«

»Sie dachte, du und AB wärt ein Paar.« Camille sah beide

über den Tisch hinweg an. »Ich habe sie nicht korrigiert.« Sie lächelte und wandte sich an Charlie. »Möchtest du noch ein Biscuit?«

Coop schüttelte den Kopf und sah AB mit hochgezogenen Augenbrauen an. Sie zuckte mit den Schultern und lächelte. Camille plauderte während des Essens weiter. Coop und AB boten an, den Tisch abzuräumen, während Camille ein Desserttablett zusammenstellte.

Keiner von ihnen konnte sich zwischen den beiden Desserts entscheiden, also nahmen sie von jedem ein kleines Stückchen. Als Coop seine Gabel in den samtigen Schokoladenkuchen schob, sagte sie: »Ich habe Charlie gesagt, dass wir ins Gemeindezentrum müssen. Die haben dort ein schickes Laufband, auf der man trainieren kann.«

Charlie nickte. »Camille versucht, mich zu zwingen, einer Kartenspielgruppe beizutreten.«

»Alle meine Freunde sind Frauen. Ich habe mir überlegt, was Charlie machen könnte, wenn ich meine Clubtreffen und so habe. Es gibt nachmittags Kartenspiele und Bingo und ein paar andere Aktivitäten. Es ist ein schönes Gebäude. Weißt du noch, wie wir zur Einweihung gegangen sind, Coop?«

Er aß den Kuchen auf und nickte. »Ja, es ist schön.« Camille wäre die einzige Person, die Charlie dazu überreden könnte, in ein Gemeindezentrum zu gehen. Jack hatte versucht, ihn zu Hause in zu etwas Ähnlichem zu überreden, und war gescheitert.

»Wir werden diese Woche einen Ausflug zu den Ställen machen und die Pferde besuchen. Das wird ein schöner Ausflug werden. Wir müssen nur dafür sorgen, dass wir gutes Wetter haben.« Sie wandte sich an Charlie. »Möchtest du noch Nachtisch?«

Er klopfte sich auf den Bauch. »Ich könnte keinen Bissen mehr essen. Es war köstlich. Ich werde morgen ein paar Reste essen.«

Camille strahlte und stapfte in die Küche. »Oh, Coop, ich wollte es dir sagen. Ich habe diese Briefe auf dem Boden neben dem Kleiderschrank gefunden. Ich glaube, sie sind dir aus der Jacke gefallen.«

Sie kehrte zurück und drückte ihm den Stapel Briefe in die Hand, den er vermieden hatte.

»Ich habe die anderen heute Abend mitgebracht. Ich denke, wir können sie genauso gut lesen.«

Charlies Stirn legte sich in Falten. »Von welchen Briefen redest du?«

Camille biss sich auf die Lippe und Coop murmelte. »Die sind von Mom. Sie ist im Knast.«

KAPITEL SECHZEHN

Charlies Augen weiteten sich. »Im Knast? O Mann.«

AB und Camille waren damit beschäftigt, Coop ein wenig Privatsphäre mit seinem Vater zu geben. Sie versprachen, mit heißen Getränken zurückzukommen, und verschwanden in der Küche, um das Geschirr abzuräumen.

Coop holte tief Luft. »Du weißt, dass Jack und ich nie mit dir über Mom sprechen. Früher schon, aber wir haben immer gesehen, wie sehr es dich verletzt hat, von ihren Eskapaden zu hören.«

»Ich bin ein großer Junge, mein Sohn. Ich kann damit umgehen.«

»Sagen wir einfach, dass ich mich im Laufe der Jahre einmischen und ihr aus mehreren Situationen heraushelfen musste. Es war einfacher, etwas Geld auszugeben, als mich mit ihr in meinem Leben auseinanderzusetzen. Also war ich derjenige, den sie um Hilfe gebeten hat. Vor Weihnachten ist sie dann hier aufgetaucht.«

»Hier, im Haus deiner Tante?« Coop sah die Ader an der Seite der Stirn seines Vaters. Sie war ein verräterisches

Zeichen für Irritation. Wenn sie zu pochen begann, waren erfahrungsgemäß alle Wetten verloren.

»In meinem Büro und hier. Sie hat angedeutet, dass sie Weihnachten mit uns verbringen wollte. Sie war auf dem Weg nach Vermont, um einen Freund zu besuchen. Ich habe ihr ein Hotel und ein Flugticket bezahlt und sie schnell nach Vermont geschickt. Sie rief mich vor ein paar Wochen aus einem Gefängnis in Vermont an.« Coop erzählte die Geschichte ihrer Verhaftung und des anschließenden Eklats vor Gericht und der daraus resultierenden Strafe. Er holte die Umschläge heraus und legte sie auf den Tisch. »Sie hat mir Briefe geschickt.«

Coop fummelte mit seiner Serviette herum. »Eher Hassbriefe. AB hat ein paar davon gelesen und sie vor mir versteckt. Sie wollte nicht, dass ich mich aufrege.«

Charlie räusperte sich. »Es wäre wahrscheinlich besser, wenn du sie einfach ins Feuer wirfst und verbrennst. Sie werden dir nichts nützen.«

Coop grinste. »Ein weiser Rat. Man sollte meinen, ich wüsste es inzwischen besser. Vielleicht ist es der Detektiv in mir. Ich versuche ständig, aus ihr schlau zu werden.«

»Das habe ich aufgegeben. Vor langer Zeit. Ich habe endlich begriffen, dass sie ein unglücklicher Mensch ist und es nichts gibt, was ich tun oder sagen könnte, um sie glücklich zu machen.« Charlie rutschte auf seinem Sessel hin und her und schob den Rolltisch an. »Das habe ich erst Jahre nach ihrem Verschwinden begriffen.«

Camille und AB kamen mit einem Tablett mit Tee und koffeinfreiem Kaffee zurück. »Da sind wir«, sagte Camille. Sie sorgte dafür, dass Charlie eine Tasse in Reichweite hatte, und setzte sich auf ihren Stuhl.

Coop schob den Stapel Briefe zu AB. »Mach schon! Fang an!«

AB umklammerte ihre Brust. »Ich? Du willst, dass *ich* sie alle lese?«

Charlie betrachtete den Stapel. »Anscheinend ist sie eine richtige Schriftstellerin geworden. Sie muss jeden Tag einen verschicken.«

»Fass sie zusammen! Wir müssen nicht jedes Wort hören«, sagte Coop.

AB nahm den Stapel und öffnete den ersten Brief, der noch geschlossen war. Sie überflog den Inhalt und Coop beobachtete ihre Augen. »Es ist wieder das gleiche Geschwafel, Coop.« Sie seufzte und sagte: »Sie gibt dir und ihrer Anwältin die Schuld. Sie hasst das Essen und kann nicht glauben, dass dort nicht geraucht werden darf. Sie kauft Snacks im Knastladen und ernährt sich von Junkfood. Sie muss Kaffee und anständiges Shampoo kaufen.«

Sie nahm einen weiteren Umschlag in die Hand. »Sie kann nicht glauben, dass du ihr nicht aus der Patsche hilfst. Sie weiß, dass du viel Geld hast und ihr einfach nicht helfen willst. Sie ist die einzige Frau in der Abteilung für weibliche Gefangene.« AB schüttelte den Kopf. »Weil sich alle anderen um ihre Mütter kümmern.«

Sie ging über zum nächsten. »Sie hatte Besuch von Miss Flint.«

»Das ist die Anwältin, die ich für ihre Vertretung vor Gericht bezahlt habe«, fügte Coop hinzu.

»Miss Flint hätte Marlene gefragt, ob sie wüsste, wie sie im Gefängnis im Supermarkt einkaufen könne. Sie hätte erzählt, dass Coop Miss Flint jede Woche Geld zur Verfügung stelle, damit Marlene Zugang zu den von ihr gewünschten Artikeln hatte.« ABs Augen verließen die Seite und fanden die von Coop. »Deine Mutter hätte das nicht gedacht. Sie sagt, es sei das Mindeste, was du für sie tun kannst.«

Tante Camille rührte in ihrem Tee. »Also, Leute, ich kann das alles nicht glauben.« Sie tätschelte Coops Hand. »Lass dich von ihren hasserfüllten Worten nicht aus der Ruhe bringen, Liebling.«

AB öffnete den nächsten Brief. »Sie beschwert sich darüber, dass sie wieder nicht rauchen darf. Sie sagte, dass sie zweimal am Tag nach draußen muss und dass sie unter Nikotinentzug leidet. Im Gefängnis gibt es eine winzige Bibliothek mit Büchern, die sie aus Angst vor dem Inhalt nicht anfassen will. Mit einem Teil ihres Geldes hat sie zwei neue Taschenbücher gekauft. Sie darf nur eine Stunde pro Tag fernsehen, aber wenn sie sich bessert, wird die Zeit auf zwei Stunden pro Tag erhöht.«

Coop grinste. »Wollen wir darauf wetten?«

Sein Vater schüttelte den Kopf. »Ich denke, man kann mit Sicherheit sagen, dass sie ihr Programm von einer Stunde pro Tag beibehalten wird.«

AB wühlte sich weiter durch den Stapel. Marlene schimpfte über Coop und alle, die mit dem Fall zu tun hatten. Man erinnerte sie daran, dass sie bei ihrer Entlassung gemeinnützige Arbeit leisten müsste, und damit begann eine neue Tirade gegen das System. Außerdem wurde Marlene gedrängt, einen Entschuldigungsbrief zu schreiben. Sie wollte Coop zu verstehen geben, dass sie das Briefpapier und die Briefmarken kaufen müsste, um ihm ihre Briefe zu schicken.

AB fasste die Kritik und die Verleumdungen zusammen, die Marlene in jedem ihrer Briefe äußerte. Sie stolperte über Wörter und Sätze, die Coop anprangern sollten. AB steckte den letzten Brief zurück in seinen Umschlag. »Es tut mir leid, Coop. Sie ist schrecklich. Ich wünschte, du hättest sie nie in meinem Schreibtisch gefunden.«

Charlie sagte: »Sie ist ein echtes Miststück. Es tut mir

leid, mein Sohn. Es ist furchtbar, sich ihren Unsinn anzuhören. Die Macht deiner Mutter über mich hat sich vor Jahren aufgelöst. Es hat lange gedauert, aber ich bin über den Punkt hinaus, an dem mich stört, was sie sagt oder denkt. Ich hoffe, du schaffst das auch.«

»Es ist eine Schande, dass Marlene nicht mehr aus ihrem Leben gemacht hat«, sagte Camille. »Ihre Worte sind reiner Blödsinn. Ich hatte gehofft, sie würde zur Vernunft kommen.«

AB holte tief Luft und stapelte die Briefe auf. »Das ist eine Lektion in Vergeblichkeit. Es ist offensichtlich, dass deine Mutter nichts über dich weiß. Du bist freundlich und immer bereit, anderen zu helfen. Deine Integrität und Arbeitsmoral werden in der ganzen Gemeinde respektiert. Es ist zu schade, dass sie sich nie die Zeit genommen hat, an deinem Leben teilzunehmen. Dann wüsste sie, was für ein großartiger Mensch du bist.«

Sie stand auf, stapfte zum Schrank und rief: »Ich kann ihren Blödsinn nicht mehr hören … Blödsinn. Wenn sie noch einmal hier auftaucht, werde ich ihr einen Knoten in die Zunge machen.« Sie schlüpfte mit den Armen in ihre Jacke, als sie ins Esszimmer zurückkam.

Mit ihrer typischen sanften und höflichen Stimme fügte sie hinzu: »Danke für das Abendessen, Camille. Ich freue mich, dass es dir gut geht, Charlie. Ich sehe dich morgen im Büro, Coop.« Sie gab Gus einen kurzen Kuss und ging aus der Tür.

Coop sprintete zur Tür und lief ihr hinterher, Gus folgte ihm. Charlie wandte sich an Camille und sagte: »Gutes Mädchen.«

KAPITEL SIEBZEHN

Die abendliche Lektüre trug wenig dazu bei, dass Coop einschlief. Nachdem er fast eine halbe Stunde lang in Socken auf dem kalten Beton gestanden und mit AB gesprochen hatte, verweilte er vor dem Feuer. Seine Füße waren so kalt, dass sie brannten, als die Wärme des Feuers sie auftaute.

Charlie und Camille waren bereits verschwunden, als er und Gus ins Haus zurückgekommen waren. Er warf einen Blick in das Zimmer seines Vaters und sah ihn in seinem Bett liegen. Er verbrachte eine Stunde damit, in die Flammen zu starren, dem leisen Schnarchen von Gus zu lauschen und mit den Gedanken an seine Mutter zu hadern.

Er wollte nicht, dass ihre Worte eine Wirkung zeigten. Er wusste, dass sie wütend war und ihm die Schuld gab und nicht sich selbst. Der logische Teil seines Gehirns wiederholte die Fakten. Aber ein winziger Teil von ihm, der Hauch eines kleinen Jungen, fühlte sich noch immer geschlagen.

Er erlaubte sich nicht, nachts zu essen, wenn er nicht

schlafen konnte. Er hatte genug Probleme, sein Gewicht auch ohne die zusätzlichen Kalorien zu halten, aber heute Abend machte er eine Ausnahme. Er suchte die Schokoladencremetorte aus und schnitt sich ein Stück ab.

Als er die samtige Schokolade und die süße Schlagsahne probierte, erinnerte sie ihn an die Liebe, die ihn umgab. Er betrachtete das Heim, das Onkel John und Tante Camille geschaffen hatten. Das Zuhause, das seine Wunden als junger Student geheilt und ihn zu dem Mann geformt hatte, der er geworden war. Sein Vater, der Coop auf seine ruhige Art hatte gehen lassen, um sein eigenes Leben zu gestalten. Er war ein Mann, der durch die Hand der Frau, die Coops größter Beschützer und Fan hätte sein sollen, seinen Anteil an Herzschmerz erlitten hatte.

Es war weit nach Mitternacht, als Coop Gus von seinem Platz am Feuer aufweckte und ihn ins Schlafzimmer begleitete. Als Coop ins Bett kletterte, schlief Gus schon wieder tief und fest. Er ließ seinen Kopf auf dem Kissen ruhen, während ihm die Gedanken an AB durch den Kopf schossen. Sie war bereit gewesen, nach Vermont zu fahren und seiner Mutter einen Besuch abzustatten. Er hatte nicht geglaubt, dass er jemals jemanden finden würde, der so loyal war wie Tante Camille, aber AB war das einzig Wahre. Sie hatte ihn nie im Stich gelassen und ihm immer den Rücken gestärkt. Eine treuere Freundin würde er nie finden.

Am nächsten Morgen saß AB an ihrem Schreibtisch, als Coop und Gus eintrafen. Sie entschuldigte sich für ihren Ausbruch von gestern Abend und konzentrierte sich dann auf die Berichte, die sie fertigstellen mussten.

Am Mittag war alles wieder normal. Die Briefe waren

vergessen. Coop besorgte Sandwiches für das Mittagessen, und sie arbeiteten sich durch den Nachmittag. Ein paar Stunden vor Feierabend hörten sie eine Stimme an der Hintertür. »Huhu«, rief Tante Camille. Sie bat Coop, Charlie aus dem Auto und die Treppe zum Büro hinaufzuhelfen.

Coop führte seinen Vater zu der Rampe, die er vor ein paar Jahren installiert hatte. Es ging nur langsam voran, aber Charlie schaffte die meiste Arbeit allein. Coop half ihm zu einem Stuhl im Empfangsbereich.

»Puh, das war ein Workout«, sagte Charlie und nahm eine Tasse Tee von AB entgegen.

»Was führt euch hierher?«, fragte Coop.

»Wir waren heute im Gemeindezentrum. Wir sind zwei Runden auf der Bahn gelaufen und haben dort zu Mittag gegessen.«

»Es war gar nicht so schlecht«, sagte Charlie. »Nicht wie deine Mahlzeiten, Camille, aber nicht schlecht.«

»Charlie traf einige der Stammgäste und spielte Karten. Meine Freundin Dixie arbeitet dort ehrenamtlich. Sie hat heute gearbeitet. Sie hat Charlie geholfen, sich mit ihr bekanntzumachen.«

»Das klingt gut. Hat es dir dort gefallen, Dad?«

»Ja, es war nicht wie im Altersheim zu Hause. Sie haben sogar eine Holzwerkstatt. Wenn ich wieder besser zurechtkomme, werde ich sie benutzen.«

»Es gibt viele Aktivitäten. Kunst und Handwerk, Computer, Fotografie, Karten und Spiele, eine kleine Bibliothek, ein schönes Café und eine Cafeteria. Es ist wunderbar. Ich war seit der Einweihung nicht mehr dort.«

AB bot ihnen eine der selbstgemachten Leckereien an, die Darla gebacken hatte. »Das klingt nach Spaß.«

»Nun, da unten ist auch etwas nicht in Ordnung. Dixie hat mir erzählt, dass immer mehr Leute kommen. Sie nehmen Spenden an, verlangen eine Gebühr für einige Materialien für die Kurse und kassieren einen kleinen Betrag für das Mittagessen. Sie sagte, dass mit dem Geld etwas nicht stimmt. Sie muss jeden Tag die Spenden und die Kasse zählen, bevor sie geht, und sie sagt, dass das Geld seit der Eröffnung des Ladens immer mehr geworden ist. Aber die Frau, die für den Ort verantwortlich ist, sagt immer wieder, dass sie nicht genug Geld haben und vielleicht ihr Programm kürzen müssen.«

»Bekommen sie nicht einen Teil der Mittel vom Bezirk oder der Stadt?«, fragte Coop.

Camille nickte und nahm einen Bissen von ihrem Keks. »Die sind köstlich. Diese Darla ist eine gute Bäckerin. Ja, sie bekommen einen gewissen Anteil an Steuereinnahmen, und sie haben Zuschüsse und sind auf Spenden angewiesen.«

Charlie verschlang seinen zweiten Keks. »Dixie glaubt, dass jemand Gelder unterschlägt. Sie sagte, es gäbe keinen Grund, dass sie finanzielle Probleme haben. Die Spenden sind stark angestiegen. Sie meint, dass da etwas faul ist.«

Coop hob die Hände. »Ich kann mich da jetzt nicht einmischen. AB und ich haben diese Woche eine Menge Arbeit zu erledigen, und wir arbeiten immer noch an Chandlers Fall.«

Camille lächelte, und ihre Augen verrieten ihre Begeisterung. »Du musst dich nicht einmischen. Charlie und ich werden den Ort überwachen und sehen, ob wir herausfinden können, was da vor sich geht.«

AB versteckte ein Grinsen hinter ihrer Tasse. Coop zwang sich, ein Lachen zu unterdrücken. »Was meinst du mit *überwachen*?«

»Oh, wir verbringen einfach Zeit dort und schauen, was wir in Erfahrung bringen können. Ich dachte, ich melde mich wie Dixie als Freiwillige. Charlie kann ein paar

Aktivitäten machen und Karten spielen und sehen, was er mitbekommt.«

Charlie lächelte Coop mit einem Schimmer in den Augen an. »Ich habe deiner Tante gesagt, dass es mir nichts ausmacht, ihr zu helfen, und dass ich ihren Platz dort mag.«

»Ganz zu schweigen davon, dass dein Vater dort einige Köpfe verdreht hat. Es wimmelt nur so von Witwen.« Camille zwinkerte Charlie zu.

Er schüttelte den Kopf und lachte. »Wie du schon sagtest, Camille, ich brauche das, wie ein U-Boot eine Fliegengittertür braucht.«

Camille schnippte mit der Hand nach ihm und sagte: »Wäre es nicht toll, wenn Charlie jemanden kennenlernen und zu euch ziehen würde?«

»Ich fände nichts toller, als Dad näher bei mir zu haben«, sagte Coop. »Ich halte mich aber aus dem Verkupplungsgeschäft heraus.« Coop bemerkte den müden Blick in den Augen seines Vaters. »Du siehst erschöpft aus. Es wird Zeit, dass du nach Hause gehst und dich ausruhst.« Er stand auf und half ihm vom Stuhl.

»O ja. Wir waren den ganzen Tag unterwegs. Nach Charlies Therapie sind wir dorthin gefahren und haben seitdem keine Pause gehabt. Wir werden nach Hause fahren und ihm vor dem Abendessen ein Nickerchen verschaffen.« AB hielt ihr die Jacke hin und sie schlüpfte hinein. »Apropos Abendessen, komm doch am Freitag zu uns. Bis dahin sollten wir etwas zu berichten haben, und du kannst uns dabei helfen, AB.«

AB versprach, da zu sein, und winkte, als Camille sich hinter das Steuer setzte und Coop Charlie auf den Beifahrersitz setzte. Er kam die Treppe hinauf und schüttelte amüsiert den Kopf.

Sie lächelte ihn an. »Das könnten wir in ein paar

Jahrzehnten sein. Degradiert, um den Blödsinn im Gemeindezentrum zu untersuchen.«

»Hoffen wir, dass wir bis dahin im Ruhestand sind und irgendwo an einem Strand Drinks schlürfen.«

———

Zwischen dem Abtippen seiner Sicherheitsempfehlungen und dem Unterschreiben von Schecks schaute Coop bei Chandler vorbei. Er hasste es, ihm zu sagen, dass er immer noch nichts hatte. Keine Durchbrüche, keine Erleuchtungen. Der Fall wurde von Tag zu Tag kälter.

Chandler nahm die Nachricht gut auf. Er hatte sich daran gewöhnt, zu Hause zu bleiben, und schaute sich mehrere Serien an, von denen er noch nie gehört, geschweige denn gesehen hatte. Coop kam ein paar Mal pro Woche auf einen Kaffee oder zum Mittagessen vorbei und versprach, Chandler am Wochenende wiederzusehen. Er ließ ihm ein paar Krimis mit einem Detektiv da, von dem Coop dachte, dass er Chandler gefallen würde.

Trotz der Kälte konnten Coop und Gus am Nachmittag ein paar Spaziergänge im Park machen. Coop konnte die langwierige Arbeit an den Sicherheitsbewertungen nur eine bestimmte Anzahl von Stunden ertragen und ging zur Freude des Hundes früh ins Bett.

Die tristen Wintertage passten zu seiner Stimmung. Er hatte den Januar immer gehasst. Sobald die Feiertage vorbei waren, begann die Tristesse der Saison. Der Park war trotz der kahlen Bäume immer noch ein malerischer Zufluchtsort. Er war der perfekte ruhige Ort für eine kurze Auszeit von der Arbeit und der Realität.

Gus tobte, während Coop nachdachte. Über den Fall. Über seine Mutter. Das Leben im Allgemeinen. Der

Lichtblick in seinem sonst so tristen Dasein war sein Vater. Er hatte gar nicht bemerkt, wie sehr er ihn vermisste. Ihn um sich zu haben, war tröstlich. Ganz zu schweigen davon, wie sehr er das Leben von Tante Camille erhellt hatte. Es würde Coop schwerfallen, sich von ihm zu trennen, nachdem er ihn ein paar Monate lang um sich gehabt hatte.

Gus jagte den Ball für Coop, wenn seine Nase ihn nicht dazu brachte, gewöhnliche Sträucher oder Felsen zu untersuchen. Sie beobachteten einen alten Mann, der mit einem kleinen Hund mit gelocktem Fell spazieren ging. Der Hund trug einen gelben Regenmantel und vier kleine gelbe Stiefel. Gus neigte seinen Kopf zu den beiden und drehte sich dann zu Coop um. »Ich habe keine Erklärung für dich, Kumpel. Sei einfach froh, dass ich dir keine komischen Klamotten kaufe.«

Am Freitagmorgen beim Frühstück fragte Coop Ben nach den Entwicklungen in Chandlers Fall. »Wir waren mit einigen neuen Fällen beschäftigt, deshalb ist er im Moment etwas in den Hintergrund getreten. Ganz zu schweigen davon, dass ein paar der Techniker mit der Grippe ausgefallen sind. Die geht dort um wie ein Lauffeuer.«

Coop wich vom Tisch zurück. »Ich brauche keine Bazillen. Ich hasse es, krank zu sein.«

Myrtle kam mit einer Kanne mit frischem Kaffee an ihren Tisch. »Wie ich sehe, ist dein Daddy in der Stadt, Coop. Er war neulich mit Camille hier. Ich habe ihn seit Jahren nicht mehr gesehen.«

»Ja, er erholt sich ein paar Monate lang bei uns.«

Sie nickte. »Er hat mir von seiner Knieoperation erzählt. Er war ein bisschen humpelig, aber gut gelaunt.«

»Tante Camille hält ihn auf Trab und sorgt dafür, dass er gut gefüttert wird. Er genießt die ganze Aufmerksamkeit.«

»Ich hoffe, ihr kommt an den Wochenenden vorbei, wenn er hier ist.« Sie drehte sich um, als es in der Küche klingelte. »Ich gehe jetzt besser. Ich habe mehr zu tun als eine Motte in einer Wollsammlung. Ich bringe die Bestellung von AB sofort.«

»Dad verdreht den Siebzigjährigen in ganz Nashville den Kopf.« Coop lachte und nahm einen großen Schluck Kaffee.

»Jen möchte euch alle zum Essen einladen, während euer Vater in der Stadt ist. Wenn er sich dazu in der Lage fühlt.«

»Das wird ihm gefallen. Zwischen seiner Therapie und dem Lauftraining im Gemeindezentrum macht er bereits Fortschritte. Tante Camille hat ihn dazu überredet, ihr bei einer ihrer *Ermittlungen* zu helfen.« Coop benutzte Anführungszeichen und unterhielt Ben mit einer Kurzfassung von Camilles letzter Eskapade.

Sie lachten beide, als Myrtle mit einer Schachtel und der Rechnung zurückkam. »Es ist schön zu sehen, dass ihr Jungs Spaß habt. Normalerweise seid ihr alle in ein Verbrechen verwickelt.«

Ben übernahm die Rechnung und winkte Coop zu, als er und Gus sich auf den Weg ins Büro machten. AB machte eine Pause und aß ihre Pekannusspfannkuchen, während Coop ihre Abschlussberichte durchging. Er sollte die fertigen Produkte nach dem Mittagessen abliefern.

Sie überarbeiteten ein paar Dinge, und dann druckte AB sie aus und steckte sie in schicke Ordner von *Harrington and Associates*. Sie warf einen bösen Blick auf Coops Shirt, woraufhin er einwilligte und ein Firmen-Hemd über sein Shirt mit der Aufschrift *Bürokraten machen gerne das Mögliche unmöglich* zog.

»Ich lasse Gus bei dir, und wenn ich nicht zurück bin,

wenn es Zeit ist, zu schließen, kannst du ihn zum Abendessen mitbringen?«

»Aber sicher. Wir kommen schon zurecht.« Gus, der sich zu Füßen von AB ausruhte, warf Coop einen Blick zu, als würde er sich mit herausgestreckter Zunge beschweren.

»Manchmal denke ich, dieser Hund ist ein Mensch«, sagte er, packte seine Tasche und rief zum Abschied.

Die Besuche von Coop bei den beiden Unternehmen waren erfolgreich. Er erhielt einen Auftrag zur Umsetzung seiner Empfehlungen und eine Weiterempfehlung des anderen Kunden. Nach Beendigung seiner Geschäftstreffen hielt er an einem Smoothie-Laden und fuhr zu Chandlers Haus.

Chandler begrüßte ihn an der Tür, gekleidet in Jogginghosen. Coop reichte ihm einen Smoothie. »Sieht aus, als würdest du Fortschritte machen. Du bist vom Pyjama zur Jogginghose gewechselt.«

Chandler lächelte und winkte ihn ins Wohnzimmer. »Ja, es war ein guter Tag. Ich habe es geschafft, mir die Hose mit einer Hand anzuziehen.«

»Ich glaube, die Auszeit hat dir gutgetan. Du wirkst weniger … ernst.«

»Glaubst du das? Ich habe mir seit Jahren keine Auszeit mehr genommen. Es war eine Umstellung, aber so wie unsere Arbeit strukturiert ist, um unsere Forschung zu schützen, gibt es nicht viel, was ich hier zu Hause tun kann. Ich gebe es nur ungern zu, aber ich habe meine Zeit zu Hause fast genossen. Normalerweise schlafe ich hier nur und habe noch nie Zeit damit verbracht, in dieser Wohnung zu leben. Ich habe den Computer sogar für Videochats mit meiner Familie genutzt.«

»Wie gehen sie damit um?«

»Sie sind besorgt, aber ich habe die ganze Sache heruntergespielt. Ich will nicht, dass sie sich Sorgen um mich machen.«

Sie sprachen über den Fall und beklagten sich über den mangelnden Fortschritt. Chandler erkundigte sich nach Coops Vater und lud ihn ein, ihn beim nächsten Besuch von Coop mitzubringen. »Wir könnten unsere Verletzungen vergleichen«, sagte er lachend.

Coop brachte Chandlers Müll raus und erledigte ein paar Aufgaben im Haus, die Chandler mit seiner verletzten Hand nicht erledigen konnte. Er sorgte dafür, dass er genug Lebensmittel hatte, und unterhielt ihn mit Camilles Theorie über den Skandal im Gemeindezentrum.

»Ist das das Heritage Center in Belle Meade?«

Coop nickte. »Du kennst es?«

»Ich habe eine Menge Geld für diese Einrichtung gespendet. Mir gefällt das Modell, viele Aktivitäten für Senioren anzubieten und auch andere Altersgruppen einzubeziehen, damit es nicht zu einem schäbigen Seniorenzentrum wird.«

»Ich kann dir versichern, dass meine Tante der Sache auf den Grund gehen wird.«

»Halte mich auf dem Laufenden. Ich bin gerne bereit, einzugreifen. Ich habe etwas Einfluss auf den Vorstand.«

Coop trank seinen Smoothie aus und erkundigte sich nach Chandlers Plänen für das Abendessen. Als er erfuhr, dass Chandler sich etwas liefern lassen wollte, lud er ihn zu Tante Camille ein.

»Oh, ich würde mich nicht wohl dabei fühlen, deine Familienzeit zu stören. Verdammt, ich stehe unter Mordverdacht. Sie will mich vielleicht nicht in ihrem Haus haben.«

»Sei nicht albern! Komm und mach dich fertig! Kommst du in den Jeep?«

Chandler lächelte und nickte. Er bewegte sich so schnell er konnte zum Hauptschlafzimmer, und Coop half ihm, ein Hemd zuzuknöpfen und eine richtige Hose anzuziehen. Während Chandler sich fertigmachte, rief Coop Tante Camille an, um sie vor einem weiteren Gast zu warnen.

Coop half Chandler in die Jacke und die Treppe hinunter zum Jeep. Als sie ankamen, wurden sie von AB an der Eingangstür begrüßt. Chandler lächelte und sagte: »Annabelle, schön, dich wiederzusehen.« Coop entschuldigte sich, um sich die Hände zu waschen und Camille bei ihren letzten Vorbereitungen zu helfen.

»Komm herein! Es ist fast fertig.« AB half Chandler aus seinem Mantel und führte ihn ins Esszimmer, wo Charlie bereits auf seinem schicken Sessel saß. AB stellte die beiden einander vor.

Coop trug Teller und Schüsseln zum Tisch, und Camille folgte ihm mit einem Korb voll warmer Kekse. Sie begrüßte Chandler und sagte: »Ich freue mich sehr, dass Sie heute Abend hier sind. Ich habe Ihren Fall verfolgt.«

»Ich weiß die Einladung zu schätzen, Ma'am. Sie haben ein wunderschönes Haus, und ich habe schon seit Jahren kein selbstgekochtes Essen mehr bekommen.«

»Ich heiße Camille, und das werden wir schnell ändern. Setzen Sie sich!« Sie wies auf den Stuhl, der Charlie am nächsten war. Sie setzten sich und reichten Schmorbraten, Pilzragout, Kartoffeln und gebratenes Gemüse über den Tisch. Wie es ihre neue Gewohnheit war, richtete Camille Charlies Teller für ihn her.

AB half Chandler, als er Schwierigkeiten hatte, sich selbst zu bedienen. »Tut mir leid, ich kann mit der linken Hand essen, aber servieren ist eine andere Sache.« Er nahm seinen ersten Bissen und sagte: »Miss Camille, das ist der beste Schmorbraten, den ich je gegessen habe.«

Ihre rosigen Wangen glühten vor Freude. »Ich kann nicht alles für mich beanspruchen. Ich habe eine wunderbare Köchin und Haushälterin, die die meisten unserer Mahlzeiten zubereitet. Es freut mich, dass es Ihnen schmeckt.«

»Lass dich von ihr nicht täuschen. Sie ist eine ausgezeichnete Köchin. Ihre Sonntagsessen sind legendär«, sagte AB.

Coop schaufelte sich einen Löffel Gemüse auf seinen Teller. »Ich habe herausgefunden, dass Chandler einer der Hauptspender des Heritage Centers ist. Ich habe ihm gesagt, dass du ein Fehlverhalten vermutest.«

Camille sah Charlie an und grinste. »Wir haben diese Woche viel Zeit dort verbracht. Ich habe mich freiwillig gemeldet wie Dixie, und Charlie hat ein paar Kurse besucht und jeden Tag Karten gespielt.«

Sie erläuterte die Verfahren, die die Freiwilligen anwenden. Die Besucher erhalten Karten, und ihre Besuche und die Nutzung der Einrichtungen werden durch Scannen der Karten erfasst. Das Zentrum veröffentlicht vierteljährliche Finanzberichte, die in Ordnern in der Bibliothek für die Öffentlichkeit zugänglich sind. Während Camille als Freiwillige arbeitete, nahm sie sich die Berichte zur Hand und machte mit ihrem Handy Fotos von den relevanten Details.

»Charlie und ich haben uns die Berichte angesehen und Dixie hat recht. Die Nutzung hat zugenommen. Die Spenden haben zugenommen. Es gibt keinen Grund, warum sie finanzielle Probleme haben sollten.«

Charlie bat um einen weiteren Keks. »Nach dem, was die Jungs gesagt haben, ist die Leiterin des Ladens besorgt, dass sie Programme und Arbeitszeiten kürzen müssen, um eine Schließung zu verhindern.«

»Ich werde ein paar der Vorstandsmitglieder anrufen. Es ist einer dieser beratenden Ausschüsse, die sich also nicht um das Tagesgeschäft kümmern. Irgendetwas muss da nicht stimmen, wenn die Einnahmen da sind.«

AB reichte den Schmorbraten weiter und fügte hinzu: »Das bedeutet, dass die Ausgabenseite einer gründlichen Prüfung unterzogen werden muss.«

Coop und AB sprachen über einige der Fälle, an denen sie beteiligt waren, und über die finanziellen Unregelmäßigkeiten, die sie aufgedeckt hatten. Camille nickte und sagte: »Wenn da etwas faul ist, muss es von innen kommen.«

Die Anwesenden stimmten ihr zu. »Wer hat Zugriff auf das Geld?«, fragte Coop.

»Die Freiwilligen, die Buchhalterin im Büro, ich könnte mir vorstellen, die zuständige Dame, Miss Stein.«

»Unserer Erfahrung nach entwendet entweder jemand einen Teil des Bargelds aus den täglichen Einnahmen oder die Buchhaltung ist zu kompliziert. Wie AB schon sagte, wenn die Einnahmen mit den Kassenberichten der Freiwilligen übereinstimmen, liegt es auf der Ausgabenseite.«

Chandler versprach, am Montag anzurufen und sich mit Tante Camille in Verbindung zu setzen. »Ich habe sonst nicht viel zu tun. Ein neues Projekt wird mir guttun.« Er lächelte und bat um eine weitere Portion.

Am späten Montagnachmittag hörte Coop ein Hupen auf dem hinteren Parkplatz. Gus kam ihm zuvor und wedelte wie wild mit dem Schwanz. Coop sah Camilles Limousine. Sie stieg aus dem Auto und öffnete Charlie die Beifahrertür. Coop freute sich, als er Chandler auf dem Rücksitz ihres Autos sitzen sah.

Er stürmte nach draußen, um sich zu vergewissern, dass sein Vater wieder auf den Beinen war, und half dann Chandler. »Wir haben aufregende Neuigkeiten und Fortschritte in unserem Fall«, sagte Tante Camille, während sie den Kofferraum öffnete und Unmengen von Computerausdrucken herausholte. Coop schnappte sich den größten Teil davon, und die vier machten sich auf den Weg ins Büro.

Sie versammelten sich im Empfangsbereich und AB bereitete eine Kanne Tee zusammen mit einigen der übrig gebliebenen Leckereien aus dem Geschenkkorb. Tante Camille nahm eine Tasse Tee und sagte: »Chandler war ein großer Segen für die Ermittlungen, Leute.«

Er lächelte und bedankte sich bei AB für den Tee. »Ich habe nur ein paar Anrufe gemacht. Ich habe den Ball ins Rollen gebracht.«

»Oh, es geht voran. Die Vorstandsmitglieder haben uns einen Überraschungsbesuch abgestattet und Kopien von allen Transaktionen gemacht. Chandler hat uns unsere eigenen Kopien besorgt. Wir haben uns freiwillig gemeldet, um bei der Durchsicht zu helfen.«

»Haben wir das?«, fragte Coop mit hochgezogenen Augenbrauen.

»Und Chandler schickte zwei seiner hochkarätigen Mitarbeiter von *Borlund*, um die Abläufe in der Buchhaltung durchzugehen und sich das Softwaresystem anzusehen.«

»Ich bin kein Buchhaltungsexperte, also dachte ich, das wäre der schnellste Weg, um einen guten Überblick über die

Situation zu bekommen. Der Vorstand war froh über die kostenlose Hilfe.«

»Und das Büro unten im Zentrum ist ganz schön aufgeregt. Ich habe mich heute freiwillig gemeldet, und als die Vorstandsmitglieder auftauchten, geriet das Büro in Aufruhr«, sagte Camille mit einem schiefen Lächeln.

Coop und AB blätterten in einigen Papieren aus Camilles Kofferraum. »So wie es aussieht, bezahlen sie die meisten ihrer Rechnungen elektronisch«, sagte AB.

Coop nickte, während er mit dem Finger über die Liste der Transaktionen fuhr. »Denkst du, was ich denke, dass du denkst?«

Mit einem wissenden Nicken sagte AB: »Chandler, bitte deine Leute im Büro, die Kontonummern der Lieferanten für elektronische Zahlungen zu überprüfen. Wir sind schon auf einige Betrugsversuche gestoßen, die auch hier angewendet worden sein könnten.« Sie erklärte, dass Leute, die in der Buchhaltung arbeiteten, die Kontonummern der Lieferanten oder sogar nur eines Lieferanten geändert und Gelder auf ihre eigenen Konten umgeleitet hatten, anstatt die Rechnungen zu bezahlen.

Sie fuhr fort, die Methoden der Veruntreuer zu beschreiben. »Wir haben auch schon erlebt, dass sie fiktive Lieferanten auf die Liste gesetzt haben. Als wir sie untersuchten, stellte sich heraus, dass sie mit ihren eigenen Bankkonten verbunden waren.«

»Das ist ein ganz schön hinterhältiges Zeug«, sagte Charlie. »Ich verstehe den Elektronikwahn heutzutage nicht.«

»Es gibt Methoden, mit denen Unternehmen sicherstellen, dass diese Art von Betrug nicht passiert.« AB wandte sich an Chandler: »Du sagtest, der Vorstand mischt sich nicht in das Tagesgeschäft ein, und mit einer kleinen

Belegschaft und begrenzter Aufsicht ist es das perfekte Umfeld für korrupte Mitarbeiter.«

Er trank seinen Tee aus und stellte die Tasse zurück auf den Tisch. »Ich habe das Gefühl, dass es in dieser Hinsicht eine Veränderung geben wird. Sie werden eine aktivere Rolle bei der Organisation übernehmen und strengere Sicherheitsvorkehrungen treffen müssen. Ich werde jetzt meine Mitarbeiter anrufen und ihnen von der Sache mit den Lieferanten erzählen.« Er holte sein Telefon heraus und drückte ein paar Tasten.

Camille griff nach einem weiteren Keks. »Es ist ekelhaft, dass Leute ein solches Zentrum bestehlen. Die meisten der Gäste sind Senioren. Einige von ihnen haben nicht die Mittel, sich Mahlzeiten zuzubereiten oder zu kaufen, also gehen sie zum Mittagessen dorthin. Das brennt mir auf den Nägeln.«

Die vier warteten und hörten zu, als Chandler den Anruf tätigte. Er unterbrach die Verbindung und sagte: »Sie haben eine Kopie der Datenbank gemacht, und die Vorstandsmitglieder haben das Büropersonal bis auf weiteres nach Hause geschickt. Sie sagen, das Problem mit dem Lieferanten stehe auf der Liste der zu untersuchenden Dinge.«

Sie beendeten ihren improvisierten Nachmittagstee, während sie darüber spekulierten, was passieren würde, wenn ein Betrug im Zentrum aufgedeckt würde. »Sie werden die Datenbank und die Aufzeichnungen zu *Borlund* bringen. Sie meinten, sie würden morgen erste Ergebnisse haben. Sie werden zuerst die Lieferanten überprüfen.«

»Das Ersetzen von Kontonummern ist eine der einfachsten Möglichkeiten für Gauner, unbemerkt Geld zu veruntreuen. Es sieht so aus, als ob alles normal wäre, aber es kommt zurück, um sie zu verfolgen, wenn die tatsächlichen

Rechnungen im Rückstand sind und nicht bezahlt werden. Oft haben sie den Job dann schon aufgegeben und nur noch das genommen, was sie kriegen konnten«, erklärte AB.

Coop stand auf und sagte: »Gut, machen wir Schluss für heute. Morgen wissen wir wohl mehr.«

Camille bestand darauf, dass sie sich morgen Abend bei ihr zum Abendessen trafen und die neuesten Informationen von Chandlers Mitarbeitern und seinen Beziehungen zu den Vorstandsmitgliedern erhalten. »In der Zwischenzeit werden wir uns diese Berichte ansehen. Ich werde morgen wieder als Freiwillige arbeiten, vielleicht erfahre ich dann etwas.«

KAPITEL ACHTZEHN

Am Dienstag waren Coop und AB mit ihren anderen Fällen beschäftigt. Coop hatte Kundentermine in zwei seiner Scheidungsfälle, bei denen es um mutmaßlichen Ehebruch ging. Er musste ihnen belastende Beweise vorlegen, die ihre Ehepartner in Affären verwickelten. Er verabscheute die Untreue von Eheleuten und arbeitete hart daran, mehr Aufträge von Unternehmen zu erhalten, um unangenehme Scheidungsverfahren zu vermeiden.

Nach seinen stressigen Terminen ließ er sich auf die Couch neben ABs Schreibtisch plumpsen. »Also, ich denke, wir sollten einen neuen Blick auf Chandlers Fall werfen. Von vorne anfangen, sozusagen. Alle unsere Theorien und Annahmen über Bord werfen. Wir sollten reinen Tisch machen und bei Null anfangen.«

»Guter Plan. So wie die Reste, die man immer weiter nach hinten in den Kühlschrank schiebt.«

Er lachte. »Ein guter Vergleich.«

»Ich meine, glaubst du wirklich, dass es besser wird,

wenn du alles weiter zurückdrängst?« Sie rollte mit den Augen.

»Okay, ich werfe alles raus. Also, kannst du dich um alles kümmern, und ich werde Chandlers Fall gleich morgen früh in Angriff nehmen. Ich werde mit Gus einen kurzen Spaziergang machen und dann sehe ich dich zum Abendessen. Wir werden sehen, was die Superdetektive heute aufgedeckt haben.«

»Wird gemacht«, sagte sie lachend.

***

Coop und Gus machten einen Spaziergang im Park, bevor das Nachmittagslicht in die Dämmerung überging. Das Spazierengehen und Spielen mit Gus brachte ihn auf eine Fülle von Ideen. Er war sich sicher, dass ein neuer Blick auf den Fall einen Anhaltspunkt liefern und zu Fortschritten führen würde. Die Meteorologen hatten für heute Nacht einen Sturm angekündigt, und Coop spürte die feuchte Kälte in der Luft, als sie zum Jeep zurückkehrten.

Er half Mrs. Henderson beim Abendessen und bot an, Chandler abzuholen, da Camille und Charlie den ganzen Nachmittag im Zentrum verbracht hatten. Als er mit Chandler zurückkam, war AB schon da und plauderte mit den beiden.

Mrs. Henderson brachte die Sachen auf den Tisch, während Camille von ihrem Tag schwärmte. »Alle im Zentrum haben über den gestrigen Trubel getuschelt und geplaudert. Der Vorstand hat eine Dringlichkeitssitzung einberufen und sich in seinem großen Konferenzraum versammelt. Eigentlich ist die Sitzung öffentlich, und während ich gearbeitet habe, saßen Charlie und ein paar andere auf den

Zuschauerstühlen. Die Polizei kam und ging mit Computern und Akten.«

Die Gruppe schlemmte ein weiteres köstliches Mahl und reichte glasierten Schinken und selbstgemachtes Apfelmus über den Tisch, während sie über die Unterschlagung plauderten. Pfirsichkuchen und Eiscreme warteten danach auf sie.

Charlie nahm ein paar Schlucke seines speziellen Tees, den Mrs. Henderson ihm zubereitet hatte und der nur ein Viertel so süß war. »Die wichtigste Neuigkeit der Sitzung war, dass die Buchhalterin und Miss Stein bis zum Abschluss der Untersuchung suspendiert wurden. In der Zwischenzeit haben sich zwei der Vorstandsmitglieder, die im Ruhestand sind, freiwillig bereit erklärt, das Büro zu besetzen. Sie werden die Buchhaltung an eine örtliche Firma vergeben, bis die Angelegenheit geklärt ist.«

»Einige der Leute, die das Zentrum nutzen, sind besorgt und verärgert. Sie mögen das Chaos nicht, und die Vorstandsmitglieder versuchen, ihre Ängste zu lindern. Sie werden nächste Woche eine öffentliche Sitzung abhalten. Sie wollen allen versichern, dass das Zentrum geöffnet bleiben wird. Sie wollen, dass alles so normal wie möglich bleibt.«

Chandler fügte hinzu: »Meine Mitarbeiter sagen mir, dass Coop und AB genau richtig lagen. Sie fanden mehrere Kontonummern, die in den Lieferantenunterlagen geändert worden waren. Sie haben die Nummern an die Behörden weitergegeben. Nach dem, was meine Mitarbeiter berichtet haben, hat sich jemand in den letzten sechs Monaten an den Zahlungen der Lieferanten zu schaffen gemacht. Es sieht so aus, als würden sie jeden Monat die Zahlungen für einen oder zwei Lieferanten abzweigen und dann wieder zurückbuchen. Meine Mitarbeiter helfen der Polizei dabei, einige der Vorgänge aufzuklären.«

Mit einem Grinsen, das so groß war wie das Stück Pfirsich-Cobbler, in das Coop gerade hineinbiss, sagte er: »Tante Camille und Dad, ihr habt einen Toast verdient.« Er hob sein Glas Tee. »Als du mit dem Zentrum angefangen hast, war ich mir nicht sicher, aber es sieht so aus, als hättet ihr ein echtes Verbrechen aufgedeckt. Herzlichen Glückwunsch!«

Chandler hob sein Glas. »Ihr habt mir die dringend benötigte Aufregung verschafft und mich von meinen eigenen Problemen abgelenkt.«

Camille errötete angesichts der Aufmerksamkeit. »Ohne dich hätten wir es nicht geschafft, Chandler. Du hast die Vorstandsmitglieder dazu gedrängt und deine Leute dazu gebracht, sich die Unterlagen anzusehen.«

»Es ist gut, dass du das Thema angesprochen hast«, sagte AB. »Hoffentlich können sie sich erholen, wenn sie die verantwortlichen Mitarbeiter entlassen. Das Zentrum ist eine so wichtige Einrichtung für die Gemeinde.«

»Es ist wunderbar. Ich wünschte, wir hätten so etwas auch zu Hause. Draußen werden Wanderwege angelegt und ein Vogelschutzgebiet eingerichtet. Es wäre eine Schande, wenn es geschlossen oder die Öffnungszeiten gekürzt würden«, fügte Charlie hinzu.

»Es klingt so, als ob die Buchhalterin und Miss Stein beide in kriminelle Aktivitäten verwickelt wären«, sagte Coop.

Chandler schluckte seinen Bissen Cobbler und sagte: »So habe ich das verstanden. Die Buchhalterin führte die eigentlichen Transaktionen durch und bezahlte die Rechnungen. Miss Stein hat die Transaktionsberichte abgezeichnet. Fairerweise muss man sagen, dass sie vielleicht nicht gemerkt hat, dass die Kontonummern geändert worden waren, aber sie hat alle Zahlungen genehmigt.«

»Ich kann es kaum erwarten, den Damen im Club davon zu erzählen. Wir haben am Freitag ein Treffen, um unsere Gala-Vorbereitungen abzuschließen. Apropos wir müssen dir einen Smoking besorgen. Coop hat schon einen.« Camille sah Charlie an.

»Smoking?«, fragte er alarmiert.

»Die Gala ist eine formelle Angelegenheit. Dieses Jahr sammeln wir Geld für ein Programm für Pflegekinder.«

»Ich komme auch«, sagte AB. »Du kannst meine Begleitung sein, Charlie.«

»Nun, jetzt kann ich nicht mehr ablehnen«, sagte er mit einem Lächeln. »Ich schätze, das bedeutet, dass ich mich von Camille in einen dieser Affenanzüge stecken lassen muss.«

»Wunderbar, AB. Ich hatte dich schon auf der Liste an unserem Tisch.« Camille lächelte. »Da fällt mir ein, ich weiß nicht, ob ich es dir gesagt habe, Coop, aber ich habe dich als Teilnehmer eingetragen.«

Coop nickte und schaute dann verwirrt. »Was meinst du mit Teilnehmer? Bin ich nicht ein Gast?«

»Oje, das ist mir in der ganzen Aufregung wohl entfallen. Wir veranstalten dieses Jahr eine Junggesellenauktion. Ich habe den Damen gesagt, dass du gerne mitmachen würdest.«

Coops Gesicht errötete. Er sah, wie sein Vater kicherte und AB mit bebenden Lippen an die Wand starrte. Selbst Chandler war kurz davor zu platzen, als er versuchte, ein Lachen zu unterdrücken. »Ich … werde … das … nicht … tun!«

»Nun, Coop, es ist alles geklärt. Die Programme sind schon beim Drucker. Das wird ein Spaß, und es ist für einen guten Zweck.«

»Grr, Tante Camille!«, jammerte er. »Ich kann nicht glauben, dass du mir das angetan hast. Ich will nicht vor einem Haufen Frauen herumstolzieren.«

»Es gibt viele Männer, die sich freiwillig melden. Ärzte, Professoren, Polizisten, Feuerwehrleute, Banker, Geschäftsleute und Anwälte. Aber du bist der einzige Privatdetektiv«, sagte Camille mit einem verschmitzten Lächeln. Ihr Blick landete auf Chandler. »Ich wünschte, ich hätte dich kennengelernt, bevor wir uns für die Programme entschieden haben. Ich werde dich für nächstes Jahr vormerken.«

Chandlers Grinsen verschwand und wurde durch einen Blick des puren Schreckens ersetzt. »Oh, ich glaube nicht, dass ich ein guter Kandidat wäre, oder wie auch immer ihr sie nennt. Ich gehe nicht aus.«

Camilles Lippen verzogen sich und mit einem Schimmer in den Augen sagte sie: »Das ist perfekt. Du würdest einige geeignete Damen kennenlernen.«

Coop beobachtete amüsiert, wie seine Tante ihren Charme bei einem neuen Opfer einsetzte. Er schöpfte ein weiteres Stück Cobbler aus seinem Teller. »Gib einfach auf, Chandler. Sie hat eine Art, diese Dinge zu gewinnen.«

Camille kicherte, als sie den letzten Bissen löffelte. »Das ist das Klügste, was ich heute Abend von dir gehört habe.«

Coop schaute über den Tisch zu seiner Tante. »Das wird demütigend werden. Bist du sicher, dass ich dir nicht einfach einen großen Scheck ausstellen kann?«

AB stupste Coop an der Schulter. »Kopf hoch, Coop! Das wird ein Spaß.«

»Spaß für euch alle, nicht so sehr für mich.« Er beugte sich zu ihr und flüsterte: »Was immer ich auch bezahlen muss, versprich mir, dass du sie überbieten wirst.«

KAPITEL NEUNZEHN

AB hatte sich die Zeit genommen, alle Akten und Berichte im Zusammenhang mit Neils Tod zu ordnen und zu sortieren. Coops Wunsch, sich erneut auf Chandlers Fall zu konzentrieren, würde mit einem neuen Blick auf die Polizeiakte beginnen. Sie hatte sie ganz oben auf den Stapel von Ordnern gelegt.

Trotz einer Eisschicht draußen kam Coop am frühen Mittwochmorgen an. Er und Gus heizten das Feuer in beiden Kaminen an, bevor er eine Kanne Kaffee aufsetzte. Er behielt seine Jacke über seinem Shirt, auf dem stand *Ich mag mich irren, aber ich bezweifle es*, an und wartete darauf, dass die Wärme in das Büro drang.

Er öffnete die ursprüngliche Polizeiakte und machte sich daran, sie zu lesen. Er verglich den Zeitplan der Polizei mit seiner Rekonstruktion am Whiteboard. Die Uhrzeit des Notrufs stimmte mit seiner überein – fünf vor zwölf. Er las den Bericht des ursprünglichen Teams durch und stellte fest, dass das Essen elf Uhr fünfunddreißig geliefert worden war. In Coops Diagramm war außerdem vermerkt, dass Jake um elf Uhr zweiundvierzig ging. Melissa kehrte zwei Minuten später an ihren Schreibtisch zurück.

Chandler kam um elf Uhr sechsundvierzig zum Mittagessen und verließ das Büro elf Uhr dreiundfünfzig. Die Zeiten stimmten mit seinen Feststellungen überein. Es wurde ein medizinischer Notfall gemeldet, und die Sanitäter trafen eine Minute nach zwölf ein und nahmen Neil mit. Er wurde vierzehn Uhr siebenunddreißig in der Notaufnahme für tot erklärt, nachdem alle Bemühungen fehlgeschlagen waren und Tests keine chirurgische Lösung ergaben. Der Bericht des Gerichtsmediziners wies auf einen massiven subarachnoidalen hämorrhagischen Schlaganfall hin, der zu starken Blutungen geführt hatte.

Der toxikologische Bericht, der einige Tage später erstellt wurde, wies eine große Menge des Medikaments nach, das Chandler später als CX-232 identifizierte. Nachdem die Überdosis der Droge in seinem Körper gefunden worden war, konzentrierten sich die Ermittler auf diejenigen, die Zugang zu dem Medikament hatten. Dadurch geriet Chandler ins Rampenlicht, der die Gelegenheit und das Motiv dazu gehabt hatte.

Coop las sich den Autopsiebericht und die medizinischen Unterlagen des Krankenhauses durch. Neils Leiche lag immer noch in der Leichenhalle, da der Fall nicht gelöst war und die Polizei die Freigabe nicht genehmigt hatte. Er warf einen Blick auf das Inventarverzeichnis der persönlichen Gegenstände und stellte fest, dass das Krankenhaus Fotos von allem beigefügt hatte. Neils Brieftasche und deren Inhalt, Hemd, Krawatte, Hose, Uhr, Unterwäsche, Socken und Schuhe. Alle Gegenstände waren als Beweismittel beschlagnahmt worden, nachdem der Tod als verdächtig eingestuft worden war. Seine Habseligkeiten befanden sich nun in einer Asservatenkammer.

Gus schoss zur Hintertür, und Coop hörte, wie AB mit ihm darüber sprach, wie kalt es draußen war. Ihre Winterstiefel schlugen mit einem dumpfen Geräusch auf dem Boden auf. Er wandte seine Aufmerksamkeit wieder dem Bericht zu, wurde aber von seinem Handy unterbrochen.

»Mr. Harrington, es tut mir leid, dass ich so früh anrufe. Hier ist Melissa von *Borlund*. Neils Assistentin.«

»Kein Problem, ich bin bei der Arbeit. Was kann ich für Sie tun?«

»Ich hatte gehofft, Sie könnten bei *Borlund* vorbeikommen. Ich räume gerade Neils Büro aus und habe etwas gefunden, das Sie sich ansehen sollten.«

Coop runzelte die Stirn und versprach, innerhalb einer Stunde da zu sein. Er fand AB vor dem Kamin stehen und Gus zu ihren Füßen.

»Es ist eisig da draußen«, sagte sie. »Ich denke, wir brauchen eine Home-Office-Politik für Tage wie diesen.«

Er grinste. »Nun, ich bin wieder auf dem Weg nach draußen. Melissa hat mich angerufen.« Er schlüpfte in seine Jacke und holte Handschuhe aus seinen Taschen. »Ich bringe uns ein spätes Frühstück oder ein frühes Mittagessen mit.«

»Ich werde hier sein. Madison und Ross arbeiten heute Abend an diesem Überwachungsjob. Ich habe Mitleid mit ihnen. Sie werden erfrieren.«

Gus stand nicht einmal auf, um Coop zu folgen. Er war mehr als zufrieden damit, mit AB vor dem warmen Feuer zu sitzen und sich den Nacken massieren zu lassen.

Coop ließ es auf den glatten Straßen langsam angehen und meldete sich beim Sicherheitspersonal, bevor er die Treppe zu Neils altem Bürogebäude hinaufging. Er fand Melissa an ihrem Schreibtisch vor. Die Farbe war aus ihrem Gesicht gewichen.

»Geht es Ihnen gut?«

»Ich … ich weiß nicht. Überzeugen Sie sich selbst und sehen Sie, was Sie denken.« Sie führte ihn zu Neils Büro.

Auf dem Boden, der Couch und dem Konferenztisch waren mehrere Kisten verstreut. Sie hatte seine persönlichen Sachen in Kisten verpackt und sortiert. Sie führte ihn zum Konferenztisch und deutete auf ein Jackett. »Er bewahrte hier ein paar Hemden und einen Ersatzanzug auf. Ich habe die Sachen verpackt, damit sie von einer der Wohlfahrtsorganisationen abgeholt werden können. Seine Familie hat mich gebeten, die Kleidung zu spenden.«

Sie berührte den Stoff. »Das war die Jacke, die er an diesem Tag trug. An dem Tag, als er starb. Normalerweise zog er sie immer zum Mittagessen aus, und sie hing immer noch im Schrank. Bis heute habe ich nicht einmal daran gedacht.«

Coop sah sich die Jacke an. »Okaaay, und was haben Sie gefunden?«

»Nun, ich habe die Taschen durchsucht, um sicherzugehen, dass sie leer sind. Ich habe es zurückgesteckt, als ich merkte, was es war.« Sie öffnete den oberen Teil der Tasche und forderte Coop auf, hineinzuschauen.

Er warf einen Blick darauf und sah eine kleine Spritze. »Neil war doch kein Diabetiker, oder?«

Sie schüttelte den Kopf. »Nein, ich bin mir nicht sicher, was er mit einer Spritze machen würde.«

Coop wollte sie nicht anfassen und ließ sie in der Tasche. Er holte sein Handy heraus und rief Ben an, damit er einen Spurensicherungstechniker losschickte.

Einige Minuten später kamen Jimmy und Kate mit einem Techniker durch die Tür. Sie nahmen Melissas Aussage auf, und der Techniker nahm ihre Fingerabdrücke. Er verpackte die Spritze und die Jacke und stellte eine Quittung für Melissa aus.

Kate und Jimmy baten Melissa, das Packen einzustellen, und brachten an den Türen Klebeband an. Sie wiesen sie an, die Türen verschlossen zu halten, und brachten ein Beweissicherungsband an der Stelle an, an der die beiden Türen aufeinandertrafen.

Sie bedankten sich bei Melissa, und Coop versprach, sich wieder zu melden, als er mit den beiden Detectives ging.

»Wir werden uns beeilen und die Spritze auf Rückstände und Fingerabdrücke untersuchen lassen«, sagte Kate. »Wir rufen dich an, wenn wir etwas wissen.«

Coop sah, dass sich das Wetter nicht gebessert hatte, und beschloss, in der Cafeteria vorbeizuschauen und sich ein Frühstück zu holen, anstatt durch die Straßen zu einem Restaurant zu laufen. Er machte einen Abstecher zur Herrentoilette am Ende des Flurs, um sich die Hände zu waschen.

Er winkte Bernie zu, der gerade ein paar Wartungstechniker zu einer verschlossenen Tür im Flur begleitete. »Hey, Bernie, wie geht's?«

»Ich habe das kalte Wetter satt.« Er nahm einen Schlüssel heraus und öffnete die Tür. »Wir sprechen uns später, Coop. Ich muss den beiden Zugang zu ein paar Küchengeräten verschaffen.«

»Kein Problem. Wir sehen uns später.« Coop holte zwei Boxen zum Mitnehmen aus der Cafeteria und ging zurück ins Büro.

Als Coop ankam, stellte er die Behälter zum Mitnehmen auf den Küchentisch und rief AB. Gus kam durch die Tür gerannt, seine Nase führte ihn zu dem möglichen Essen. AB folgte ihm ein paar Minuten später.

Er packte ihr Gemüserührei und den Speck aus. »Coop,

an deinen Schuhen ist überall Schlamm. Du musst sie ausziehen.«

Er sah zu Boden und murmelte. »Ich vergaß. So eine Sauerei.« Mit vorsichtigen Schritten ging er zur Hintertür und stellte seine schmutzigen Stiefel auf der Matte ab, bevor er in seine Slipper schlüpfte. Bei dieser Aktion kam ihm eine Idee in den Sinn.

Er eilte in sein Büro, ohne den Frühstückstisch zu beachten. Er schnappte sich den Bericht über Neil und eilte zurück in die Küche. Gus, der annahm, dass es sich um ein Spiel handelte, jagte ihm hinterher und rutschte über den Holzboden.

»Was zum Teufel machst du da?«, fragte AB.

»Ich war gerade dabei, den medizinischen Bericht und die Autopsie durchzugehen, als Melissa anrief. Ich wollte mir gerade die Fotos von Neils persönlichen Gegenständen ansehen. Das Krankenhaus nimmt sie mit, wahrscheinlich um betrügerische Ansprüche zu minimieren.« Er blätterte die Seite mit den Fotos um und zeigte sie AB. »Wie auch immer, sieh dir Neils Schuhe an.«

Sie studierte den Bericht. »Eindeutig Businessschuhe mit Quasten.«

Er erzählte ihr dann von der Spritze, die Melissa gefunden hatte. »Könnte es sein, dass Neil unser Mann ist?«

Sie runzelte die Stirn und sagte: »Was? Willst du damit sagen, dass die Spritze, die Melissa gefunden hat, diejenige war, mit der die Suppe vergiftet wurde?«

Coop nickte und sagte: »Siehst du, worauf das hinausläuft?«

Sie sagte: »Also hat Neil das Medikament in die Suppe getan, weil er dachte, es sei Chandlers.«

»Weil sie auf dem Servierwagen mit Chandlers

Namensschild lag. Dann sah Marco den Fehler mit dem Koriander und tauschte die Schalen aus.«

AB hielt inne und dachte über die Theorie von Coop nach. »Neil wollte Chandler umbringen und hat dann aus Versehen die Suppe mit der tödlichen Dosis gegessen.«

Zwischen zwei Bissen sagte Coop: »Ich glaube, genau das ist passiert. Chandler war mit dem Verkauf nicht einverstanden. Neil brauchte das Geld. Er hatte Zugang zum Labor.« Er nahm einen Bissen vom Toast. »Ich muss mir die Kameraaufzeichnungen noch einmal anschauen und mir Neils Bewegungen an diesem Tag genauer ansehen.«

AB bot an, das Frühstücksgeschirr abzuräumen, und Gus stellte sich in der Nähe der Spüle auf, denn er wusste, dass AB nachgeben und ihm einen Bissen von ihren Eiern geben würde. Nachdem sie aufgeräumt hatte, machte sie sich eine Tasse Tee und ging zu Coop in sein Büro.

Coop starrte auf seinen Bildschirm. »Okay, also ich habe in den Protokollen gesehen, dass Neil an diesem Tag kurz vor acht angekommen ist. Er ist um zwanzig nach elf mit dem Aufzug vom Erdgeschoss in sein Büro gefahren. Ich habe mich auf dem Flur, der zu seinem Aufzug führt, umgesehen, aber ich habe ihn nicht gesehen. Ich habe versucht, herauszufinden, woher er kam und ob er in der Küche war.«

AB stand hinter Coop und sah zu, wie er durch das Filmmaterial scrollte. Er murmelte seine Eindrücke, während er den Bildschirm betrachtete. »Bernie sagte, es gäbe keine Kameras in den Treppenhäusern. Vielleicht hat er ein Treppenhaus benutzt. Die Priorität für die Überwachung liegt bei den Eingangspunkten. Ich erinnere mich, eine Kamera im Hauptgang vor der Cafeteria gesehen zu haben. Ich würde denken, dass er dort auftauchen würde.«

Nach stundenlanger Beobachtung konnte Coop Neil auf

keiner der Kameras im Gebäude ausmachen. »Das ist an sich schon seltsam«, sagte AB.

»Als ob er ihnen absichtlich ausgewichen wäre?«

Sie nickte. »Das denke ich auch.«

Coop nahm den Hörer ab und rief Bernie an. »Entschuldigen Sie, dass ich Sie noch einmal störe, aber ich habe eine kurze Frage. Ich habe gesehen, wie Sie heute die Tür in der Nähe des privaten Aufzugsbereichs aufgeschlossen haben, und Sie erwähnten Küchengeräte. Wohin führt diese Tür?«

»Oh, das ist der Servicekorridor. Er verläuft hinter der Küche, und wir nutzen ihn als Zugang für Wartungsarbeiten. Zum Beispiel, um die Fettabscheider abzupumpen und mechanische Probleme zu beheben. Auf diese Weise müssen sie nicht durch die Hauptcafeteria oder die Küche laufen.«

»Gibt es von dort aus einen Zugang zum Pausenraum?«

»Ja, man kann von diesem Flur aus zum Pausenraum gelangen.«

»Ist es möglich, mir eine Liste der Personen zu besorgen, die Schlüssel zu dieser Tür haben?«

»Sicher, ich schicke Ihnen sofort eine Kopie zu. Es ist eine begrenzte Anzahl, also wird es keine lange Liste sein.«

Coop bedankte sich bei ihm und legte auf. »Ich glaube, ich weiß, wo Neil auf seiner Mission war.«

»Unglaublich.« Sie erschauderte. »Wenn Neil unser Mörder ist, wurde der Gerechtigkeit wohl Genüge getan.«

»Im Moment ist es nur eine Theorie. Ich muss es beweisen.«

Er sah, wie die E-Mail von Bernie ankam. Er las sie, drückte auf den Druckknopf und gab AB eine Kopie.

»Also, das gesamte Sicherheitspersonal hat einen Schlüssel, Arlo, seine Hilfsköche, Neil, Chandler, Melissa und Amanda.«

»Kleine Liste«, sagte AB. »Wir haben das Küchenpersonal ausgeschlossen, Melissa und Amanda wurden auf der Kamera gesehen, und es war der Schuh eines Mannes. Bleiben noch Chandler und Neil.«

»Und nur einer von ihnen hatte an diesem Tag eine Spritze in seiner Jackentasche.« Coop schaute auf seine Uhr. »Ich hatte gehofft, sie hätten inzwischen die Ergebnisse.«

»Wann geht Chandler wieder an die Arbeit?«

»Morgen ist sein Plan. Er hatte heute einen Nachsorgetermin, und wenn alles gut geht, wird er morgen zumindest für ein paar Tage wieder anfangen. Er muss abwarten, wie er sich fühlt, aber er spielt zu Hause schon verrückt.«

»Er hatte keine Sicherheitsprobleme mehr in seinem Haus, seit er das neue System installiert hat, richtig?«

Coop nickte. »Ja. Das Auto, das ihn angefahren hat, war die einzige Bedrohung. Ich fange an zu glauben, dass es nur ein Unfall war und der Fahrer vielleicht nicht einmal wusste, dass Chandler verletzt war oder gestürzt ist. Es könnte auch nur eine Überreaktion gewesen sein, weil Chandler wusste, dass er das Ziel war.«

»Vielleicht hat er sich erschreckt, ist gestolpert und gestürzt, weil er dachte, der Fahrer sei hinter ihm her.«

Coop rief Ben an und erklärte ihm die aktuelle Theorie. Er schlussfolgerte, dass Neils Schuhe, die Spritze und der Zugang zum Flur in der Küche genauso zwingend seien wie die Beweise, die sie gegen Chandler verwendet hatten.

Sie unterhielten sich ein paar Minuten und Coop legte auf. »Er sagt, es klingt nach einer plausiblen Erklärung. Er will, dass die Techniker das Videomaterial durchgehen und sehen, ob sie mehr herausfinden können als wir. Er wird sie Neils Schuhe untersuchen lassen und uns morgen früh mit den Laborergebnissen der Spritze anrufen.«

»Ich glaube, wir sind an etwas dran. Es erklärt alles und den Grund, warum wir es keinem der Ärzte im Team anhängen konnten. Neil hatte Zugang, aber wir haben ihn nicht in Betracht gezogen, weil er das Opfer war.«

Coop nickte. »Ganz genau. Da haben wir uns aber gewaltig geirrt.« Er schenkte ihr ein schelmisches Grinsen und sagte: »Komm zum Abendessen zu Tante Camille! Wir können unsere Fortschritte feiern. Sie würde sich sehr über deinen Besuch freuen.«

»Klingt gut. Ich bin hungrig, und Mrs. Hendersons Kochkünste übertreffen meine um Längen.«

»Lass uns für heute Abend zusammenpacken. Ich rufe Chandler an, wenn ich nach Hause komme, und informiere ihn über den Stand der Ermittlungen und die Beweise, die darauf hindeuten, dass Neil sein eigener Mörder war.«

KAPITEL ZWANZIG

Am nächsten Morgen duftete es bei Coop nach frischen Zimtschnecken. Er konnte der Versuchung nicht widerstehen und schnappte sich eine aus der Pfanne, in der Mrs. Henderson sie zum Abkühlen zurückgelassen hatte. Er goss sich eine Tasse Kaffee ein und breitete die Zeitung auf dem Tresen aus. Gus saß aufmerksam da und beobachtete jeden Bissen, den Coop aß.

Er sah den Artikel über das Heritage Center unten auf der ersten Seite. Die Einmischung von Tante Camille hatte zur Verhaftung der Buchhalterin des Zentrums geführt. Miss Stein wurde gefeuert, aber nicht angeklagt. Nach Angaben des Reporters hatte die Buchhalterin in den letzten neun Monaten die elektronischen Zahlungen für mehrere Lieferanten manipuliert. Anstatt die Lieferanten zu bezahlen, hatte sie die Gelder auf ihre eigenen Konten geleitet.

Ein Sprecher der Behörde teilte mit, dass sie auf Rückerstattung drängen würden, um die über hunderttausend Dollar, die bei dem Betrug abgezweigt wurden, zurückzubekommen. Sie würden sich bemühen, die Mittel aufzutreiben, um die ausstehenden Schulden bei den Verkäufern zu begleichen, die nie bezahlt worden waren. Mehrere Vorstandsmitglieder hatten persönlich an das Zentrum gespendet und ein Konto eingerichtet, um öffentliche Spenden zu sammeln.

Coop gab Gus einen winzigen Bissen von seinem Frühstück und drehte sich um, als er hörte, wie Charlie in die Küche kam. »Sieh dir das an, Dad! Ihr habt es auf die Titelseite geschafft.« Er schenkte seinem Vater eine Tasse Kaffee ein und schob ihm die Zeitung zu.

Charlie setzte seine Lesebrille auf und las den Artikel. »Wow, das ist eine Menge Geld, das sie gestohlen hat. Gut, dass deine Tante etwas unternommen hat. Es hätte schlimmer sein können.«

»Ihr zwei seid ein tolles Detektivpaar. In dem Artikel wurdet ihr nicht namentlich genannt, sondern es hieß nur, dass zwei misstrauische Senioren maßgeblich zur Aufdeckung des Verbrechens beigetragen haben.«

»Deine Tante wird sich freuen«, sagte Charlie und betrachtete die Pfanne mit den Zimtschnecken. »Dic riechen köstlich.« Coop nahm eine aus der Pfanne und legte sie auf einen Teller.

»Genießt euren Erfolg! Gratuliere Tante Camille. Ich muss jetzt ins Büro. Wir haben einen Durchbruch in Chandlers Fall.« Coop klaute noch eine Zimtrolle für AB und steckte sie in einen Plastikbehälter. Er rief: »Bis heute Abend, Dad«, als er und Gus sich auf den Weg machten.

Kaum hatte sich Coop an seinen Schreibtisch gesetzt, rief Chandler an. »Hey, Coop, ich bin die Post durchgegangen, die Amanda für mich aufbewahrt hat. Ich habe gerade eine Reihe von Dokumenten geöffnet, die an Neil adressiert sind. Sie wurden von einem Anwalt in Kalifornien geschickt. In dem Brief steht, dass es ihm leidtut, vom Tod seines Partners zu hören, und dass er die von Neil verlangten Dokumente aufgesetzt hat, um mich aus der Firma zu entfernen. Er wies darauf hin, dass eine Sterbeurkunde erforderlich sein würde. Er fügte auch Dokumente bei, die Neil unterschreiben müsste, um das Unternehmen an *FuturePharma* in New York zu verkaufen. Er sagte, dass zuerst die Unternehmensumwandlung stattfinden müsse und der Verkauf dann mit Neils Unterschrift allein abgewickelt werden könne.«

Chandlers Stimme erhob sich um eine Oktave. »Der Anwalt bezieht sich auf ein Gespräch, das die beiden am Morgen von Neils Tod hatten.« Er hielt inne und sagte: »Das ist zu seltsam. Es fiel mir schwer zu begreifen, was du mir gestern Abend erzählt hast, aber jetzt das ...«

»Kannst du mir eine Kopie dieser Dokumente schicken? Ich werde den Anwalt anrufen und sehen, was ich erfahren kann.«

Coop schickte Ben eine SMS, um ihn über die neueste Enthüllung auf dem Laufenden zu halten. Er trommelte mit den Fingern auf seinem Schreibtisch, während er auf die E-Mail von Chandler wartete. Sobald er sie sah, druckte er sie aus und überprüfte die Informationen.

Er fand die Telefonnummer des Anwalts aus Menlo Park, Kalifornien. Er schaute auf die Uhr und hoffte, dass die Kanzlei um acht Uhr öffnete. Er rief an und wurde mit Mr. Slade, dem Anwalt, der den Brief geschrieben hatte, verbunden. Coop erklärte, dass er den Tod von Neil Borden von *Borlund Sciences* untersuchte und dass sein Assistent gerade die Dokumente geöffnet hatte, die er Neil geschickt hatte. Er gab Bens Namen und Telefonnummer an, falls er eine Referenz benötige.

»Ich bin verwirrt, Mr. Harrington. Sie müssen den Tod

von Mr. Hollund meinen. Er ist der Partner, von dem Neil sagte, er sei gestorben.«

»Nein, ich arbeite an Neils Fall. Leider ist Neil an dem Nachmittag gestorben, an dem er mit Ihnen über die Vorbereitung der Dokumente gesprochen hat.«

»O mein Gott. Wie furchtbar. Beide Partner sind gestorben? Das ist ja unfassbar.«

Coop korrigierte ihn nicht. »Ich hatte gehofft, von Ihnen ein paar Informationen zu erhalten.«

»Natürlich. Ich werde alles tun, was ich kann, um zu helfen.«

»Woher kannten Sie Neil?«

»Ich kannte ihn nicht. Er wurde mir von einem meiner Kunden empfohlen. Derrick Hudson. Mr. Borden sagte, er habe in der Vergangenheit mit Derrick hier in Kalifornien gearbeitet. Derrick schlug ihm vor, mich zu beauftragen, da ich viel für Pharmaunternehmen gearbeitet habe.«

»Ich verstehe. Hat Neil angegeben, warum er keinen lokalen Anwalt hier in Nashville einschalten wollte?«

»Nicht mit so vielen Worten. Neil vermittelte mir den Eindruck, er wolle die Dinge vertraulich behandeln und die Angestellten nicht über den bevorstehenden Verkauf des Unternehmens beunruhigen. Ich erledige den gesamten Papierkram für Mr. Hudsons Firma, und er war zuversichtlich, dass ich das für Mr. Borden ebenso tun könnte.«

»Das ergibt Sinn.«

Mr. Slade seufzte und sagte: »Darf ich fragen, wie Mr. Borden gestorben ist?«

»Er hatte einen schweren Schlaganfall.«

»Das ist unfassbar. Neil hat mir erzählt, dass sein Partner, Mr. Hollund, bei der Arbeit zusammengebrochen sei und man dachte, es sei ein Schlaganfall gewesen.«

»Nun, ich weiß Ihre Zeit zu schätzen. Der Tod von Neil wurde als Mord eingestuft. Ich werde Ihre Informationen an die Ermittler weitergeben, die den Fall bearbeiten, und sie werden Sie vielleicht anrufen, wenn sie noch etwas brauchen.«

»Oje, er wurde ermordet? Haben Sie schon einen Verdächtigen?«

»Wir arbeiten an ein paar Spuren. Sie waren eine große Hilfe.« Coop notierte sich die Handynummer von Mr. Slade und bedankte sich, bevor er das Gespräch beendete.

AB kam mit hochgezogenen Augenbrauen durch die Tür und sah Coop grinsen. »Ich nehme an, du hattest einen weiteren Durchbruch?«

Mit einem leisen Ton in der Stimme erzählte Coop von seinem Gespräch mit dem Anwalt. »Ich glaube, wir müssen tiefer in Derrick Hudsons Leben eindringen.«

Sie zog seine Akte aus den Unterlagen auf dem Konferenztisch. »Seine und Neils Wege kreuzten sich in der Schule und in der Firma, für die sie in Kalifornien gearbeitet haben. Ich werde sehen, was ich über diese Firma herausfinden kann.« Sie tippte mit dem Finger auf den Bericht. »Ich habe hier vermerkt, dass sie zweitausendvier aufgekauft wurde.«

»Ich werde Ben darauf ansetzen und sehen, was er tun kann.«

Ben kam gegen Mittag bei *Harrington and Associates* an. Er setzte sich zu Coop und AB an den Konferenztisch in Coops Büro. »Also, wir haben die Ergebnisse der Spritze. Es war CX-232 drin. Nur Neils und Melissas Fingerabdrücke waren darauf.«

Ben schüttelte den Kopf. »Wir haben nie in Betracht gezogen, dass er der Mörder ist. Aber jetzt, da wir die Dinge aus diesem Blickwinkel betrachten, ergibt alles einen Sinn. Seine Schuhe passen gut zu dem Bild aus der Küche.«

»Irgendetwas über Derrick Hudson?«, fragte Coop.

»In der Tat, ja. Auf gut Glück hat Kate einen ausführlichen Blick auf seine Kreditkartenhistorie geworfen. Wir haben uns mit der Wegwerf-Telefonnummer beschäftigt, die Neil immer wieder angerufen hatte. Wir fanden heraus, dass beide Telefone letztes Jahr in einem Drogeriemarkt in Washington gekauft worden sind.«

»Und du hast den Kauf auf Hudsons Karte gefunden?«, fragte Coop.

»Das haben wir in der Tat. Wir haben einen Einkauf in dieser Drogerie entdeckt und gerade die Quittung für die beiden Prepaid-Handys erhalten. Hudson muss eines an Neil geschickt haben.«

»Ich frage mich, ob Mr. Hudson ein geheimes Bankkonto auf den Kaimaninseln hat«, mutmaßte Coop.

»Wir haben heute das Finanzministerium angerufen und haben jemanden, der sich mit dieser Frage beschäftigt. Wenn er eines hat, ist er vorsichtig. Es gibt keine Überweisungen auf oder von seinen anderen Bankkonten. Kate und Jimmy haben seine Finanzen durchforstet.«

»Wie wäre es, wenn wir ein wenig bluffen?«, schlug Coop vor.

Sie hörten interessiert zu, als Coop seine Strategie erläuterte.

Später am Nachmittag ließen Coop und AB Gus auf seinem Bett in Bens Büro liegen, während sie sich in einem

Konferenzraum versammelten. Der Raum war mit mehreren Flachbildschirmen und hochmoderner Audio- und Videoausrüstung ausgestattet. Ben saß am Tisch und beobachtete den Bildschirm, auf dem Kate und Jimmy zu sehen waren. Sie waren über ein Videokonferenzsystem mit den Behörden in Kalifornien verbunden.

Kate und Jimmy hatten die letzten Stunden damit verbracht, ein gemeinsames Gespräch mit den örtlichen Beamten vorzubereiten, die Derrick zur Befragung vorladen wollten. Coop warf Ben einen fragenden Blick zu.

»Wir sind nicht live, wir beobachten hier nur. Wir können mit Kate oder Jimmy sprechen, aber nicht mit dem anderen Ende.«

»Gibt es etwas Neues vom Finanzministerium?«

Er schüttelte den Kopf. »Noch nicht.«

Coop und AB setzten sich auf ihre Stühle und beobachteten, wie sich der andere Bildschirm füllte. Coop erkannte den Mann, der zwischen den beiden Detektiven in den Raum geführt wurde. »Das ist er.«

Ben sagte: »Sie sagten, er sei kooperativ und habe sich bereit erklärt, zu kommen und Fragen zu beantworten, die mit den Ermittlungen zu Neils Tod zusammenhingen.«

Die Polizisten bedankten sich bei Derrick, boten ihm Kaffee oder Wasser an und legten ihm ein schriftliches Dokument zur Unterschrift vor. Darin wurden seine Miranda-Rechte und sein Einverständnis mit der Befragung durch die örtlichen Behörden und die Detectives aus Nashville per Videokonferenz dargelegt. Die Detectives, die Derrick begleiteten, betonten, dass der Grund für das Dokument die Videobefragung durch eine externe Stelle wäre.

Derrick fragte nach den Miranda-Rechten als Text, und die Polizisten erklärten ihm, dass es sich dabei um eine

Standardprozedur handele. Er zuckte mit den Schultern und unterzeichnete das Papier, woraufhin die Polizisten ihre Unterschriften hinzufügten.

Die örtlichen Beamten begannen das Gespräch mit der Überprüfung von Derricks Namen, Geburtsdatum, Adresse und Arbeitsplatz. Dann stellten sie Kate und Jimmy als Detectives des Nashville Police Department vor.

Jimmy begann die Befragung und ging auf vieles ein, was Coop in seinem Gespräch mit Derrick angesprochen hatte. Kate übernahm und sagte: »Mr. Hudson, wir haben neue Informationen aufgedeckt, die Sie mit dem versuchten Mord an Neils Partner Chandler Hollund in Verbindung bringen.«

»Was? Was meinen Sie?«

»Haben Sie am neunten September fünfzehn in einer Drogerie in Woodinville, Washington, ein Prepaid-Handy gekauft?«

»Was? Ich habe keine Ahnung.«

»Waren Sie zu diesem Zeitpunkt in Washington?«

»Ich kann mich nicht erinnern. Das ist so lange her.«

Kate zog ein Stück Papier aus der Akte und sagte: »Punkt Nummer eins.« Sie wartete, während der Detective in Kalifornien eine Kopie des Dokuments vor Derrick legte. »Das ist Ihre Kreditkartenabrechnung vom September zweitausendfünfzehn. Sie zeigt mehrere Ausgaben in Woodinville und Umgebung. Die hervorgehobene Gebühr ist für zwei Prepaid-Handys. Streiten Sie ab, dass Sie diese Abbuchung vorgenommen haben?«

Derrick starrte auf das Papier. »Äh, ja, ich erinnere mich. Ich war in Washington auf einer Konferenz. Mein Handy war kaputt, also musste ich ein Prepaid-Handy kaufen, um über die Runden zu kommen.«

»Sie mussten zwei davon kaufen?«, fragte sie. »Die Telefonaufzeichnungen dieser Telefone zeigen Anrufe zwischen Ihnen und Neil Borden.« Ihre Augen blickten in die Kamera. »Können Sie erklären, warum Sie ein Prepaid-Telefon für Neil Borden gekauft haben?« Die Ermittler schoben Derrick ein weiteres Blatt Papier mit den Anruflisten vor die Nase.

Derrick stotterte. »Ich habe es ihm wahrscheinlich bei einer Konferenz geliehen oder so.«

»Richtig«, sagte Kate. »Wir haben ein Dokument auf Neils Computer entdeckt. Er beschuldigte Sie, ihn gezwungen zu haben, Chandler zu töten. Chandler wollte die Firma nicht verkaufen, und Neil brauchte das Geld, um Sie zu bezahlen.«

»Das ist verrückt«, schrie er. »Ich habe Neil nicht gesagt, dass er Chandler töten soll. Ich hatte nichts damit zu tun.«

»Haben Sie Neil an Mr. Slade verwiesen, den Anwalt, den Sie für Ihre Firmenübernahmen einsetzen?«, fragte Kate.

Derrick nickte. »Und was wäre, wenn ich es getan hätte?«

»Das verstehe ich als ein Ja. Mr. Slade hat uns diese Information bereits gegeben.« Ihre Stimme war fest und methodisch. »Neil hat Mr. Slade an dem Morgen kontaktiert, an dem er Chandler töten wollte. Er wollte, dass der Papierkram in aller Eile erledigt wird, und er wollte, dass es geheim gehalten wird. Der Verkauf der Firma war die einzige Möglichkeit, Ihnen das geforderte Geld zu beschaffen.«

Sie blätterte in ihrer Akte. »Neil beschrieb das von Ihnen eingefädelte Bestechungsschema, und wir haben seine Bankunterlagen, aus denen hervorgeht, dass große Geldsummen auf Ihr Konto auf den Kaimaninseln überwiesen wurden. Wir sind bereit, Sie wegen des versuchten Mordes an Chandler Hollund anzuklagen.«

»Warten Sie einen Moment! Ich habe Ihnen doch gesagt, dass ich nichts mit einem Mord zu tun habe.«

»Ist das so? Streiten Sie ab, von Neil Geld über Ihr Konto auf den Kaimaninseln erhalten zu haben?«

Er ließ den Kopf hängen.

»Wir haben mit dem Staatsanwalt gesprochen. Wir haben veranlasst, dass Sie wegen versuchten Mordes nach Nashville ausgeliefert werden. Wir haben Neils eigene Worte, die Sie belasten. Und dann ist da noch sein Tod«, sagte Jimmy.

»Vielleicht gibt es eine Möglichkeit für Sie, Mr. Hudson«, sagte Kate. »Erzählen Sie uns mehr über Ihre Finanzgeschäfte mit Neil und die Konten auf den Kaimaninseln, und wir sind bereit, uns bei der Staatsanwaltschaft für Sie einzusetzen.«

Er schüttelte den Kopf. »Mit meinem Konto auf den Kaimaninseln bekomme ich richtig Ärger mit der Steuerbehörde.«

Kate unterbrach ihn. »Ihre Steuern und das Geld, das Sie verstecken, interessieren uns nicht. Wir brauchen Ihre Version der Bestechungsgeschichte, wenn wir uns bei der Staatsanwaltschaft für Sie stark machen wollen. Also sagen Sie es uns jetzt! Wir haben Beamte am Flughafen, die bereit sind, nach San Francisco zu fliegen und Sie hierherzubringen.«

»O Mann. Erstens: Ich habe nie einen Mord vorgeschlagen oder irgendetwas mit dem Mord zu tun gehabt. Ich habe Neil vor Jahren mal geholfen, und er hat es mir zurückgezahlt.«

»Sie haben ihm also mehr als vierhunderttausend Dollar geliehen?«

»Neil hat in unserer alten Firma einen Fehler gemacht. Er hat etwas veruntreut, und ich habe ihn gedeckt.«

»Das war bei *NewGen Pharmaceuticals*?«, fragte Jimmy.

»Richtig. Neil hat über hunderttausend Dollar gestohlen.

Sie erklärten sich bereit, die Angelegenheit nicht an die Polizei weiterzuleiten, wenn er still und leise verschwindet und das Geld zurückzahlt. Er hatte das Geld nicht, also habe ich es für ihn übernommen. Er hat zugestimmt, es mir jeden Monat zurückzuzahlen.«

Kate sah sich ihre Akte an. »Er hat Ihnen also zehn Jahre lang monatlich zweitausend gezahlt. Das sind weit über hunderttausend Dollar.«

»Zinsen«, sagte Derrick.

»Die Dinge änderten sich zweitausendfünfzehn, etwa zu dem Zeitpunkt, als Sie anfingen, mit Neil über die Prepaid-Handys zu kommunizieren.«

»Ja, nun, wir sind zu einer neuen Vereinbarung gekommen. Ein neuer Zahlungsplan. Er war viel erfolgreicher als ich. Sein Erfolg war auf mein Schweigen zurückzuführen.«

»Sie haben also den Betrag erhöht, damit sie über seine früheren Indiskretionen schweigen?«, fragte Kate.

»Richtig. Richtig. Es war eine geschäftliche Vereinbarung. Er war bereit, alles zu zahlen, um seine Firma nicht zu gefährden. Er und Chandler waren heiß im Geschäft. Chandler ist einer der Besten. Jeder wusste, dass sie mit diesem neuen Alzheimer-Medikament Millionen machen würden.«

»Und Sie wollten nur Ihren Anteil, weil Sie eine Rolle bei seinem Erfolg gespielt haben. Das kann ich verstehen«, sagte Jimmy und nickte in die Kamera.

Kate schaute wieder auf ihre Notizen. »Sie haben also den monatlichen Preis auf fünftausend erhöht, und vor etwa vier Monaten gab es eine weitere Preiserhöhung auf zwanzigtausend. Ist das richtig?«

Derrick blinzelte und sagte: »Ja, das ist richtig.«

»Neil hat Ihnen im November, als er sein Haus verkaufte,

auch eine hohe Zahlung von fast hunderttausend Dollar überwiesen, richtig?«

Er kicherte. »Eine Art vorzeitiges Weihnachtsgeld. Ja, das ist richtig.«

»Und wie viel Geld wollten Sie jetzt noch?«, fragte Kate.

»Neil handelte eine Übernahme aus. Er wollte mir zehn Millionen Dollar zahlen, und ich versprach, dass unser Geschäft damit abgeschlossen sein würde. Er würde nie wieder etwas von mir hören.«

»Ich habe hier Kopien Ihrer Kontoauszüge«, sagte Kate mit fester Stimme. Sie las eine Reihe von Zahlen vor, um sein Konto zu überprüfen. Dies war der riskanteste Bluff des Verhörs.

»Nein, nein«, sagte er und korrigierte sie bezüglich der Zahlenfolge.

»Tut mir leid, mein Fehler. Ich habe die von Neil genommen und nicht Ihre.«

Ben nahm den Hörer ab und tätigte einen Anruf. Er nannte die Kontonummer, die Derrick angegeben hatte. »Sie müssen sich beeilen. Wir sind gleich mit dem Gespräch fertig.«

Er legte den Hörer auf und schüttelte genervt den Kopf. »FBI. Entweder sind sie im Weg, wenn man sie nicht will, oder nicht da, wenn man sie braucht.«

Kate und Jimmy spulten den Rest des Gesprächs langsam ab. Sie fassten das Bestechungsschema noch einmal zusammen. Sie untersuchten den versuchten Mord mit schonungslosen Fragen. Sie fragten nach Derricks Wissen über CX-232. Sie verschafften sich etwas Zeit und fragten ihn nach seiner Verbindung zu allen Wissenschaftlern in Chandlers Team. Sie fragten ihn, ob er Neil vorgeschlagen habe, Chandler zu vergiften.

»Ich habe so etwas nie getan. Ich habe Neil gesagt, dass er

Chandler überzeugen muss, zu verkaufen. Er sollte tun, was immer er tun musste, um den Verkauf abzuschließen. Dann könnten wir unsere Vereinbarung abschließen.«

»Sie haben nur so viel Druck ausgeübt, dass Neil glaubte, er habe keine andere Wahl.« Kates Stimme verbarg kaum ihre Verachtung für den Mann, der am anderen Ende des Landes saß und sie anstarrte.

Die Ermittler in Kalifornien ließen Derrick eine schriftliche Erklärung verfassen, in der er die Bestechungsvereinbarung mit Neil darlegte. Als er seinen Bericht beendet hatte, klingelte das Telefon im Konferenzraum.

Ben hob ab und sagte: »Okay, gut. Ich gebe ihnen Bescheid.« Ben legte auf und tippte die Durchwahl für Kates Konferenzraum ein.

»Das Finanzamt hat zwei Jungs außerhalb des Raums, in dem Derrick ist. Sie sind bereit, sobald wir fertig sind. Ich denke, wir haben alles, was wir für den Bestechungsteil brauchen.«

Coop sah, wie Kate nickte, und hörte sie sagen: »Verstanden.«

Derrick schob das Papier über den Tisch und sagte: »Okay, jetzt haben Sie also diese Informationen. Sie werden den Staatsanwalt dazu bringen, diesen versuchten Mord zu vergessen.«

»Das ist richtig. Wir werden die Verfolgung der Anklage im Zusammenhang mit dem versuchten Mord an Chandler Hollund einstellen.«

»Okay, ich kann also gehen?«

»Wir haben alles, was wir brauchen«, sagte Kate mit einem Nicken.

Der Detective in Kalifornien öffnete die Tür, und als Derrick sich umdrehte, kamen zwei Männer in dunklen

Anzügen durch die Tür. Einer von ihnen zückte seinen Ausweis und sagte: »Ich bin Special Agent Sharp. Derrick Hudson, Sie sind verhaftet wegen Verstoßes gegen den Foreign Account Tax Compliance Act und wegen Verstoßes gegen den Hobb's Act, weil Sie den zwischenstaatlichen Handel zur Begehung von Bestechungshandlungen genutzt haben.«

Derrick drehte sich wieder um und blickte in die Kamera. »Sie haben mir gesagt, dass Ihnen das Geld auf den Kaimaninseln egal ist.«

Kate lächelte. »Ich habe Ihnen gesagt, dass *uns* Ihr Konto egal ist. Aber wie sich herausgestellt hat, ist es dem FBI und dem US-Finanzministerium nicht egal.«

Er schrie in die Kamera. Sein Gesicht und sein Hals wurden rot, als seine Stimme lauter wurde. Er brüllte ein weiteres Schimpfwort und Ben unterbrach die Tonübertragung zum Konferenzraum.

Ben murmelte: »Was für ein Idiot der Extraklasse.«

Coop lächelte Ben an. »Wir haben ein Stück Gerechtigkeit bekommen. Mr. Hudson sollte seines Vermögens beraubt werden und wahrscheinlich ein paar Jahre hinter Gittern für die Bundesverbrechen verbringen.«

Ben sagte: »Ja, ich bin froh, dass wir das abschließen können.«

Coop lächelte AB an. »Wir kommen vorbei und überbringen Chandler die gute Nachricht. Der arme Kerl lebt schon viel zu lange mit diesem Problem.«

»Der Staatsanwalt hat sich dafür entschieden, Derrick dem FBI zu überlassen. Die Strafen für zwischenstaatliche Verbrechen sind viel härter als alles, was er hier für Bestechung bekommen würde. Ganz abgesehen davon, dass Neil tot ist, wäre es schwer, ihn zu belangen.«

AB sagte: »Ich weiß, dass Neil Chandler töten wollte,

aber ein Teil von mir hat Mitleid mit ihm. Ich weiß, dass er schreckliche Entscheidungen getroffen hat, aber dieser Clown«, sie zeigte auf den Monitor an der Wand, »ist abstoßend.«

Coop nickte. »Derrick ist verachtenswert, aber Neils Geldgier hat ihn übermannt. Er hat den höchsten Preis für seine Gier bezahlt. Ich bin froh, dass er an diesem Tag mit seinem Plan nicht erfolgreich war. Meiner Meinung nach braucht die Welt mehr Chandlers und weniger Neils.«

KAPITEL EINUNDZWANZIG

Coop und AB sammelten Gus ein und machten sich auf den Weg zu *Borlund*. Sie meldeten sich in Bernies Büro an, und er begleitete sie nach oben zu Chandlers Suite. Coop stellte AB Amanda vor und sagte: »Wir sind hier, um Chandler zu sehen. Sagen Sie ihm, ich habe gute Neuigkeiten.«

Amanda lächelte und rief im Labor an. »Er wird gleich hier sein.«

»Sie haben den Fall also gelöst?«, fragte Bernie.

»Das haben wir, mit Hilfe der Polizei.«

Sie hörten, wie Chandler mit seinem charakteristischen Humpeln den Flur hinunterkam. Sein Knöchel hatte sich gebessert, aber er benutzte einen Stock, wenn er ging. »Hey, Amanda sagt, es gibt gute Neuigkeiten?«

»Willst du in dein Büro gehen?«, fragte Coop.

»Ja, ich muss mich hinsetzen.« Er winkte Bernie und Amanda zu sich. »Sie kommen mit. Wir können alle ein paar gute Neuigkeiten gebrauchen.«

Als sie sich um den Konferenztisch versammelt hatten,

erklärte Coop, dass alle Beweise darauf hinwiesen, dass Neil Chandler vergiften wollte, um die Kontrolle über das Unternehmen zu erlangen. »Er brauchte dringend Geld, weil er von einem ehemaligen Kollegen aus Kalifornien erpresst wurde. Der Kerl hat seine Forderungen und den Druck erhöht.«

Coop beschrieb weiter die Veruntreuung von vor Jahren und Derricks Angebot, Neil zu helfen, was zu jahrelangem Druck und Hunderttausenden von Dollar führte, die auf ein geheimes Konto auf den Kaimaninseln überwiesen wurden. »Neil wollte ihm zehn Millionen Dollar zahlen, unter der Bedingung, dass er verschwindet und er nie wieder von ihm hört.«

»Ich bezweifle, dass das funktioniert hätte«, sagte Chandler. »Er wäre wahrscheinlich weiter auf ihn losgegangen.«

»Ich hätte ihm nicht getraut«, sagte Coop. »Aber genau das hatte er mit einem Teil des Erlöses aus dem Verkauf der Firma vor. Ich bin sicher, dass Neil vorhatte, den Rest zu nehmen und zu verschwinden.«

Bernie nickte. »Also, wenn die Küche die Suppen nicht vertauscht hätte, wäre Chandler das Opfer gewesen?«

Coop nickte. »Richtig. Neils Plan ging nach hinten los, weil er den Unterschied zwischen Petersilie und Koriander nicht kannte. Ohne diesen Fehler wäre Chandler höchstwahrscheinlich gestorben, und Neils Plan hätte funktioniert.«

Amanda wandte sich an ihren Chef. »Ich kann nicht glauben, dass er bereit war, Sie zu töten.«

»Ich wünschte, er hätte mir von seiner Situation erzählt. Ich hätte ihm gerne das Geld gegeben, um den Kerl auszuzahlen.«

Coop legte die Stirn in Falten. »Ich glaube, Neil wusste,

dass Derrick den Einsatz immer weiter erhöhen würde. Er hätte mehr und mehr verlangt. Das hatte er schon bei Neil getan. Ich nehme an, das ist einer der Gründe, warum er verkaufen wollte. Er hätte mit dem Geld abhauen können, und es hätte keine Bedrohung mehr gegeben, weil er nicht mehr hätte arbeiten müssen.«

Chandlers Schultern hingen tief und er atmete aus. »Das ist unwirklich. Ich habe damit gekämpft, zu glauben, dass Neil mich umbringen würde. Das ist kein angenehmes Gefühl.« Er bewegte seine Hand und ließ den Stock auf den Boden fallen. Coop bückte sich und hob ihn für ihn hoch.

Bernie stand auf und reichte Chandler die Hand. »Dr. Hollund, ich bin einfach froh, dass Sie zurück sind. Sie können das jetzt hinter sich lassen. Die Dinge werden sich wieder normalisieren. Wir sind alle bei Ihnen.«

Amanda nickte und sagte: »Niemand dachte, dass Sie es waren. Bernie hat recht, es wird gut sein, all den Intrigen und Spekulationen hier ein Ende zu setzen. Wie wäre es, wenn ich für morgen früh eine Mitarbeiterversammlung einberufe? Sie können eine Ankündigung machen.«

Chandler dachte kurz nach und sagte: »Das ist eine gute Idee. Es ist besser, wenn sie es von mir hören und ihre Fragen stellen können, damit wir wieder zur Sache kommen können.«

Amanda stand auf und entschuldigte sich, um das Treffen zu organisieren. Bernie klopfte Coop auf die Schulter und sagte: »Es war mir ein Vergnügen, Coop. Kommen Sie doch mal vorbei, dann lade ich Sie zum Mittagessen ein.« Er zwinkerte ihm zu und gab ihm die Hand.

Die Tür schloss sich hinter den beiden, und Coop wandte sich an Chandler. »Wie kommst du zurecht?«

»Ich bin immer noch ein wenig geschockt, aber zumindest haben wir Antworten. Ich muss mich darauf konzentrieren, vorwärtszukommen und herauszufinden, was ich hier tun werde. Die Möglichkeit meiner drohenden Verhaftung hat mich irgendwie gelähmt. Ganz zu schweigen von dem Unfall.« Er deutete auf seinen Knöchel.

»Ben sagte, er habe mit dem Staatsanwalt gesprochen und bestätigt, dass alle anhängigen Anklagen gegen dich fallen gelassen worden sind. Wir glauben, dass dein Sturz und das Auto, das du vorbeifahren sahst, nichts mit dem Fall zu tun hatten. Es war ein unglücklicher Zufall, der wahrscheinlich dadurch relevant wurde, dass wir uns darauf konzentriert haben, herauszufinden, wer es auf dich abgesehen hat«, sagte Coop.

Chandler nickte. »Ja, das ist mir gestern klar geworden. Ich fühle mich wie ein kompletter Idiot.«

»Du bist alles andere als ein Idiot. Du bist einer der klügsten Menschen, die ich je getroffen habe. Du musst dich nur wieder auf deine Forschung konzentrieren«, sagte Coop und klopfte ihm auf die Schulter.

»Ich muss jemanden finden, der sich um die geschäftlichen Belange dieses Ortes kümmert.«

»Ich habe da eine Idee für dich. Ich habe einen Kunden, der eine große Buchhaltungsfirma hier in Nashville mit Niederlassungen in Atlanta und Raleigh hat. Wie wäre es, wenn wir ein Treffen vereinbaren und sehen, ob sie jemanden für dich finden können, der vertrauenswürdig ist, um dein Unternehmen zu leiten? Wie du schon gesagt hast, brauchst du keinen Partner, sondern nur einen guten Geschäftsleiter, der sich in der Branche auskennt.«

Chandlers Augen leuchteten auf. »Das klingt nach einer großartigen Idee. Ich habe mich schon vor der ganzen Sache gefürchtet, aber ich brauche jemanden in dieser Position. Wir haben einige großartige Mitarbeiter, die die Dinge am Laufen halten, aber ich brauche jemanden mit Erfahrung.«

AB lächelte und sagte: »Ich rufe sie an, wenn wir wieder im Büro sind, und vereinbare etwas für nächste Woche.«

»Klingt gut. Ich weiß die Hilfe zu schätzen.« Chandler fügte hinzu: »Nicht nur bei dem Fall. Die Zeit mit euch beiden und deiner Familie, Coop, hat mich inspiriert. Ich habe beschlossen, dass ich mir Zeit nehmen muss, um meine Familie zu besuchen. Meine Eltern werden nicht jünger, und meine Arbeit hat mich länger in Anspruch genommen, als ich zugeben möchte. Ich will den Laden wieder auf Vordermann bringen und die Versuche mit CX-232 beginnen, und dann werde ich Urlaub machen. Ich möchte Zeit mit meiner Familie verbringen, bevor ich mit dem neuen Projekt beginne. Ich hoffe, dass ich sie überzeugen kann, im Laufe des Jahres für einen Monat hierherzukommen. Diese Tortur hat dem Gedanken, dass das Leben zu kurz ist, eine ganz neue Bedeutung gegeben.«

»Das ist wunderbar, Chandler. Ich bin froh, dass diese schwierige Situation etwas Positives für dich bereithält.« Coop schaute auf die Uhr. »Wir sollten jetzt gehen, es ist bald Feierabend.«

Chandler stand auf und reichte den beiden die Hand. »Ich kann dir gar nicht genug für alles danken, was du getan hast.«

Coop schüttelte seine Hand und legte einen Arm um seine Schulter. »Es tut mir nur leid, dass wir es nicht früher herausgefunden haben. Das war ein seltsamer Fall.«

AB umarmte ihn und sagte: »Sei nicht schüchtern, Chandler. Komm doch mal vorbei und besuche uns! Wir sehen uns bei der Gala in ein paar Wochen, oder?« Sie zwinkerte ihm zu und grinste Coop an.

Mit einem schüchternen Lächeln sagte er: »Ich würde es nicht verpassen wollen und werde kommen. Ich meine es ernst. Ich komme vorbei oder rufe dich an, und vielleicht können wir eines Abends alle zusammen essen gehen, auf meine Kosten.«

»Wir lehnen nie ein kostenloses Essen ab«, sagte Coop lachend.

Chandler ging zu seinem Schreibtisch und sagte: »Wartet einen Moment!« Er öffnete eine Schublade und kritzelte einen Scheck heraus. »Ich möchte, dass ihr das hier bekommt. Betrachtet es als ein herzliches Dankeschön, als Bonus für alles, was ihr für mich getan habt.«

Coop schüttelte den Kopf. »Das ist nicht nötig. Wir haben nur unsere Arbeit gemacht.«

»Ich bestehe darauf.« Chandler schob den Scheck näher an Coop heran. »Du hast nie aufgegeben. Das bedeutet mir sehr viel. Ich werde es nie vergessen. Bitte, es würde mich glücklich machen.«

Coop nahm den Scheck und steckte ihn in seine Tasche. »Danke.« AB umarmte Chandler erneut.

Sie verabschiedeten sich von Amanda, als sie an ihrem Schreibtisch vorbeikamen, und machten sich auf den Weg zum Aufzug. Coop drückte auf den Knopf und sagte: »Tante Camille erwartet dich zum Abendessen. Sie und Dad wollen alle Einzelheiten des Falles wissen.«

AB grinste, als sie das Gebäude verließen. »Ich habe nichts anderes erwartet. Ganz zu schweigen von dem Spaß, den wir haben werden, wenn wir dich wegen deines ersten Auftritts bei ihrer Junggesellenauktion aufziehen.«

»Vergiss nicht, was du mir versprochen hast. Egal wie viel Geld.«

Sie wackelte mit den Augenbrauen. »Egal wie viel?«

Coop tätschelte seine Tasche, in die er Chandlers Scheck gesteckt hatte. »Glaub mir, wir können es uns leisten.«

EPILOG

Tödlicher Fehler ist das dritte Buch der Cooper-Harrington-Detective-Reihe. Das nächste Buch ist *Kalter Mörder*. Die Bücher müssen nicht der Reihe nach gelesen werden, aber es macht mehr Spaß, wenn Sie es tun, da Sie im Laufe der Serie mehr über Coops Hintergrundgeschichte erfahren. Lesen Sie weiter, um weitere Krimis zu entdecken, die Sie bis zum Ende in ihren Bann ziehen. Wenn Sie die Bücher von Coop zum ersten Mal lesen, sollten Sie sich die anderen Romane der Reihe nicht entgehen lassen.

Falls Sie etwas verpasst haben, finden Sie hier die Links zur gesamten Serie in der richtigen Reihenfolge.

Mörderische Musik
Tödliche Verbindung
Tödlicher Fehler
Kalter Mörder

DANKSAGUNG

Es macht mir so viel Spaß, Zeit mit Coop und all den anderen Figuren in diesen Krimis zu verbringen. Wie alle Bücher begann auch dieses mit einer seltsamen Was-wäre-wenn-Frage. Falls Sie zu den Lesern gehören, die gerne erst das Ende des Buches lesen, möchte ich nichts verraten, also lasse ich es dabei bewenden. Es genügt, zu sagen, dass ich daran gearbeitet habe, ein Rätsel mit einer Wendung auszuhecken, das Ihnen hoffentlich gefallen hat.

In jedem der Cooper-Harrington-Romane erfährt man ein bisschen mehr über Coops Hintergrund, und in *Tödlicher Fehler* bekommt man eine gehörige Portion von Coops Mutter zu sehen. Sie treibt ihr Unwesen und macht Coop jede Menge Ärger. Außerdem lernt man Coops Vater Charlie kennen.

Meine ersten Leser sind immer bereit, meine Arbeit zu kritisieren und mir nützliches Feedback für Verbesserungen zu geben. Ich bin dankbar für Theresa, Vicki, Linda, Lorri und Dana, die so freundlich waren, die Entwürfe zu lesen. Es macht mir immer wieder Spaß, mit meinem Vater Ideen auszuhecken. Er ist meine wichtigste Quelle für alles, was mit Verbrechen zu tun hat, denn er ist seit über dreißig Jahren im Polizeidienst.

Elizabeth Mackey leistet hervorragende Arbeit und ist ein absoluter Profi, wenn es um die Gestaltung der Cover geht.

Ich bin dankbar für die Unterstützung und Ermutigung meiner Freunde und Familie, während ich meinen Traum vom Schreiben weiter verfolge. Ich danke allen Lesern, die sich die Zeit genommen haben, eine Rezension auf Amazon zu schreiben. Diese Rezensionen sind besonders wichtig, um künftige Bücher zu fördern. Wenn Ihnen also meine Romane gefallen, sollten Sie eine positive Rezension hinterlassen.

Vergessen Sie nicht, meine Website unter http://www.tammylgrace.com zu besuchen und meinen Newsletter zu abonnieren, um zu meinem exklusiven Leserkreis zu gehören. Folgen Sie mir auf Facebook unter www.facebook.com/tammylgrace.books und bleiben Sie mit mir in Kontakt. Ich würde mich freuen, von Ihnen zu hören.

Über die Autorin

Vielen Dank, dass Sie das dritte Buch der Cooper-Harrington-Detektivromane gelesen haben. Diese Reihe kann als eigenständige Geschichte gelesen werden, aber ich empfehle, sie in der Reihenfolge zu lesen, da Sie mehr über die Charaktere erfahren und verstehen werden, wenn ihre Hintergründe in den nachfolgenden Romanen enthüllt werden. Wenn Ihnen die Serie gefällt und Sie ein Fan von Frauenromanen sind, sollten Sie auch meine Hometown-Harbor-Reihe lesen, in der es um die komplexen Beziehungen von Freundschaft und Familie geht. Sie spielt auf den malerischen San-Juan-Inseln in Washington und bringt Sie mit einer eng verbundenen Gruppe von Freunden und deren miteinander verwobenen Leben voller Herausforderungen und Freuden in Kontakt. Im Mittelpunkt jedes Buches der Reihe steht eine andere Frau und ihre Reise zur Selbstfindung. Laden Sie sich unbedingt die kostenlose Novelle HOMETOWN HARBOR: THE

BEGINNING herunter. Es ist eine Vorgeschichte zu FINDING HOME, die Ihnen sicher gefallen wird.

Ich hoffe, dass Sie sich mit mir in den sozialen Medien vernetzen. Sie können mich auf Facebook finden, wo ich eine Seite und eine spezielle Gruppe für meine Leser habe, und mir auf Amazon und BookBub folgen, damit Sie wissen, wenn ich eine Neuerscheinung oder ein Angebot habe.

Wenn Ihnen dieses Buch oder eines meiner anderen Bücher gefallen hat, wäre ich Ihnen dankbar, wenn Sie sich ein paar Minuten Zeit nehmen würden, um eine kurze Rezension auf Amazon, BookBub, Goodreads oder einem anderen von Ihnen verwendeten Anbieter zu hinterlassen.

Als Dankeschön für die Teilnahme an meinem exklusiven Leserkreis sende ich Ihnen gerne mein exklusives Interview mit den hündischen Begleitern aus der Hometown-Harbor-Serie. Folgen Sie diesem Link, um sich anzumelden unter https://wp.me/P9umIy-e.

Christmas Sisters: Soul Sisters at Cedar Mountain Lodge

Christmas Wishes: Soul Sisters at Cedar Mountain Lodge

Christmas Surprises: Soul Sisters at Cedar Mountain Lodge

Christmas Shelter: Soul Sisters at Cedar Mountain Lodge

Glass-Beach-Cottage-Reihe

Beach Haven

Moonlight Beach

Beach Dreams

The-Wishing-Tree-Reihe

The Wishing Tree

Wish Again

Overdue Wishes

Sisters-of-the-Heart-Reihe

Greetings from Lavender Valley

Pathway to Lavender Valley

Bücher von Casey Wilson:

A Dog's Hope

A Dog's Chance

Tammy freut sich über den Kontakt mit ihren Lesern in den sozialen Medien und hofft, dass Sie sie auf Ihrer Lieblingsplattform finden. Vergessen Sie nicht, sich in ihre Mailingliste einzutragen, um ein exklusives Interview mit den Hunden aus ihren Büchern zu erhalten, das nur für Leser auf ihrer Mailingliste zugänglich ist. Folgen Sie diesem Link, um sich anzumelden unter https:// wp.me/P9umIy-e.

ÜBER DIE AUTORIN

Tammy L. Grace ist eine USA Today-Bestsellerautorin und preisgekrönte Autorin der Cooper-Harrington-Detektivromane, der Bestseller-Serie Hometown Harbor und der Glass Beach Cottage-Serie sowie mehrerer süßer Weihnachtsromane. Tammy schreibt auch unter dem Pseudonym Casey Wilson für Bookouture und Grand Central Publishing. Sie finden Tammy online unter www.tammylgrace.com, wo Sie ihrer Mailingliste beitreten und Teil ihrer exklusiven Lesergruppe werden können. Verbinden Sie sich mit Tammy auf Facebook unter www.facebook.com/tammylgrace.books oder auf Instagram unter @authortammylgrace.